tsubouchi yūzō
坪内祐三

文学を探せ

Kodansha Bungei bunko

目次

文学を探せ

中上健次の不在から、話は高橋源一郎・室井佑月の部屋へ

先日、ある雑誌のバックナンバーが必要になって、本棚の奥をゴソゴソといじくっていたら、ちょうど今から十年前の、つまり一九八九年六月号の『すばる』が出て来た。その頃までは、私も、いわゆる純文学の、それなりの愛読者だった。毎月、文芸誌の目次を眺めくらべて、面白そうな一冊ないし二冊を買っていた。

巻頭に高橋源一郎の小説「ペンギン村に陽は落ちて」の載っているその『すばる』も、そうして買った一冊だろう。

読みはじめたら、これが、けっこう読みごたえがある。しかも、ちょっと、感慨深い。十年ひと昔の文芸誌の、その変わらなさと、変わり方の、二つが。特集は「太宰治の何を

読む」だ。それから篠田一士の追悼を中村真一郎から池澤夏樹に至る七人の文学者たちが寄せている。

さらに、中上健次と柄谷行人の、「批評的確認——昭和をこえて」と題する「特別対談」が載っていて、その中で、中上健次は、

この十年がすさまじいと思うのは、その小林秀雄が肉体的に死を迎えて、さらに天皇が崩御したという、そういう事態があるよね。小林が具体的に倒れるんだから、小林の理論だって倒れる。肉体で倒れるし、理論で倒れる。天皇すらもそうですね。だれが天皇を倒したわけじゃなくて、天皇が御自分で倒れる。今、『地の果て　至上の時』の浜村龍造の自死を目撃した秋幸のような気持ちなんですね。その大きな二つがいなくなってしまったことによって見えてくる、あるいは煮詰まってくる、そういう状況に、今、あると思うんだね。

と語っている。「この十年」というのは、やはり柄谷行人との対談をもとにした共著『小林秀雄をこえて』(河出書房新社　昭和五十四年)から十年の間という意味である。さらに中上健次は、「おれ、今、四十二歳だけど、とりあえず四十五歳というのは、三島由紀夫が死んだ年だね。それと向かい合おうとしてるわけだ」とも、「今、おれの前にだれも

作家として立ち上がらない。そうすると、おれが何かしなくちゃいかん。自分しかない」とも、「多分、これからの十年間のほうがきついね」とも、また、「十年後に月の砂漠にいたみたいな、そういうところにいるかも知れない」とも、口にする。

それから十年、中上健次は三島由紀夫の四十五歳十カ月をわずか数カ月越えた所で、平成四年八月この世を去り、時代は、昭和文学から平成文学へと完全に移行した。

文学の世界に、中上以前中上以降という言い方が出来るかもしれない。小林以前小林以降、あるいは三島以前三島以降という言い方が出来るように。

中上健次が亡くなってしばらくした頃、中上健次がよく通っていた新宿の文壇バーの、あるママは、私に、中上さんが亡くなって何だか皆さんのびのびとしたみたいと口にした。

恐ろしい視線が消えて人は弛緩する。

この人物に読まれていると思うと、人は、その人物が自分と相反する文学観の持ち主であっても、いや、相反する文学観の持ち主であればなおさら、いい加減なことを言葉に書きあらわすことが出来ない。自分のインチキ振りが見抜かれてしまうから。小林秀雄の凄みのある視線は中村光夫や大岡昇平といった年下の文学者はもとより、横光利一や井伏鱒二といった年上の文学者たちも泣かした。三島由紀夫の死と共に、彼の同世代の文学者たちの間から、ある緊張感が消えた。

文学は、しょせん、言葉でしかない。けれどその言葉を、多くの凄玉たちが、じっと深く読み込み、少しでも浮ついたところがあれば、激しく反応する。時には暴力をともなって。そうやって磨かれていった文学世界は、今やほとんど消滅しかけている。

その一方で、「文学」なるものの威光は、いまだ輝いている。出版社や文芸誌は、毎年のように新人賞作家を送り出す。例えば数日前に送られて来た『小説トリッパー』一九九九年夏季号には、朝日新人文学賞の受賞作と選評が載っている。

私は、そのひと月ほど前、受賞作が決定した翌日（五月十二日）に、「朝日新聞」朝刊の「ひと」欄に受賞者のインタビューが載ったのを目にした時、それが毎回恒例であるとはいえ、少し引っ掛るものを感じた。芥川賞や三島賞の受賞者ならばともかく、たかが新人賞の受賞者ではないか。誰が彼の受賞の言葉なんて聞きたいのだろう（例えば十代やあるいは六十歳以上ならば、それなりの話題性はあるけれど）。来年の新人賞を目指す予備軍だろうか。

しかも、その三十四歳のフリーターの受賞者の言葉が、また、首をかしげたくなるような代物だった。

浪人時代に小林秀雄に出会い、東京の大学でランボーを専攻し、一、二年の時はスキーやサーフィンで「青春をおう歌した気になっていた」が、「みな本当に満足してやっているのだろうか」と疑問を感じては立ち止ってしまう青年だったという彼は、そのインタビ

ユーを、

　大学を卒業してから修業と称して十年間ブラブラしてきたので、これで少しは格好がつきました。

という言葉で語りはじめ、

　自分を棚にあげて言うのも何ですが、プータローやフリーターって、まじめに働いてる人に失礼だと思う。これまでの責任をとるつもりで、書いていきたい。

と結ぶ。

　傍点をつけたのは、もちろん、私だが、「これで少しは格好がつきました」と新聞のインタビューで答えてしまう自意識に、私は、反応する。これは、私が考えている作家の自意識ではない。何度も言うように、これはたかが新人賞なのだ。こんな賞を一つ取ったぐらいで、彼は、プロの作家になれたつもりでいるのだろうか。自分がフリーターではなくなったと思っているのだろうか。ようやくスタート台に立てただけなのに。しかもこのスタート台には、新人賞を取らなくても、誰でも立てる。

さらに、彼は、「まじめに働いてる人に失礼だと思う」とも言う。そう思うのなら、作家など目指さずに、まじめに働けば良いではないか。会社員になれば良いではないか。私などは、まじめに働けなかったから、つまり会社員が勤まらなかったから物書きになった。ただし、まじめに働けないことと、まじめに物を書くことは別だ。まじめに働けない私も、とてもまじめに物を書く。しかも、私のそのまじめさは、それまでの（私だって三十近くまでブラブラしていた）責任を取るつもりなんかでは、まったくない。

私がことさら、彼の揚げ足を取るのは、彼の言葉が、全国紙のインタビュー欄に載ったからだ。このインタビューが掲載されたのを目にした時、彼は、ある達成感を感じたことだろう。そしてその達成感は文学的手ごたえとは違う。芥川賞や直木賞の受賞者が達成感を感じるのは自然のことだ。だが、何度も言うように、たかだか新人賞で……。いくら自社媒体の宣伝を兼ねているとは言え、「朝日新聞」の「ひと」欄は、ある意味で、むごいことをしたものだ。

そして、むごいと言えば。

六月十一日、金曜日、私は、筑摩書房の太宰治賞のパーティー会場にいた。

かつての太宰賞の正確な位置づけ、まったくの新人賞なのか、それとも芥川賞と新人賞の中間ぐらいの賞なのかは、私にはわからない。けれど二十一年振りで復活された今回のこの太宰賞は、単なる新人賞だ（応募作品数は朝日新人文学賞の約三倍、一六二三篇もあったとは言うものの)。

復活を祝ってだろうか、三鷹市との共催もあってだろうか、パーティーは、華々しく東京會舘で開かれた。新人賞のパーティーとしては異例のことだろう。

私は受賞者のスピーチに注目した。私はその二十八歳の受賞者が、受賞直後に『ちくま』六月号に寄せた自筆プロフィール中の、

> 高所恐怖症のため、歩道橋は一休さんのように常に真ん中を歩く子供だった。「笑い方がエッチ」と女の子に指摘され、それ以来笑えない少年になる。

という一節が気になっていた。これは太宰治的自意識の持ち主なのだろうか。この一節は、もしかして、太宰の『晩年』をふまえた本歌取り的な感受性の言葉なのではないか。だとしたら、久し振りに復活した太宰賞の受賞者にふさわしい。

ところが彼のスピーチを聞いて、私の期待は裏切られた。その一節は、単に彼の、「人とは違う」変人として選ばれた自分の恍惚を語っただけの言葉だったのだ。選ばれることの不安の方は、彼からは、感じられなかった。

会場から、ちょっと長すぎるなという声もささやかれた彼のスピーチの、最後の部分、「二十八歳までブラブラさせてくれた両親に感謝します」という言葉は、まあ、どうでも

良い。親孝行な息子さんを持って幸福なことで、と言う以外には。

問題にしたいのは、最初の方で彼が口にした、次のような言葉だ。太宰賞の受賞を知って、彼のかつての文学仲間から、こんな内容のEメイルが届いたという。「受賞おめでとう。ただし、賞金の百万円で吉原のソープランドをおごってくれなければ、流行作家の恥しい過去を暴くぞ」。流行作家という言葉に私は反応する。太宰賞を取ったぐらいで、流行作家だなんて。友人の早呑み込みかもしれない。彼の言い間違えかもしれない。だとしても、それをするっと口にしてしまう自意識。

その自意識を、東京會舘というパーティー会場が増幅する。実際彼は、知り合いの若い女性たちを雛壇に上げ、記念撮影を楽しんでいたし、スピーチのあとで何人もの記者が彼のまわりに集まり取材する。今さら言うまでもないが、文化と書いてハニカミとルビをふろうとした太宰治は含羞の人だった。そんな彼の名前を冠した賞のパーティーの、これは、ひとコマだった。

朝日新人文学賞や太宰治賞を受賞した彼らのような非作家的感受性の持ち主たちが、平成文学を形成して行くのなら、私は、平成文学に少しも関心は持てない。

それでは、この平成の時代に、かつて中上健次の視線を感じながら執筆を行なっていたはずの、昭和末の作家たちは、どのような自意識を持って、「作家」でいるのだろう。例えば、『文學界』六月号に載った文學界新人賞の選評の最後で、今後、老人介護を素材にした小説はますます増えてくるだろう。老人介護を自身のイメージ戦略に用いた都知事候補もいましたね。介護の現実を社会現象として捉えるのではなく、あくまで人間関係の様態として捉える者だけが、小説の素材にする資格がある。

そろそろ、若者の退屈な日常ものも飽きてきたな。このままだとJ文学も尻つぼみになる。文学の2000年問題を深刻に考えなくちゃね。

と語っていた島田雅彦は……。言うまでもなく彼は、中上健次以降、もっとも重要な作家の一人である。常にアクチュアルな問題意識を持っている点でも。最近出た『國文學』の増刊号は一冊丸ごと彼を特集していた。

『文學界』の同じ号にやはり島田氏の「読書生活」という一文が掲載されていて、日記形式をとったその作品の3月19日の項で、彼は、こう書いていた。

高橋源一郎氏の愛の巣を訪ねた。夢の島というか、上野公園というか、最初は戸惑ったが、じきに馴れた。床一面に散らばっている女性週刊誌を読んでいたら、人気作家Sというのがやたらに出てくる。オレのことかなと思ったが、考えてみれば、私はカルト作家だから、きっとSは司馬遼太郎か、椎名誠か、しりあがり寿のことだろう。
酔って寝てしまい、目覚めたら、高橋氏が「起きたァ」といって、コンビニの袋を差し出してくれた。中に着替えのパンツと靴下と、朝食のカップヌードルが入っていた。ここに居候する気はないんですけど、といいながらも、妙に居心地がいいので、スカトロ物のビデオなど見せてもらい、午前十一時頃失礼した。彼もいよいよ無頼の徒になった。これ見よがしに無頼振りを商売にする連中とは違って、力が抜けているところがいい。純文学には余裕があるのだよ。福田君、町田君、そして花村君、君たちにはわかるよね。

最後の、捨て台詞のような一節を含めて、現代的なカードを数多く揃え呈示したこの文章は、いつもの島田氏らしく、達者であり、確かにこれは文学者の文章ではあるけれど、ここには、島田氏の、作家としての自己の、巧妙な神話化がうかがえる。例えば自らのスキャンダルに触れた週刊誌を語る、その語り口を含めて。島田氏はまたこのネタを雑誌『ソトコト』創刊号に寄せた文章でも作家的に再生使用していた。小説の形を借りた作家の、私生活語りを二種類に分けて、「私小説を滅びの文学とすれば、心境小説は救いの文学である。私小説をどうしようもない混沌たる危機自体の表白とすれば、心境小説は切りぬけ得た危機克服の結語にほかならない。前者が外界と自我との異和感に根ざしているとすれば、後者はそれの調和感にたどりつこうとしている」と述べたのは『芸術と実生活』（講談社　昭和三十三年）の平野謙であるが、その平野謙の公式に従えば、ここでの島田氏の作家としての言説のあり方は、心境小説的であると言えようか。そして、島田氏の自己の神話化は、『青春と読書』六月号に掲載された室井佑月の連載エッセイ「作家の花道・六本木野望篇」の次のような一節を対置してみれば、より一層明らかになる。

対談が終わった頃には、あたしも島田さんも泥酔状態だった。酔った勢いもあって、島田さんと今回対談をまとめてくれる茜ちんを誘って、家に帰った。酔ったときのあたしの癖で、やたらとお客を連れて帰りたくなるのだ。

タクシーの中で、島田さんに、

「あたしの家は汚いです」

といっておいた。島田さんは、

「海外で汚いのは慣れているから」

と笑っていた。なのに、なぜよ。島田さんも、茜ちんも、部屋に上げたら一瞬、無言になってやんの。酒の威力なんて、そんなもんか？　島田さんは、紙袋持って、ゴミ拾いなんてはじめてやんの。ほっといてよ。そのゴミもそのゴミもそのゴミもオブジェなんだから。

島田さんに掃除してもらって（なんて、神経質な人だ）、あたしとダーリンと島田さんと茜ちんと四人して朝の五時まで飲みあかした。いい夜だった。

この室井氏と島田氏の二つの文章のどちらが、優れた散文家的視線につらぬかれているかと言えば、もちろん、室井氏の方だ。

ところで、室井氏の「ダーリン」である高橋源一郎は、島田氏同様に優れた「昭和末作家」であるが、かつてのポストモダン的文章スタイルの半ばを捨てながら、『群像』で、二年ほど前から、「日本文学盛衰史」と題する風変りな私小説を連載している。例えば、今年の二〜四月号では、去年の十一月に胃潰瘍で死にかけた自らの経験を、「原宿の大患」と題して、明治四十三年八月の夏目漱石の「修善寺の大患」と重ね合わせながら描いて行く。時間と場所を、当時と今、自由に往還させながら。高橋氏の肉声かと思って文章をリアリスティックに読み進めて行くと、読者は、突然、高橋氏の隣の入院患者として夏目漱石に出会い、面喰うことになる。

『小説トリッパー』に載っている朝日新人文学賞の「選評」で高橋氏は、

みんな、どんどん書けてしまう――ように見える。ほんとうはどうだかわからないが、とにかくそう見えちゃうのである。どんどん書けてしまう。それ自体は悪いことではない。どんどん書いていけば、そのうち、ものすごいものが書けるかもしれない。いや、当人は、どれも傑作だと思っているかもしれない。しかし、とぼくは思う。時には、我が身を振り返って、こんなにどんどん書けるのはどこかに問題があるのかもしれないと不安に感じてもいいのではないだろうか。例え、それが思い過ごしであるにしても。

と述べているけれど、「日本文学盛衰史」を高橋氏は、今までの高橋氏の作品には見られなかったハイペースで、「どんどん」書き進めて行く。その中に、こんな一節も登場する。「原宿の大患」で、便器にあふれそうなタール便を排出し、ひどい目まいで立ち上れず、恋人の「夏」を呼び、タクシーで医者に向かうシーンだ。

わたしは横に座ってこちらを向いている「夏」の顔を見た。フィルター越しに見るように、色が薄れ、輪郭がぼやけていた。窓の外を見た。太陽の光りに照らされた建造物がどれもハレーションを起こしているように異様に眩しく光っていた。よく写真家や映画監督が、「異界」の効果を出すために撮った映像のようだった。やっとわたしは気づいた。わたしはもうすぐ死のうとしているのだった。人はこんな風にあっさり死ぬのか。そう思った。恐怖はなく、またそれほど興味もわかず、感想もなかった。まあ、いいか。みんな途中だったけど。わたしはもう一度「夏」を見た。

みんな途中だった、と「わたし」は、つぶやく。しかし高橋氏のこの一節は、はたして、私が久し振りで再読した十年前の『すばる』一九八九年六月号の巻頭に載っている小説「ペンギン村に陽は落ちて」の中の、次のような一文から、前進しているのだろうか、それとも後退しているのだろうか。

ひとり残されたアトムは、ベッドに身を横たえた。部屋は薄暗く、小さい窓の向こうには深い闇が広がっているだけだった。そこがペンギン村だった。ぼくは、明日からその住民として生きていくのだ。だが、アトムには期待も興奮もなかった。なぜなら、博士が告げたように、ロボットには感情も、心も欠けているからだ。ロボットにはするべきことも、成長も、未来もないからだ。そのことを知ったアトムは、ではなぜぼくは生まれたのかと、博士に訊ねた。博士の言うことが正しいとするなら、アトムの入る余地などどこにもないからだ。すると博士は、そんなことはわたしにもわからん、と言った。たしかに、わたしはお前を創った。だが、わたしは何でも創るのだ。いちいち、その理由を考えているヒマなどない。そんな時間があったら別のものを創っている、と。アトムは瞼を閉じた。すると、すべてが闇の中に消え、脈絡のない考えがアトムの頭に浮かんでは消えるのがわかった。あの時も、ぼくは夢を見ていたのだとアトムは思った。

あいまいな日本の「私小説」

新潮社のPR誌『波』の七月号に載っていた浅田彰の「草間彌生の勝利」という一文中の、次のような一節が、ちょっと気になった。東京都現代美術館で開かれていた草間彌生の回顧展「ニューヨーク／東京」を絶讃し、返す刀で、同時に開催されていた荒木経惟の写真展「センチメンタルな写真、人生」を批判した部分なのだが。

実際、「センチメンタルな写真、人生」と題する荒木経惟展に見られるのは、まさしくセンチメンタルな私小説の写真版でしかない。妻との新婚旅行。その妻との死別。妻の死後、空っぽのヴェランダから空を撮り続ける写真家。そしていま、そのヴェランダにはカラフルな花々が溢れ、写真家の分身であるらしい爬虫類のフィギュアが這い回っている。死を超えた生の横溢？　いや、そこにあるのは、そういうセンチメンタルな人生の物語にすがることでしか生きられないひ弱な「私」、しかも、そのような自分を売り物にして弱者の群れの歓心を買おうと計算するさもしい「私」でしかないのだ。もちろん、「弱者」は実際にはつねに多数派であり、その意味ではむしろ強者といってよい。現に、一昔前なら私小説に夢中になったであろうひ弱な「文学青年」たちが、「写真評論家」や「美術評論家」を自称し、寄ってたかって荒木経惟の「私写真」を「芸術」に祭り上げてしまったのであり、その展覧会は、草間彌生展を上回る数の大衆を惹きつけているのである。

荒木経惟展に対する浅田氏の批判の正否は問わない。そのように浅田氏が感じたことは、浅田氏にとってリアルなことだったのだから。その点においての、つまり、ためにする批判はしないという点での、浅田氏の批評家としての公正を私は信じている。私が問題にしたいのは、「センチメンタルな私小説の写真版でしかない」であるとか、「一昔前なら私小説に夢中になったであろう」といった一節中に見られる「私小説」という言葉の使われ方である。

説明抜きの了解事項としての「私小説」。だが、例えば、「私小説」の典型とも言える作家に嘉村礒多と川崎長太郎と尾崎一雄がいて、三人の描く「私小説」はそれぞれに異なる。特に川崎長太郎と尾崎一雄は、ある意味で、対極とも言える作風を持った作家だ。荒木経惟の写す「私写真」は、この三人の中ではもっとも川崎長太郎に似ているけれど、かつて尾崎一雄は川崎長太郎のフィクショナルな「私小説」を強く批判したことがある。説明抜きの了解事項としての「私小説」が近代日本の文学シーンに何となくあったことは、私も認めよう。乗り越えられるべき悪しき前近代性――しかもそれが文壇の主流をなしている――としての「私小説」が。そういう「私小説」主流の文壇の中で苦労した作家に例えば『1960年代日記』（ちくま文庫）の小林信彦がいて、荒木氏との共著『私説東京繁昌記』（中央公論社）などの作品でも知られるように、小林氏は、古くからの荒木氏の写真の支持者である。そして支持者と言えば、「写真評論家」の飯沢耕太郎と並ぶ荒木経惟の最大の支持者で、『荒木経惟　生と死のイオタ』（作品社）という著作を持つ「美術評論家」の伊藤俊治が、かつて、ニュー・アカデミズムの旗手として浅田氏と共に雑誌『GS』（冬樹社）を編集していたのは周知の所である。

私がなぜ、浅田氏の口にした「私小説」という言葉に、これほど過剰に反応してしまうのかと言えば、ちょうどこの『波』の浅田氏の一文を目にしたのと相前後して、新聞各紙で、柳美里の『石に泳ぐ魚』のプライバシー訴訟に関する記事を、さんざん、目にしていて「私小説」のイメージするものに神経過敏になっていたからかもしれない。「私小説」という言葉の無検討なままの一人歩きを。

例えば「読売新聞」の六月二十三日付け夕刊に「『私小説』枠組みに激震」と見出しのついた記事が載っていて、その中に、こういう一節がある。

身近な人物をモデルとし、事実に即して小説を書く「私小説」は、日本文学伝統の形式だが、「今回の判決は作家の表現の自由を制限するもので、私小説というジャンルの存亡にかかわる」と、判決後の会見で柳さんは述べた。

私は別にケチをつけようと思ってこの一節を引用しようと思ったわけではない。「私小説」イコール「身近な人物をモデルとし、事実に即した小説」。それは、確かに、そうだ。「私小説」とは何か、人から尋ねられたら、私も、そのように答えてしまうだろう。けれど、私は、もう一歩踏み込んで考えたくなる。

「私小説」とは何か。

考えれば考えるほどわからなくなってくる（私は、いずれこの連載の中で、きちんとその謎を解き明かそうと思っている）。結局、私は、今の所、「私小説」を一つの大きなジャンルというより、個々の作家の作風としてしか考えられない。例えば川崎長太郎的「私小説」や尾崎一雄的「私小説」といった風に。

そして、その一つの種として柳美里的「私小説」があり、しかもそれが別種の「私小説」作家から批判された。
『石に泳ぐ魚』のプライバシー訴訟問題は、画期的な出来事である。この場合の「画期的」に肯定的な意味合いはない。三島由紀夫の『宴のあと』をはじめとして、今までにもこの種の訴訟事件は幾つもあった。だが、私の知るかぎり、それらの訴訟事件の際に、訴訟を起こした原告側の支援者に、被告人となりわいを同じくする者がついたケースはなかったはずだ。

文学者というのは本来、危険な職業である。自分の中に確かな倫理を持っていることは文学者としての必要条件であるが、その倫理観が、時に、社会の常識とぶつかることがある。その社会常識によって法律の言葉によって裁かれることもある。だが、文学者が、法廷で、文学者の言葉でもって、別の文学者の文学世界を批判することが出来るのだろうか。『石に泳ぐ魚』プライバシー訴訟事件の原告側の支援者である大江健三郎は、法廷に、「感想」と題する次のような陳述書を提出したという（引用は「東京新聞」六月二十五日付け夕刊による）。

……それは苦しいことですが、作家としてもう一度自分の作品を書きなおしてみれば、あるいはさらに書きなおしてゆけば、本当の自己表現であり、かつ真の友人としての小説が書きあげられたはずです。それを私は、自分の家庭の障害児を主題に、家庭内の様ざまな批判を聞きつづけ、書きなおしつづけて、自分として本当に書きたい仕事をつくることができた、この三十年の経験にたっていうのです。

大江健三郎を、私は、優れた「私小説」作家だと思う。その「私小説」作家大江健三郎が、柳美里の「私小説」の表現の配慮のなさを批判する。

この陳述書に見られるように、大江健三郎は、一見ヒューマンな作家に思えるのだが、むしろ、彼は、悪意を描いた時、その作家としての腕は冴えわたる。ヒューマンなことを口にすると急に作りものめいてしまうのとは裏はらに。人の心の中にある悪を描くことの上手さにおいて、大江健三郎は、スティーヴン・スピルバーグに似ている。『激突！』や『ジョーズ』、そして『プライベート・ライアン』の最初の数十分――身におぼえのない悪意や暴力におそわれた時の恐怖感――の描き方が天才的に上手なスピルバーグに。

近年の大江氏の小説に私が不満なのは、大江氏が本来持っているその「悪意」のボルテージが落ちてきていることだ（誤解なきように書き添えておくけれど、小説の中に「悪意」を目にすることで、読者は、逆に、人間の持つ聖性を意識することもある。優れた小説の役割の一つはそこにある）。少なくとも『懐かしい年への手紙』の頃まではおとろえていなかったのに。『懐かしい年への手紙』を読んだ夜のことを私は忘れない。一九八七年秋、ある雑誌の編集部に入り、私が遅すぎる社会人になってひと月めのことだ。憧れていたとはいえ慣れない仕事にそれなりのストレスのたまっていた私は、深夜帰宅後、布団の中で、その日、お使いさんで行った築地のデザイン事務所の近くの本屋で買った『懐かしい年への手紙』を開き、明け方までかかって、一気に読了した。現実世界に疲れた時、不思議なことに人は、神経を刺激するヒリヒリした小説を求める。しかもそれが、逆に、慰藉ともなり得る。『懐かしい年への手紙』は、見事に、そういう私の欲望を満たしてくれた。この世界とは別の現実に、『懐かしい年への手紙』は、「私小説」的であるのに、私を連れて行ってくれた。徹夜をしながら、にもかかわらず、この体験は、私の疲労をいやしてくれた。近年の大江氏の小説に不満だと私は先に述べたけれど、『宙返り』は、その大江氏の、『懐かしい年への手紙』以来の、ひさびさの、講談社での書き下ろし長編小説である。何だか面白そうなにおいがする（やはり講談社から出た長編小説『万延元年のフットボール』も好きな小説だったし）。

話を戻そう。『懐かしい年への手紙』に描かれる「悪意」とは、例えば、こういう一節である。

そのようにしてつきあい続けてきた秋山君が、小説を書いて暮しはじめ新進作家への文学賞ももらっていた僕とオユーサンとの結婚に反対して、まず僕を人格的に非難する手紙を芦屋の母親に書き——女性問題、金銭問題。後者については、秋山君にただ金を貸すだけの関係であった僕は、遅まきながらディケンズを引いてのギー兄さんの教えを思い出したのだったが――、さらにはかれが表紙の見出しの版下を書く仕事で編集部に出入りしていた、当時発刊されたばかりの女性週刊誌に、僕のスキャンダル記事を出させる、という思いつきをしたのであった。

東大の大学新聞に載ったデビュー作「奇妙な仕事」が文芸雑誌編集者に注目され、続けて発表した「死者の奢り」によって新進作家として認められ、「文芸雑誌からの収入で経済的に自立しようともくろんでいた」、「僕」が、松山の高校の友人「秋山君」の妹「オユーサン」との結婚を考え、「秋山君」から反対されるシーンだ（そしてこれに続く週刊誌記者の登場シーンの描写がまた素晴らしい）。「秋山君の母親は、松山藩の江戸詰家老職をつとめた旧家の出身で、才能はあきらかだが貧しかった同郷の映画監督との結婚、そして戦後の混乱期のなかでの死別」という一節を引くまでもなく、ここに登場する「秋山君」のモデルが今は亡き（『懐かしい年への手紙』の発表時には存命だった）伊丹十三であることは明らかだ。

『小説現代』七月号の座談会「文士の危険な曲り角」で、大江氏は、椎名誠と東海林さだお相手に、「伊丹は、意識しないで、妹が僕の女房になるように刷り込んだんじゃないですか（笑）」と語っているけれど、同じ座談会で（伊丹十三の自殺について）、「僕はとても残念で、辛いです」と答えたあと、こう語る。

自殺する本人も「どんなに苦しくてもここでなんとか生きてれば、一年後にはかなり普通に生きていけるだろう」ということは分かってると思いますね。しかし、明日か明後日か、妙な週刊誌が出るまでの三日間が苦しくて、ここで自殺しようと思う、その思いを大切にしたということもありえると思うんです。伊丹はそのような人間じゃないかと思います。

「その思いを大切にしたということもありえる」、「そのような人間じゃないかと思」える伊丹十三が、「私小説」で「秋山君」として描かれると、「発刊されたばかりの女性週刊誌に、僕のスキャンダル記事を出させる、という思いつきをした」人物となり、しかもそのリアリティが、読者の（少なくとも私の）心を打つ。それは文学の持つ力だ。つまり言葉の持つ力だ。

「やぶさか対談」の載った『小説現代』七月号の編集後記（「編集室から」）に、「やぶさか対談のゲストに、ぜひ大江健三郎さんを、と年初から秘かに願っておりました。小説のファンで知識と人間性の信者です」という編集部の、よくぞ大江さんがこの雑誌にといった感じの興奮気味の言葉が載っていたけれど、『宙返り』の刊行に合わせて、大江健三郎は、『小説現代』をはじめとして、今までの大江氏らしくない媒体での営業が目につく。『宙返り』を面白そうだと思いながら、いまだ未読でいるのは、大江氏のそういうプロモーションの仕方に対する違和感からだ。雑誌『ダ・ヴィンチ』やTBSの「筑紫哲也NEWS23」や「サンデーモーニング」はともかく、同じくTBSテレビ朝八時半の「はなまるマーケット」の「はなまるカフェ」にまで登場（七月十六日）し、若い女性の方とか若いお母さんがたに「魂のことをする」大切さを伝えたいと話しているのを目にした時には驚いた（いや、より正確に言えば、その数週間前に、日本橋の丸善の新刊コーナーで平積みされている『宙返り』の脇に、「七月十六日の〝はなまるマーケット〟に出演！」というポップを目にした時、まず驚いた）。そこで、『小説現代』の座談会の時と同様、伊丹十三への愛情あふれ懐かしさに満ちた言葉――例えば、同級生でいらした伊丹さんのことをお兄さんと素直に呼べましたかという薬丸裕英の質問に、いやタケちゃんと呼びましたよと答えたりする――を聞かされると、私は、そのたびに、『懐かしい年への手紙』での「秋山君」の描かれ方を思い出し、白じらしい気持ちになってしまうのだ。『小説現代』の「やぶさか対談」や「はなまるマーケット」の「はなまるカフェ」で大江氏は、自分と妻との結婚の縁結びの神として、今は亡き義兄伊丹十三のことを懐かしく回想する。それは『懐かしい年への手紙』で描かれた「秋山君」とはあまりに異なる。けれど、私には、「秋山君」のことを描いた「私小説」の言葉の方がずっとリアリティを感じる。何で大江氏は、こんなにいい人ぶろうとするのだろうか。

そして私は、かつて、ある文学者が、「言葉しか生きられない。そのとおりだけれど、そういう人が近頃は作家になってないんじゃないかね、ひょっとしたら。言葉が好きじゃないんじゃないかと思うような人が文壇にはひしめいているよ。何が好きなんだろう。出世とか賞とか、そういうものが好きなんじゃないか」と述べたあとに、続けて語った、次のような言葉を思い出す。

僕は、それには石原慎太郎君以後のアフタ賞ならざる芥川賞のはなばなしさとか、そういうものの影響があると思う。そういう営業形態があったと思う。それは出版社にあり、その営業形態に乗った作家にあり、それを取り巻く人々にありというものだったと思う。

だけど、その営業形態も古くなって、もう終わっちゃったんですね。いつ終わったか知らない、十五年ぐらい前から終わっているんじゃないかと、僕は思っているんだけど、終わったことがわかりだしたのは、ここ四、五年、あるいは二、三年かなと思ってますよ。

そのへんのところが、たとえば名前をはっきり出すと、大江君の悲劇ですね。大江君の悲劇は、大江君の悲劇であると同時に、そういう営業形態の悲劇であるところがあってね、そこが非常に難しいところだ。
　僕は大江君が自分の悲劇と営業形態の悲劇を通観する視点を持てば、あるいは復活するんじゃないかと思う。

これは今から十二年前の冬、ちょうど大江氏の『懐かしい年への手紙』を私がある感動を持って読み終えた頃に、「今、言葉は生きているか」と題して雑誌『文藝』で中上健次相手に語られた言葉であるけれど、その文学者は、さらにこの二十年前に、文学とは「私のなかにある深い癒《いや》しがたい悲しみ」すなわち「私情」を「率直に語る」ことでもあり、けっして「正義」につくことではないと述べたあと、こう言い切っていた。

　文学が「正義」を語り得ると錯覚したとき、作家は盲目になった。それがいわゆる「戦後文学」のおかした誤りである。作家は怖れずに私情を語り得なくなった。その上に世界の滅亡について語ることが家庭の崩壊について語ることより「本質的」だというこっけいな通念が根をはって、ジャーナリズムは「戦後派作家」を甘やかした。しかし「世界」とはいったいなんだろうか。それは作家の内にあるのか外にあるのか。またたとえば「家庭」とは一個の「世界」であり、そこで人は生き死にしないだろうか（「戦後と私」）。

その文学者、江藤淳の最新作、『文學界』の先月号から連載のはじまった「幼年時代」に私は、感銘を受けた。江頭淳夫ではなく江上敦夫の幼年期が描かれようとするこの「私小説」に。そこに語り込まれている「私情」に。その寂しさに。読者は、「プロローグ　鏡掛け」で、不治の病におかされていた妻が、そうとは知らず、「自分の若い頃の着物と私の生母の形見の着物の端裂を縫い合わせて、新しい鏡掛け」を作っておいたシーンを目にした時、その寂しさのむなさわぎを感じることになる。神経が、本当の文学に出会った時の動きを開始する。むなさわぎは、巻末の、この、母の手紙を読み返す「私」の描写で決定的なものとなる。

何度読み返しても、いや、読み返すたびにその声は、私の耳の奥に聴えて来た。それは落着いていて、知的で優しく、明かるい張りのある声であった。私はもう、母の声をよく覚えていないなどとはいえない。手紙を読み返すたびに、それは甦って来る。読み返さなくとも、私はその声を忘れることなどできない。私は、母の声を知らない子ではなかったのである。

「耳の奥に聴えて」来る声というのが、江藤淳の文学世界の一つの特徴であることを江藤氏の愛読者なら知っている。しかも、その多くの場合、それが死者たちの声であることを。夏目漱石の声、山川方夫の声、小林秀雄の声、そして……。死者たちの声を聞き、「言葉」を書く「私」は、未来の読者だけをあてにする「私」以上に、その「私」の「言葉」をごまかすことができない。なぜなら「私」は、死者である彼（彼女）らの視線を常に背後に生なましく感じているのだから。だが、ここでの「私」は、いつもの江藤氏の批評的作品世界の中での「私」とは少し違う。いつもなら、「私」は、死者たちの声を、今生きる「私」の、生への活力とする。けれど「幼年時代」の「私」はほとんど死者たちの方に引き寄せられている。もちろん、ギリギリの所で、こちらの世界に踏み留まっているのだが。だからこそ江藤氏は「幼年時代」を言葉として作品化することが出来た。

文学は死者たちのもとに言葉を届かさなければならないけれど、死そのものに身を寄せてはならない。そのあやうい緊張感の中で「私小説」の傑作「幼年時代」が成立していたはずだったのに……。

すると文学者江藤淳は私人江頭淳夫に破れたのだろうか。

いや、私は、そう思わない。

江藤淳の遺書に私は優れた文学を感じた。「石見人森林太郎トシテ」亡くなった鷗外森林太郎に対して、かつて鋭い考察（「石見人森林太郎」）を加えた江藤氏が江頭淳夫としてでなく江藤淳として遺書を認めた、その文学者としての「私」性に対して。

庭師と「文学」、本屋のおやじと「文学」、文学者と「文学」

先月号の『文學界』「追悼・江藤淳」を目にした時に驚いてしまった。そのボリュームに。いや、ボリュームだけではなく、質の高さ、臨場感や迫力つまりは読みごたえに。江藤淳が亡くなったのは七月二十一日。それからわずか二週間ちょっとで二百頁を越えるボリュームの特集が店頭に並んだわけだが、質の充実の理由は、その期間の短さによるのかもしれない。それによって強制される集中力に。

そういえば、『文學界』よりさらに発売日が五日早い『諸君！』に載った〝緊急寄稿〟「江藤淳先生と私」（これもまたとても印象深い追悼文だった）で福田和也は、江藤淳から聞かされたという、こんなことを書いていた。

ジャーナリズムで書いていくのは、厳しいものですよ。締め切りは来るけれど書けない、書けないでいると編集者がやってきて、どうしてくれるんですか、真っ白のまま本になりますよ、といって脅す。それでどうしようもなくなって、ヤケで原稿を何とか書いて渡してしまうとね、翌日編集者から電話があって、昨夜と打って変った調子で本当にいい原稿をありがとうございました、と云われ、発表すると実際に評判がいい。こういったスリルを学び、楽しむのが書くということなんだ、と教えて下さった。

単に売れっ子になって書き飛ばせというのではないけれど、ギリギリのギリギリ、極限状況になった時はじめて、意識がにわかに集中し、文学的てらいが消え、逆に真の文学性が生まれることがある。雑誌もまた同様だ。何かの突発事態が起き、短期間で雑誌を完成させなければいけなくなった時、雑誌的てらいが消え、真の雑誌性が生まれる。最近の雑誌の多くが面白くないのは、あまりにも前倒しに作業が進みすぎることだ。それによって世間の時間の流れや季節感と微妙なズレが生じてしまう。そのくせその雑誌が世間の動きとは異なる独特の時間の流れ――それもまた真の雑誌性を獲得するための一つの条件だ――を持っているかというと、そんなことはない。

話を戻せば、数多くの「文学的」な回想や論考が載り、とても読みごたえのあった「追悼・江藤淳」特集の中でも、もっとも私の印象に残ったもの、いわば「文学」性を感じたものが、あとで詳しく述べるように、実は、いわゆるプロの物書きの手に成るものでなかったのは、なぜだろう。江藤淳の突然の死の動揺がダイレクトに伝わってくるからだろうか。しかし、それではその面白さはただの「ノンフィクション」的な面白さになってしまう。

いわゆる文筆家でない人びとの回想が私の心を「文学」的に動かすのは、それらの作品が、江藤淳の死を、下手に「文学」的に解釈しようとしないからだろう。つまり、ありのままの自分の気持ちを語ろうとしているからだろう。(私を含めて)プロの文筆家たちは、ありのままの自分の気持ちを語ろうとする時、それをありのままには描かない。多かれ少なかれ文学的装飾を施す。

当然のことだ。ありのままの気持ちをありのままに語った文章なんて、とても読めた代物ではない。いや、それは、正確に言えば、ありのまま(であると自分で思い込んでいる)の、気持ちや情景を、ありのままに(と自分で思い込んで)、語った文章にすぎない。逆に言えば、真に、ありのままの気持ちをありのままに語った文章——つまり、そういう文学性を持った文章——は、プロの文筆家の中にも、あまり見つけることは出来ない。例外が田中小実昌で……。

いけない、話がまた逸脱しそうだ。元に戻す。私は、「追悼・江藤淳」で目にした多くの印象的な回想文の中でも、江藤家の「庭師」鈴木久雄の談話文「あの晩のこと」に、一番、文学を感じた。

例えば、こういう一節に。

午後は二時から三時に「文學界」の編集長がいらっしゃいましたね。四時くらいに急に真っ黒な雲が立ち込めてきましたが、先生はいつものように応接間で四時半ぐらいからウィスキーを飲み出した。そのうち、雷がゴロゴロと鳴ってきて、五時くらいにダーッて雨が降り出した。「明日やればいいよ」とおっしゃったんで、仕事をしまって車で十分ほどの自宅に帰ったんです。家に着く前に家内が先生の電話を受けたそうで、「お手伝いさんを六時少し過ぎにバス停まで乗せていってくれないか」と。それじゃあと出掛けようとすると「小降りになったから、お手伝いさん、歩いて帰ったから。もういいよ」ともう一度電話をいただいたんですが、生ゴミを出すのを忘れてたんで、そう言って六時過ぎにまた伺いました。裏口を開けてもらうと、先生は食堂で食事をされていたようです。外灯が切れているのに気づいたんですが、「あっ、そう。やっといてくれる」といつもとまったく変わりませんでした。電球を取り替えたりして十分ほどいて帰ったんです。

情景がありありと目に浮かぶ。さらにまた、こういう一節。

先生は湯船の中に座るようにつかって首をうなだれ顔をお湯につけていて、浴槽の脇の右側の台に包丁が置いてあったんです。亡くなっていることはすぐには分かりませんでした。細かい傷が首や手にあった。さっきまで食事してたんだから、「どうして」というふうにしか思えなかったですよ。先生がひどく可哀相で、お湯から顔を出してささえていたら救急車が来ました。お湯はぬるかった。あの光景が頭の隅から消えずに、一日に何度か大きく広がるんですよ。

さりげなくはさみ込まれた、「お湯はぬるかった」というひと言。このひと言の持つリアリティと奥行き。そのリアリティと奥行きは、私の頭の中で、

十七日に、お手伝いさんの買い物用に自転車を買ったとき、先生は車庫まで下りてこられて、ローズ・ピンクっていう色だったんですが、「なかなかいい色じゃない」なんておっしゃった。十九日には「ライターが切れそうで不安だから、三つくらい買ってきてよ」、二十日には「明日の牛乳とヨーグルトを頼む」と注文をされた。

という一節中の、「なかなかいい色じゃない」をはじめとする江藤淳の言葉と重なり合い、強烈な画像を結ぶ。まるで私自身が、「あの光景」を追体験しているような気になってくる。追体験するのは画像だけではない。最後のこの一節に目を通した読者は、きっとそこで描かれている「音」が自分の耳もとで聴えてくるに違いない。

一緒に先生宅の庭を作った庭師の荒沢さんが十四年前に亡くなった翌日のことです。そのことを先生に伝えたら、「その時刻、春雷が鳴っていたなあ」と言っていたのを思い出します。奥様が入院される七月二十三日もたしか雷。先生が亡くなられたときにも雷が鳴っていた。その音で気持ちがドンと下がって、そのまま上がらなかったんですかね。

「庭師」の「談話文」に文学性を感じるなんて大げさな、とツッコミを入れたくなる読者には、文学が小説中心主義にやせほそる前の明治時代には、後藤宙外・伊原青々園編の『唾玉集』（春陽堂　明治三十九年）という本があって、尾崎紅葉や幸田露伴、二葉亭四迷、森鷗外、坪内逍遥らと並んで探訪記者や国事探偵、さらには指物師や女髪結らの「談話」が載っているこのインタビュー集、ちゃんと筑摩書房の『明治文學全集』（第99巻）にも収録されているとお答えしておこう。

実は私が、このひと月ほどの間に、今引いた「庭師」の「談話」と共に、もっとも強く文学を感じた文章は、ある「本屋」の親父の「談話」なのだ。

その「談話」とは同人誌『sumus《スムース》』創刊号に載った「本は魂をもっている」と題された京都の新刊本屋三月書房の店主宍戸恭一のインタビューだ。

その前に、『sumus』について、ひと言説明をしておこう。同人誌と言っても『sumus』は、その先行誌『ARE《アー》』と同様、いわゆる、ただの同人誌ではない。同人誌でありながら小説は一つも載っていない。画家の林哲夫や評論家の岡崎武志をはじめとする六人の本当の本好き――つまりは文学好き――が集い、それぞれの本（主に古本）や好きな人物への思いをのびのびと語り論じて行く。語ると言っても、文学論を声高に語るのではなく、それは文学としか言いようのない、ある空気を、かもし出して行くわけだ。

「本は魂をもっている」はその『sumus』特集「三月書房」の巻頭に載っている。

京都市中京区寺町二条上ル要法寺前町にある三月書房は、知る人ぞ知る伝説的な新刊本屋だ。たたずまいや店の規模は、ごくありふれたそこらの町の新刊本屋と変わらない。しかし、一歩店内に入ったら、はじめての人は、仰天する。仰天し、もしその人が本（文学）好きだったなら、興奮する。棚の本の並び具合に。これこそが、まさに、自分が夢の中で時どき思い描いていた理想の新刊本屋だ。関西出身の人たちからさんざんその噂を聞かされていた私が実際に三月書房に足を踏み入れたのは去年（一九九八年）の暮のことだ。とても興奮した。すでに持っている本まで、つい、買ってしまいたくなった。
と言うと、知らない人は、例えば、かつてのリブロ池袋店の店内の棚の感じを思い浮かべるかもしれない。しかし、三月書房には、リブロ池袋店にあったようなクサさ、さらに言えばある種のアザトさがない。もっと人間らしい感じがする。昔の総合雑誌や文芸誌を開いた時の豊かで楽しく、いい意味での教養的なにおい。それが三月書房にはある。数の上では圧倒的に優位に立つ東京にも、残念ながら、これだけ良質の、町の新刊本屋は見当らない。

「本は魂をもっている」で、インタビュアーの山本善行の、
最近の本屋はだいたい皆どこも同じようになってきて、入れ替えが激しくて量のわりには何もない。ところが、三月書房へ行ったら、毎回いろんな発見があるし、お店はそんなに広くないんですけれども、いい本がある。ジャンル的にも詩もあれば短歌もあれば映画もある。岩波文庫もあれば漫画も絵本もある。大きな本屋さんよりもかえって三月書房さんの方が広がりがある。今、仕入れは息子さんがやられてるんですか？
という質問に、三月書房店主の宍戸恭一は、

いや、仕入れるのは私と息子と家内と三人で選択するんです。家内に言わせたら「私はちゃんと埋草やりますよ」、ハハハハハ。埋草がなかったら、ああいう店張れませんわな、好きな本ばっかり並べとったら。

と答える。

大学一年の時学徒動員で海軍に入り、復員後、慶応義塾大学経済学部を卒業し、羽仁五郎に師事し、共産党に入党した宍戸恭一は、しかし、共産党内で五〇年問題が起きた時に神山茂夫らの反主流派につき、除名、相前後して新刊本屋三月書房を始める（店名の由来はロシアの三月革命には関係なく、たまたま一九五〇年三月一日にオープンしたからだという）。最初は社会科学中心の棚揃えだったのだが、その内、在野で反共産党的左翼の劇作家三好十郎を知り、さらに……。

三好十郎と知り合いになった直後ぐらいに、吉本隆明が同人雑誌に『マチウ書試論』（初出『現代評論』1954）と『転向論』（初出『現代批評』1958）を書いたんです。それでまたビックリしましてね。自分はこういうもんで、あなたの本がものすごい参考になるからと感想を手紙に書いて送ったんですわ。そしたら丁重な返事が来ましてね。京都へ行くから会いましょういうてね、初めてお目にかかったんです。それで店の本も社会科学から少しずつ、三好十郎と吉本隆明を骨子にして、それに関連のあるものを入れていったんです。

そのうち西脇順三郎の作品に引かれたんですよ。もちろん詩を作ったりしたことはないんだけれども、詩の言葉っていうのは何だと言えばね、自分の中にいっぱい眠ってるものがあるわけですよ、それにグサッと刺激を与えて目を覚まさせてくれる、それが詩の言葉やと思うんですわ。西脇さんの詩を読んだらグサッとくる。そういうとこから現代詩の人、その関係を入れていく。それまで関係ないな、と思ってた人が実はものすごい関係があったりね。その当時の自分の心の中いうのは、山登りしててね、瓦礫の山を登ったらお花畑があった、そういう気持ちやった。

さらには歌人でドイツ文学者の高安国世やフランス文学者の生田耕作などを知り、三月書房の棚は、文学的にもどんどん充実して行く。時には著者の方からの持ち込みもあった。しかし、宍戸恭一の文学眼は厳しかった。

詩集を持って来て「僕の詩は最高やから置いたら売れる」て言うんですよ。でもそれは違う。詩は売れるもんやないですよ。このごろえらい有名になっとるけど、まだ全然知らんころですよ、東京からやって来て、僕は長田弘っていう詩をやってるもんだと、自分はこんな本を出している、これは非常に売れると思うから置いて欲しい言うて来たんでね、うちは、自分で読んで感心したら置くけど、それはどこか他所へ持って行って売りなさいって帰したことがあるんです。

ところで、ジャイアント馬場が、由利徹が、そして三木のり平が死んだ今年、私は、有島一郎やトニー谷や石原裕次郎が死んだ、「死者の当り年」であった十二年前のことを思い出した。その年六月六日に森茉莉が亡くなり、同じ夏に、富士正晴が、澁澤龍彦が、そして深沢七郎が、立て続けに亡くなっていった。忘れられない夏だった。

この夏も、江藤淳に続いて、辻邦生、後藤明生が死んでいった。そして、江藤淳が亡くなった翌日、七月二十二日、一人の詩人がこの世を去った。

寺島珠雄、享年七十三。新聞には一紙も死亡記事が載らなかった。それは、この、人目につくことや社会から世話になることを嫌ったアナーキストの詩人にふさわしい、ほうむられかただった。『噂の真相』九月号の連載「ジャーナル読書日記」で井家上隆幸が、「7月×日　アナーキスト詩人、寺島珠雄さん死去。絶筆は皓星社から近刊の『南天堂物語』。近現代アナーキズム運動史をレクチュアしてくれるはずだったのに」と書いていたように、二年前に出た『小野十三郎ノート　別冊』（松本工房）に続く寺島珠雄の新刊は、かつて本郷の白山上にあった伝説的新刊本屋南天堂書房（現在の同名店とは別）を、その階上にあった喫茶店を、そこに集った文学者群像を、アナーキストの文学者ならではの綿密な正確さで描く大著である。

そして私は、寺島珠雄の詩集『片信録』（エンプティ　一九九五年）を久し振りで手にしている。大橋吉之輔への（「番が来た」）、佐々木基一への（「来なかった人」）、竹中労への（「近年ひるめしノート」ほか四篇）、清水清への（「新年弔歌」）、さらには岡本潤への（「火葬場で」ほか四篇）追悼の詩が並んでいる。その中に、「午後の報告」と題する、秋山清を追悼する、こんな詩が載っている。

　バスに乗りかけて気が変った。
　百六十円　用意していた料金をポケットに戻し
　四百円　あらためてつかんで一日乗車券を買った。
　行先を問わず　先着車に乗るときめていたバスだった。
　一九八八年十一月十六日午後のこと。
　裏通りに食品市場のある停留所で降りた。
　そこではやっぱり魚屋に目をとられた。
　魚が　特に煮魚が好きだったあんたの目で見ながら

魚屋の店数を数えたら二十軒近かった。
それから市場の西と南　一軒ずつの古本屋をのぞいて
またバスに乗った。

終点で降りて別の始発に乗り
鉄道の駅を跨ぐ道路の停留所まで行き
暖簾を出しかけている銭湯に入った。
貸しタオル小型石鹸安全剃刀込みで二百九十円。

昔　二円五十銭ほどの長靴が欲しいと書いたあんたに
ちょいと計算してもらいたい一日乗車券の功績。

あの電話はおとといの朝だった　もう二日過ぎている。
つまり二夜連続の深飲み。
三日目の午後はバス散歩。
きみ落ちつけよとあんたがわらう　わらっている。

『片信録』を久し振りで再読した私は、ちょうど、「一日乗車券は七百円だが、バスだけだと五百円になる。三回のればおツリがくるんだから、もっぱら、都バスをのりつぐときは、これにしている」という一節の登場する田中小実昌の新刊『バスにのって』(青土社)を読み終えたばかりだった。いまさら私が言うまでもなく、田中小実昌は、今の時代に数少ない本当の文学者の一人だ。先に私は、田中小実昌は、ありのままの気持ちをありのままに語る、と書いた。しかしその語り方には、田中小実昌ならではの「こだわり」がある。だからこそ彼は文学者なのだ。「オーストラリアのワイン」という一文の書き出しで、彼は、こう語っている。

きょうは火曜日。まえという字を、時間的にまえの場合は、平仮名でまえ、地理的に、たとえば門の前あたりは、漢字で前にしていう。ぼくはモノカキ商売なので、そのほかいろいろ文字については神経をつかっているのだが、こういうことはだまってたほうがいいのかもしれない。読むほうは気にしてないしさ。読者どころか、編集者でさえ無関心だ。そのなかで、ぼくがいちばん気をつかうのは、文字を統一しないこと、つまり、文章の場所によって、平仮名と漢字のふたとおりをつかうってことだ。

そして私は今、『バスにのって』の「あとがき」の最後の、こういう一文を、出来るだけ思い出さないようにしている。

まえは、月曜日から金曜までは、映画の試写を二本ずつ見ていた。一日に二本試写を見ないと、ソンをした気になる。ところが、今では一日に一本の試写で、トクをした気分なのだ。しかし暑くなった……ソンかトクかの気持もあやふやになるだろう。そして、七月になれば、L・A（ロサンゼルス）にいく。しかし、その旅行も、本も、生きているかぎりは、これでおしまいかもしれない。

この一文をここに書き移したのは、それがきっと実現しないようにという、私の、文学的おまじないなのだ。

「フランス文学」と「文学」との関係について

大の追悼文マニアである私にとって江藤淳や辻邦生、後藤明生への追悼がくまれた今月の文芸誌は、どれも、読みごたえがあった。

そして、対談を合わせて五十本を越えるそれらの追悼の中で、一番、私の文学的感受性のどこかを刺激したのは、『新潮』に載った平岡篤頼の後藤明生追悼「笑いと悲しみのあみだ籤」だった。特別のことが描かれているわけではない。つまり、故人（この一文は後藤氏に対してだけでなく、江藤淳や辻邦生への追悼にもなっている）に対する特別の思い出や感情が描かれているわけではない。むしろ、どこか、自然体というか、肩の力がぬけている。平岡氏は、自然体で、彼らの死を受け止めている。そして、自然体であるがゆえに、彼らの死と共に、「文学」の一つの伝統が消え行こうとしていることが、淡々と、しかしリアルに伝わってくる。その追悼文は、こう書き始められる。

このところ毎夏、息子が勤務しているパリへ遊びに行く癖がついて、というかそんな癖がついた家内の観光ガイド役として同行する癖がついて、今年もヨーロッパで三週間ほど過ごした。そういう話をすると、結構なことですなあと、大抵は羨ましげな口ぶりで皮肉られるのだが、実は私にとってはこれはかなり苦痛な家庭サービスなのだ。だから当然のことながら、家内をいじめるような理不尽な暴言を吐くこともあるのだが、外国語が得意でない彼女は、それでも不機嫌な亭主の尻について歩かざるを得ないという、夫婦のどちらにとっても不本意な旅である。それでいていつも一緒だから、仲間うちではおしどり夫婦ということになるらしい。

追悼文としては不思議な書き出しだ。引用した部分は掲載誌の本文で十二行分。けれどここまで（さらに十数行のちまで）、追悼される人物が登場してこない。それがかえって追悼文としての文学的効果を高める。たいていの追悼文のように、いきなり追悼される人物が登場してきたら、文章の焦点は最初から絞られ、いかに優れた追悼文であっても、それを文学として楽しむことは出来ない。いきなり主題を語るのでなく、ズラしつつ記述対象に迫る。それが、ただの散文でなく、文学としての散文の一つのあり方だ。そして言うまでもなく、平岡氏は、自由な時制処理や意識描写で知られるヌーヴォー・ロマンの作家アラン・ロブ゠グリエやクロード・シモンの名訳者でもある。

無駄な説明はこれぐらいにして、先に急ごう。平岡氏が後藤明生の死を知ったのはパリからエーゲ海に向かう旅の途中だった。

その彼の訃報を受け取ったのは、エーゲ海クルーズを含む六日間のギリシャ旅行に出かける直前だった。東京を発つ前に江藤淳の自裁のニュースが報道され、パリで辻邦生の死を電話で知らされたが、さらに《ごっちゃん》こと後藤の死はそれに追い打ちをかけるかのような衝撃だった。それぞれ傾向が違うとはいえ、三人とも当方とはある種熱い交渉のあった相手だけに、炎天下のアテネの街を歩いたり、六百人乗りの客船に乗ってミコノスやロードスやパトモスといった島々、あるいはトルコ領のクシャダシの古代遺跡を見物しているあいだにも、体の奥のどこかで、だれかがひそかに嗚咽している声を聞くような感覚を覚えた。

パリに戻って平岡氏は、後藤明生の文学的転機となった長編小説『挟み撃ち』のことを思い出す。そしてそのゴーゴリーの『外套』と永井荷風の『濹東綺譚』の混合によって生まれた傑作小説で後藤明生が創案した《あみだ籤》理論と題する新しい理論――すなわち、「線的な探究の旅の随所で、突如記憶のなかから意外な思い出が浮かび上がり、物語の横軸に記憶の縦軸が浸出してきて自己増殖し、別個の物語を生み出そうとする」理論――のことを。

自身のことや描写対象を特権化することなく「私」語りをし、文学世界を完成させて行くこと。後藤明生そして平岡氏をはじめとする二十世紀後半の文学者たちは、皆、その問題に悩んだ。世の中を普通に生きている人間なら悩まなくてすむ、そういう問題に。平岡氏は、後藤明生の追悼文を、さらにこう続ける。

　アテネの街頭や船の船室やパリの宿で、いま書きつつあるこの追悼文のことを考えながら、ちらちらと右のようなことを思い出していたが、そんなある夜、三島由紀夫まで夢の中に現れたのには驚いた。「批評」の同人会で何度か同席した頃のままの元気な姿だった。彼もカンラカラカラと大声で笑う人だった。江藤淳もキャッキャッとふざけてテーブルの下に隠れる真似までしたことがある。後藤は言うまでもない。彼ははしゃぎだすと軍歌を歌い、われわれがうろ覚えの一番だけ合唱するといよいよ舞いあがって、歌詞カードにない五番とか十番とかの最後まで、直立不動の姿勢で歌いつづけた。それは、どこか壊れているのではないかという気がするくらいだった。酒の飲み方もそうだった。食道の手術を受けてからも、しばらくすると明け方まで飲む癖にもどった。延々と文学を論じた。

サン゠ジェルマン゠デ゠プレで一緒に飲んだことのある中上健次も、右のリストに加えてみたくなった。こちらが日本の日常から切り離されていたせいもあって、そんな文学者たちの《狂態》に、彼らの生き死にのほんとうのありようを見た気がした。そう思うことで、はるか遠くから後藤たちの供養ができた気分になった。江藤が言ったように、「内に燃えさかる真の火」をもった文学者だけが、いいものを書けるのである。彼のように、自分でそれを口にするかどうかだけの違いだ。

ところで、平岡氏は、今引いた一節に続いて、「外国旅行は、知らない土地や変わった名所を見物したりブランド品を買えたりするからいいのではない。慣れ親しんだ土地を離れて故国を相対化できるからいいのである」と語っているけれど、その「外国旅行」という言葉を、「外国文学」という言葉に置き換えてみたら、どうであろうか。

例えば「フランス文学」という言葉に。

そんなことを私が思うのも、私は、出口裕弘の新著『辰野隆　日仏の円形広場』（新潮社）を再読し終えたばかりだからだ（再読というのは、私は、その長編評論が『新潮』一九九九年五月号に一挙掲載された時に既に目を通していたからだ）。

世の中には、文学を必要とする人間と必要としない人間がいる。誤解なきようにひと言書き添えておけば、作家と呼ばれる人間が、すべて、文学を必要としているわけではない。文学を必要としていないのに、作家になってしまう（なろうとする）人もいる。いや、むしろ、今は、その手の人物が多すぎる。もちろん、それは文学的教養のあるなしではない。例えば深沢七郎は文学を必要とした人間であり、それゆえ彼は、必然的に作家となった。

文学を必要とする、というのは、自分を相対化する視線を持つということである。「我ハ他者ナリ」と言ったランボーの言葉のように、自分の中に他者意識を持って世界を眺め直すこと。そしてそのような他者意識を獲得する手がかりに、かつて、「外国文学」があった。後藤明生も辻邦生も江藤淳も、さらには平岡篤頼も出口裕弘も、そのようにして己れの「文学性」を鍛え上げて行った。文学者におけるそういう出自は、ある時期から（団塊の世代の人びとぐらいから）、見えにくくなっている。私と同世代の（さらにそれ以下の）文学者を見渡しても、そのような「他者意識」を内に秘めた、つまり古くさい「文学性」（もちろんこれはほめ言葉である）を持った文学者は、ほとんどいない。

話がちょっと飛びすぎた。元に戻そう。

いわゆる「外国文学」の中でも、特権的な立場にあったのが、フランス文学である。『辰野隆　日仏の円形広場』の中に、こういう一節が登場する。

何はともあれ、大正二年（一九一三年）、辰野隆はフランス文学専攻の徒となった。これは実に画期的なことだったと私は考えている。大正末以降の日本文学には、おおかたの想像以上に広く深く、フランス文学の影響が浸み透っている。そしてその源流に辰野隆がいる。仏文学の草分けというに止まらない。この人の資質、生い立ち、器量、その一切が、友人、同学の士、とりわけ弟子たちにとって豊かな栄養になった。

「何はともあれ」と言うのは、東大の法学部を卒業した辰野隆が、明治を代表する建築家である父辰野金吾の希望――まともな銀行員にでもなってくれという希望――にそむいてフランス文学に進路変更したその経緯をさす。

『辰野隆　日仏の円形広場』は、大きく分けて三つのテーマが上手くからみ合いながら語られて行く。

一つは近代日本とフランス文化の関係。

二つめはそのフランス文化（文学）を見事に受容した文学者辰野隆の「円形広場」的人物像。

そして三つめは、その「円形広場」を出入りして行った小林秀雄や太宰治をはじめとする文学者たちと辰野隆との文学的関係性（辰野隆の停年退官と入れ違いに東大フランス文学科に入学した出口裕弘はぎりぎりでその「円形広場」の空気をはだで感じ取ることが出来た文学者であり、たった二回だけでも生の辰野隆に接したことのある出口氏の体験談が、その文学的リアリティが、この優れた長編評論をさらに素晴らしいものにしている）。

フランスという「異国」が日本の近代化の中で文学性を帯びて行くのは一つの必然だった。周知のように、フランスは明治維新の際に徳川幕府を支持した。つまり維新のあとでフランスは「朝敵」となった。

もと幕臣だった栗本鋤雲や成島柳北といったフランス通の人びとが維新のあとで新聞記者（この言葉は今よりずっと文学的ニュアンスが強かった）になって行った事実を紹介し、出口氏は、こう書いている。

> フランスを経過した明治人がだれもかれもと言いたいほど新聞界に入っているのは象徴的だ。維新後の日本国でフランスは〝官〟の対蹠《たいせき》点になった。おそらくパリ帰りの〝新帰朝者〟たちは、ナポレオン三世が大改造をほどこして欧州一の現代都市に仕上げたばかりの仏国首都を、自由と芸術と歓楽の都として語り伝えたことだろう。薩長↓官↓野暮、江戸↓在野↓粋《いき》という図式が成立し、日々に陰《かげ》ってゆくその江戸の粋と、幕府に殉じて退潮していったフランスという国の華がひそかに重なりあう。そうした〝好みの連合〟が、明治初期から中期、後期へと濃密化していったのではないか。

といった成島柳北らに続く文学的伝統の一番の大物が、もちろん、『ふらんす物語』（明治四十一年）の作者永井荷風であり、東大の法学部を卒業した辰野隆が文学部に入学し直した、つまり「実学から虚学へ転向」した理由は荷風の影響によるのではないかと出口氏は推測する（この推測はかなりの説得力を持っている）。ここで見逃せないのは辰野隆の父金吾が唐津藩の下級武士の子だったという事実だ。唐津藩は明治維新後、佐賀藩と合わせて佐賀県となったが、薩長土肥すなわち維新の「勝ち組」の中心である佐賀藩（肥前）と異なり、唐津藩は維新の時に幕府側についた。つまり「朝敵」だった。息子を銀行員にさせたかった辰野金吾が、結局、息子隆の「虚学」への転向を支持してしまったのも、単にその熱意に負けてだけではなかっただろう。金吾の心のどこかに、「虚学」すなわち「文学」的なものを認める気持ちがあったに違いない（ここでちょっと対比したいのは、佐賀藩の末裔江藤淳の、時に鼻につく、「実業」への強いこだわりの意識だ。江藤淳のフランス文学との「別れ」について、いつか機会があれば、きちっと調べてみたい）。

そうやってフランス文学に進んだ辰野隆は単なる研究者ではなく真の文学者となった。

ここで話を飛ばす。

自分の門下からは日本一の詩人と日本一の批評家が出たと三好達治や小林秀雄を可愛がり、さらには、日本一の小説家たらんと太宰治がその教室にまぎれこんだ（『晩年』に収録の短篇「逆行」）辰野隆東大教授が、昭和二十三（一九四八）年、停年退官した時、その頃を境に、「フランス文学科と〝文学の実践〟との蜜月は終わり、フランス本国でのフランス文学研究にぴたりと寄り添う日本人秀才たちの時代が始まる」と出口氏は書く。

そもそも出口氏が東大のフランス文学科を目指したのは、旧制浦和高校二年の時に聴いた講演会（いや、そのあとの、「無礼講の座談会」）がきっかけだった。

こういう人物が主任教授を務めているところなら、なんとかやっていけそうだ。十八歳の私はそう考えた。何をやっていけそうなのか。むろん文学である。研究ではなく、創《つく》るほうの文学、それをやらせてもらえると思った。姿勢としては太宰治と同じである。

在学中にじゃんじゃん小説を書いて、うまく行けば原稿料が貰えて、はやばやと名をなせば昔の作家たちのように中途退学したっていい。本心はその辺にあった。辰野仏文こそわれら野心家の自由の天地と勝手に決め込んだわけである。辰野隆本人にそんな声が届いたら、冗談はやめてくれ、フランス語をちゃんと勉強しない仏文科文学青年はこりごりだよと言ったかもしれないが、辰野仏文、リベラル、という定評は動かしがたいものになっていた。

昭和二十三年、私はその辰野仏文の新入生になった。同時に御本尊の辰野隆は東大を六十歳で定年退職した。そのことは覚悟の上だったし、御大がいなくなったからといって急に仏文の雰囲気が変わるものではあるまいと高をくくってもいた。

入ってみると同級生は変則の仏文学生ばかりである。変則とはつまり、旧制高校で正規にフランス語を学んでこなかったという意味だ。私自身、理科から転じた文科生で外国語は英語とドイツ語（そのドイツ語もまったくものにならずじまい）、じきに仲間になった某は法学部卒業者、また某は商船学校出身、そのほか工業大学卒、理科乙類（医学進学コース）から流れてきた者、ドイツ語が第一外国語の文科乙類を経てきた者、ひとりとして〝正則〟の者はいない。共通しているのは文学への野心、そして皆が皆、仏文だからなんとかなると思っていた。

少しずつ実態が見えてきた。私が所属していた学年は、どうやら戦争〝受難者〟の吹きだまりだったらしい。軍隊帰りが多く、中には特攻隊の生き残りさえいたようである。膝にポケットの付いた飛行服を教室でよく見かけた。

翌昭和二十四年、事態は一変した。旧制高校でまる三年かけてフランス語を習得した秀才たちが、どっと仏文へ入ってきたのである。辰野隆自身、東大を去ったその足で旧制一高に出講し、秀才たちの育成に手を貸したのだから、私たちにしてみればことは深刻である。

最後の一行に見られるように、出口氏は、常に複眼的にことを眺める。それがこの長編評論に文学的ふくらみを与えている。自らの留学体験を語る際にも、いわゆるおフランス屋とは違って、出口氏は、日本人である自分がフランス文化にひかれることの奇妙さをきちんと描く。それも論でなく描写で。例えば一九六三年一月、パリの劇場でフランソワーズ・サガン作の「十六区ふうにしゃれ」た芝居を見に行った時の、幕間の場面。

実際、十六区から来た客が多かったのではないか。背丈、容貌、髪型、服装、どれも一味、いや二味ぐらい違う。女だけではない、男もだ。当たりまえの話だが、西洋の長身・白皙の青年が仕立てのいい背広を着るとひどくよく似合う。

幕間の、ロビーでのさんざめき。前後左右から耳に入ってくる美しいフランス語。頭のよさそうな笑い声。

私はこのとき不自由な俄か独身生活を四月《よつき》あまり過ごしたところで、十二月中旬以降、酷寒の連続だったせいもあり、疲労がみごと顔に出ていた。

壁面に大きな鏡があった。そこに冴えない東洋人の全身が映った。私だ。

さらにこのあと、出口氏の二度目のパリ滞在（一九七七年）中に出会ったルーマニアからの亡命哲学者シオラン（言うまでもなく、出口氏は、シオランの『歴史とユートピア』や『生誕の災厄』の名訳者でもある）とのエピソードが描かれ、この長編評論の読ませ所の一つとなる。

シオランをモデルにかつて出口氏は小説『越境者の祭り』（河出書房新社）を執筆し、大学生だった私が小説家出口裕弘の名前を知ったのも、その作品集によってであり、それをきっかけに、さかのぼって、私は、『京子変幻』や『天使扼殺者』（いずれも中央公論社）といった作品を読み、以来、小説家出口裕弘の作品を一つも見逃さず目にしているはずだ。だから『辰野隆　日仏の円形広場』の中のこういうさりげない一行にヒヤッとした。

ヒヤッとしたあとで、私は、私が出口氏の作品に常に「文学」を感じる理由がわかる気がした。「自国を捨て自国語を捨てたシオランと、〝パリの外国人〟をなるべくおおぜい自国語の小説に登場させるつもりで渡仏した私と――あいだを隔てる溝《みぞ》は深い」、という一行に。

出口裕弘の『越境者の祭り』に出会った同じ頃私は、やはりパリを舞台としたもう一冊の、とても素晴らしい短篇集に出会った。

最近みすず書房から「みすずライブラリー」の一冊として復刊された山田稔の『コーマルタン界隈』である。

河出書房版も持っていたのに、シンプルで素敵な装丁にも引かれて、また、買ってしまった。そして再読して、やはりまた、心動かされた。文学的としか言いようのない、小さな感動を受けた。パリで出会った「他者」たちとの独特の距離を持った関係の描き方に。例えば、「その男」という作品の中の……。いや、もはや紙数が尽きてしまった。巻末に収められた、〝『コーマルタン界隈』の平成版〟とも言える秀作『おぱらばん』（青土社）の作者である堀江敏幸（堀江氏は今どき珍しいきちんとした「文学的出自」を感じさせる文学者だ）の解説中の、次の一節を引くことにしよう。

　フランスを中心とする西洋文化への強烈な憧憬と、自国への屈折した想いを軸に綿々とつづられてきた明治以来の創作の系譜が徐々に破綻していくなか、異郷に暮らす人々とほぼおなじ背丈で周囲を見渡しながらかりそめの滞在者としかなりえないことを意識の底できちんと押さえ、いわば傍観者的な眼差しを言葉に定着しうる書き手が登場したのはいつの頃からだろう。崇拝といってもいい欧州の文物への対し方からそれをあえて無視せざるを得なかったヒッピー的な放浪者の世代へ、モラトリアムの変形としてパリを目指した学園紛争後の世代から旅行者気分の短期滞在者へと橋渡しされてきたこの半世紀ほどの作家の変貌をたどってみると、先達の積み重ねをはじくのではなく消化し、思弁的にも自慰的にもならず、いくらか受け身の孤独を柔らかい言葉に載せて飄々と描くような作家がほとんど見あたらないことに驚かされる。

その意味で、山田稔はひとつの例外といって差し支えないだろう。

ところで今回私は、フランス並びということで、さらに、「フランス本国でのフランス文学研究にぴたりと寄り添う日本人秀才たち」の代表で東大初のフランス文学科出身の学長となった蓮實重彥の新著『齟齬の誘惑』（東京大学出版会）についても触れるつもりでいた。だが、ケチをつけるつもりで手にしたその本に、私は、けっこう共感してしまい、例えばパリの大学の事務職員から受けたほどこしの喜びを素直に語る一文（「制度と個人」）にはちょっとグッときてしまったことを正直に告白しておこう。

「年表」が「文学」になる時

十月二十四日の「朝日新聞」の書評欄を目にした時、少し驚いた。六人の書評者が取り上げた本に、小説は一冊も含まれていなかった。

しかし、驚いたのは、そのことにではない。詳しく調べたことはないが、今どき、新聞のメインの書評欄に小説が一冊も登場しなくても、珍しくはないだろう。今や小説は、書かれたり読まれたりするものであっても、論じられるものではなくなりつつあるのだから。

私が驚いたのは、その書評欄で紹介されていた六冊の本の内、二冊をも年表が占めていたことである。

一冊は対外関係史総合年表編集委員会編『対外関係史総合年表』（吉川弘文館）である。評者の歴史学者黒田日出男は、その書評を、こう書きはじめていた。

歴史の醍醐味《だいごみ》のひとつに年表作りがある。歴史研究者なら誰《だれ》でも、論文や文章を書くときには、そのための年表をつくる。極言すると、年表ができあがれば、もうその論文は書けたも同然の状態となる。読んでいて、年表の存在が感じられないような歴史の論文や文章はろくなものではあるまい。

「年表」と「歴史」との関係について、これは、きわめてまっ当な意見だ。「年表」を作ることによって、それぞれの「歴史」のすじ道がくっきりと浮かび上ってくる。すると、例えば、「年表」と「物語」すなわち「文学」との関係は？　いやいや、それはまたあとで考えるとして、とりあえず先を急ごう。十月二十四日の「朝日新聞」の書評欄に載ったもう一冊の年表本は矢代梓（本名笠井雅洋）の『年表で読む二十世紀思想史』（講談社）であり、その本の評者の哲学者木田元は、同書を、こう評価していた。

年表というと、無味乾燥な事実の羅列と思ってしまうが、年表も作り方によって、こんなにも豊潤でおもしろい読みものになる。

私もまた木田氏同様、この「おもしろい読みもの」を、すなわち、「今年の三月、五十三歳の若さで不帰の人となった」矢代梓の遺著を夢中になって読んだ一人だ。

どこがどう面白いのか、その面白さについて、巻頭に収められた、まさに「笠井『二十世紀思想史年表』のおもしろさ」と題する一文（傍点坪内）で今村仁司が簡潔に、こう語っている（私は今村仁司の文章を、これまで、あまり良いと思ったことはなく、いや、面白そうなテーマをかったるく描く天才だと思っていたのだが、この一文はなかなか素晴らしい。今村氏の中で何かが変わったのだろうか。それとも、記述の対象となる矢代氏の力なのだろうか）。

> それは事物のなかに押し入る荒々しい精神とでも言おうか。普通の人々には、事物や事件は、ただそれだけのものであり、彼は聞いたり見たりしてもすぐに忘却していくだろう。要するに、書き割りにすぎないもの、単にそれだけのものでしかない。しかし細部探求者にとっては、事件や事物は、あるいは過去の人間関係などは、「単にそれだけのもの」ではない。それはいわば霊気を吹き込まれたもの、つまり生きたものなのである。彼にとっては死せるものなどは存在しない。彼にとっては、いっさいの事物・事件・人物、およびそれらのすべての関わりは、生きているものである。彼にとっては、

どれほど遠い過去ないし地域の事物や事件や人物であっても、それらはあたかも現在生きている何ものかである。それらは霊をもつ存在として彼に語りかけてくるのだ。

これは、次のような言葉から続いて来る一節だ。

細部探求者としての笠井君は、例えば、大思想家とその思想にも当然ながら関心と興味をいだくけれども、それと同じ程度に、あるいはそれ以上に、普通の観察からは漏れてしまう細部としての、人物の人間関係、人と人との、人と事件との、出会いかたのほうに情熱的といっていいほどの興味と関心をいだくだろう。

この『年表』の一九四一年や一九四七年の項に登場するドイツの文筆家ジークフリート・クラカウアー（『カリガリからヒトラーへ』等）をモデルに、矢代梓は「フユトニストたらんと志していた」という。「フユトニストは、昔は連載小説作家のことであったらしいが、いつしか機知にとむ文化批評家を意味するようになった」。そして、クラカウアーと並ぶフユトニストにして細部探求者の先駆に、あのヴァルター・ベンヤミンがいて、今村氏は、矢代梓をベンヤミンと重ねて論じる（二人に共通するのは「子供」の感受性であると今村氏は言う）。実際、この年表の読み所の一つに、一九二六年から二七年に続いて行く流れ（日本では、ちょうど、大正から昭和へと変わる頃だ）がある。

まず一九二六年。「ルイ・アラゴン、『パリの農夫』を刊行。この小説は、アラゴンにとって最後期のシュルレアリストとしての散文の一つである。……『パリの農夫』はオスマン大通りの伸張によって破壊された〈オペラ座パサージュ〉のことを印象深く描き出している。安ホテルや安料理店、切手商や本屋のある、うらさびれたパサージュにうごめいている理髪師、娼婦、店員、門衛などを、乾いた自動記述の筆致で書き上げたこの作品は、パリという都市のなかに住みついている神話的イメージを見事に再現している」。

そして一九二七年。「夏から秋　ヴァルター・ベンヤミン、パリに滞在。ベンヤミンはその前年にも、三月から数ヵ月間、パリに滞在してアフォリズム集『一方通行路』の中心部分を書いているが、このパリ滞在は、ベンヤミンにとって決定的なものになった。彼はアラゴンの『パリの農夫』を読み、はかりしれない程の影響を受けた。ベンヤミンの生涯最後の十年間の最も大きな仕事である『パサージュ論』の構想が、アラゴンの書物との巡り逢いによってうまれたからだった。……ここには、二十世紀が超えようとして超克できなかった十九世紀の神話的な姿が引用文のコラージュの形をとって現れている。これをどう読み解くかは、これからの課題である」。

このように時間軸に沿った形でだけでなく、空間的な切り方で眺めても、この『年表』は、読みごたえがある。

例えば一九五六年。ロンドンのロイヤル・コート劇場でJ・オズボーンの『怒りをこめてふりかえれ』が初演され、C・ウィルソンの『アウトサイダー』が刊行され、「怒れる若者たち」が話題を集めたこの年は、アメリカではA・ギンズバーグの長編詩『吠える』が登場し、フランスでは「ヌーヴォー・ロマン」の代表作の一つであるM・ビュトールの『時間割』が刊行され、ソビエトではこの年二月のフルシチョフ首相のスターリン批判と重なるようにI・エレンブルグの小説『雪どけ』が完結し（ただしB・パステルナークの長編小説『ドクトル・ジバゴ』は活字化ならなかったけれど）、一方、日本では中野好夫が『文藝春秋』二月号に発表した評論「もはや戦後ではない」が論議を呼んだ。

見事な「二十世紀思想史」の一断面となっている。

ところで、最初に触れた黒田日出男の『対外関係史総合年表』の書評中に、こういう一節が登場する。

年表というのは通史叙述と違って、記事（事実）間につながりはない。使う側が脈絡をつけていくのである。年表は、だから万人に開かれた道具なのだ。

この言葉は、先に引いた木田元の評言中の、「年表というと、無味乾燥な事実の羅列と思ってしまうが」という一節と補完し合っている。矢代梓の作った二十世紀思想史『年表』が「無味乾燥」でないのは、『年表』の陰にかくれた黒衣でありながら、そこにどこか年表作者である矢代梓の作家性が感じられるからだ。いや、ありながらと言うよりは、黒衣ならではの作家性を。なるほど、「怒れる若者たち」とビートニクとヌーヴォー・ロマンと『雪どけ』と、「もはや戦後ではない」との間には、何の事実間の「つながり」もない。その「つながり」の「脈絡」をつけるのは、読者（この場合は私）の想像力だ。しかし、そういう想像力を働かしている時に、既に私は、作者である矢代梓の組み立てた「物語」のあとをたどっているのだ。

そして私は、その「物語」に、私の身をゆだねることが、けっして嫌いではない。

ここで最初の問いかけに戻ることになる。「歴史」を、事実のみに絞って表示して行く「年表」は、はたして「物語」とどのような関係にあるのだろうか。

丸谷才一は、『思考のレッスン』（文藝春秋）で、「つくって得をするのが、年表ですね。手製の年表をつくりながら読むと話がはっきりする。歴史の本なんか特にそうですね。歴史、および伝記のときには、手製の年表をつくる。そうすると、いろんな新しい発見もでてくるんです」と述べたあと、アメリカの歴史学者H・ホワイトの、「年表の最も基本的なかたちは、物語と対立するものである」という考えを紹介している。

W・J・T・ミッチェル編による論集『物語について』（翻訳　平凡社）に収められた論文「歴史における物語性の価値」でホワイトは、「年表」を「年代記」と比較しながら、こう書いている（原田大介訳）。

年表という形式は物語の要素をまったく持っておらず、年代順に並べられた出来事の一覧表だけから構成されている。対照的に、年代記は話を語ろうという願いを持っているように思えることも多く、物語性を得ようと望みながら、しかし、一般にはその願望が満たされることはない。もっとはっきりと言えば、年代記は通常、物語として首尾よく自己完結できぬまま終わるという特徴を持っているのである。年代記は完結するというよりは、むしろ単に終わってしまうのである。

ホワイトによれば「年表」は最初から、「物語」になり得る要素を欠いている。一方、「年代記」も、それが正確な歴史記述であればあるほど、起承転結をはずれ、「物語」から遠ざかって行くことになる。いずれにせよ、「年表」や「年代記」は、「文学」とジャンルが異なる（はずの）ものだという。

そして私は、今、ある一つの「年表」を思い出している。

斎藤月岑の『武江年表』である。江戸神田の名主だった斎藤月岑（文化元・一八〇四年生まれ、明治十一・一八七八年没）は、天正十八（一五九〇）年から明治六（一八七三）年に至る事件や風俗を克明に記録した「年表」を世に残した。それが『武江年表』（現在、平凡社東洋文庫に収録）であるが、例えば、その慶応四（一八六八）年の五月から六月にかけては、こんな具合だ（ちなみに、改元によって明治時代がはじまるのはその年九月八日のことである）。

○同十五日、雨天、暁より官軍東叡山に向はれ、山内に籠り居りし彰義隊と号せし脱走浪士と戦闘あり、谷中辺を始めとして大炮を放され、又三枚橋通へ押寄せ、双方より大炮を発して戦ひに成り、夜に至り山門其の外に火を放つが故、惜しむべし、さしも甍《いらか》を並べて壮麗たる根本堂、多宝塔、輪蔵、鐘楼、常行堂、法華堂、文珠楼（山内）、御本坊、寺中は本覚院、凌雲院、寒松院、涼泉院、覚王院、顕明院、明教院等、倶《とも》に舞馬《ぶば》の阨《やく》に罹り、片時の間に烏有《うゆう》となれり。（中略）此の兵燹《へいせん》、大谷山下等の町家寺院に及ぼし、三枚橋、北は瀬川屋敷、五条天神官、元二王門前御家来屋敷、啓運寺、車坂町、浅草寺町の辺町屋寺院、御徒士《おかち》屋敷、南は黒門町、大門町、常楽院、仲町お数寄屋町、西は谷中善光寺坂、三坂寺の辺に至る迄、町屋寺院悉く焼却せり（此の辺の輩、財を運ぶに暇なく、漸く命を全うして逃ぐるのみなり。その翌日、山内のさま街の騒劇おもひやるべし。所所通行止り、江戸中の商家も大方なりはひを休みたるもの多し）。○同夜、番町に放火三度程有り（頓に消したる由なり）。○同十六日夜、赤坂氷川社の近辺にて、御旗本銃隊頭《がしら》多賀氏、斎藤氏の邸へ浪士大勢集り、大砲を発し、戦争に及びしにぞ、火事に成りたり。されど間もなく鎮まる。○同十七日、飛鳥山の辺落武者《おちむしゃ》を討留《うちと》るのため、官軍御《お》固《かため》あり。○道路其の外盗賊多し。○十九日、三奉行（寺社、町方、御勘定）を改め、布政、民政、社寺裁判所と号せらる。○町会所より、下谷中辺兵火に罹りし町々の貧民へ御救米銭を頒《わか》たる。○米価諸物、弥《いよいよ》貴し。○上野両大師、慈眼堂へ安置し奉る（山内三十六坊、兵燹に残りしは追々罷止と成る。月々御廃の遷座止む）。○六月八日、かゝる中にも両国川通花火ありて、楼船数多く艚連ねて絃歌喧しく、水陸の賑ひ大方ならず。

あえて、こう長々と引用を続けたのは、もちろん、最後の一節すなわち六月八日の項の臨場感を追体験してもらいたかったからだ。その「物語」性を味わってもらいたかったからだ。戊辰戦争の動乱の日々が続く中、まるで何事もないかのように、例年通り、両国で、隅田川の川開きの花火大会が開かれ、多くの人が楽しんだ。そういう「日常」を斎藤月岑は見逃さない（ここにあるのは、年表作者というよりは同時代人としての眼ではあるのだが……）。普通の「年表」や「年代記」は、こういう「非日常」の中の「日常」つまり歴史の大きな流れとは無関係の出来事は無視しがちである。だから、ホワイトの言うように、そこに「物語」を味わうことは出来ない。「文学」の生まれる余地はない。

もちろん、『武江年表』は、客観的な年表ではない。作品化の意図が少しはまぎれ込んでいる。それは、「か丶る中にも」という言葉にも明らかだ。

しかし本当に客観的な年表など、神ならざる身では、作りようがないのだし、どの事実を拾って、どの事実を捨てるかという作業は、まさに主観のなせるわざだ。そして優れた年表とは、この『武江年表』や先に触れた矢代梓の『年表で読む二十世紀思想史』のように、ギリギリまでは客観的でありながら、どこかに、年表作者である「作家」の主体の興味のあり所や人間性が感じられる、そういう年表だ（ただしこの客観と主観のバランスはとても難しい）。その時、年表は、一つの「文学」となり得る。

そして、今年になって、私たちは、そういう「文学」性を持った年表（年譜）に、また一つ出会えた。

武藤康史作成による江藤淳年譜である。その最初の形である「江藤淳エピソード付き年譜」（『文學界』九月号）の読みごたえについては、田久保英夫（『群像』十月号）をはじめとする何人もの人が指摘していたけれど、やがて刊行されるであろう江藤淳著作集に収録予定の年譜の「助走にすぎ」ないと謙遜するその力作をもとに、武藤氏は、さらに二種類の江藤淳年譜を完成させた。『幼年時代』（文藝春秋）の巻末に収録された「江藤淳年譜」と季刊『三田文學』の秋季号に掲載された「江藤淳・年譜（一九三二〜一九九九）」である。三つの年譜を読み比べてみると、興味深い。ところどころで、私は、「文学」的に興奮してしまった。

「江藤淳・年譜（一九三二～一九九九）」は「江藤淳エピソード付き年譜」や「江藤淳年譜」に比べて、『三田文學』ならではの、増補がある。たとえば慶応義塾大学に入学した昭和二十八年の項の、

一年生のころから江頭淳夫・三浦慶子は教室の最前列で並んでいたという（藤井昇先生談話）。

この学年には高山鉄男（仏文科に進み、のち仏文科教授）、山田彦彌（仏文科に進み、のち新潮社）、金坂健二（英文科に進み、のち評論家）、青柳正美（英文科に進み、のち中央公論社）がいた。

という部分に。

その他にも、この三つの年譜には、幾つもの異同があるけれど、私が一番、「文学」を感じたのは、こういう箇所だ。

昭和三十三年、江藤淳のジャーナリズムへの寄稿が増え、それが大学院で問題視された事実を紹介したあと、武藤氏は、「江藤淳年譜」でこう書いている（「江藤淳・年譜（一九三二～一九九九）」も同様）。

たであろう。誰が《勧告》したのかわからないが、指導教授がかばっていれば問題にはならなかっ

江藤淳の没後すぐに発表された「江藤淳エピソード付き年譜」では、この部分は、こうなっていた。

誰が《勧告》したのかわからないが、こういうことに指導教授が関係していないはずがなく、指導教授がよしとすれば問題にはならなかったであろう。むしろ指導教授が問題にしたからこういうことになったのではないか。若年のころからジャーナリズムで持て囃された経験を有する西脇順三郎の、江藤淳への嫉妬がありはしなかったか。

いつもおだやかな武藤氏には珍しく、かなり激しい口調だ。ふだん、武藤氏は、このようにストレートに、人を批判しない。批判するにしても、もっと、やんわりとである。たぶん、江藤淳のあのような突然の死の、不思議な熱気の中で、武藤氏も、いつものおだやかさを失っていたのだろう。心が動揺していたのだろう。いわばこれは、「年譜」という形を借りた、武藤氏の、江藤淳追悼の言葉だ。そして私は、武藤氏の、このような「文学」的な江藤淳追悼のあり方を、支持する。

もはや紙数が尽きてしまいそうだが、『年表で読む二十世紀思想史』と並んで、最近私が夢中になって読んだ新刊に松山巖の『世紀末の一年　一九〇〇年ジャパン』（朝日選書）がある。

新刊と書いたのにはわけがある。一九〇〇（明治三十三）年の「ジャパン」の一年を一月ごとにテーマ（公害であるとか鉄道であるとか東京であるとか）を立てて描いて行くこの評論集、十二年前に出た元版と比べ大幅な増補改訂がなされているからだ。いわば全面改稿といって良いほどの。「あとがき」で松山氏は、こう語っている。

> 朝日選書として、先の本を再刊するという話をいただいた折、私は以前から関心を抱いていた、一九〇二年九月に没した正岡子規の日常、子規庵に集った人々のことを、あらたにくわえることを思いついた。
>
> 『世紀末の一年』は明治三十三年、つまり西暦で一九〇〇年、十九世紀最後の一年を月ごとにテーマを変えて記述している。論旨を変えるつもりはなかったが、前著ではまったくふれなかった子規の日常と、彼がその年前後に考えたことを織り込めば、さらにその年の姿が明瞭に浮かびあがると考えた。

子規および彼を取り巻く人びとのこの年の毎日の暮らし振りや仕事振りを「年表」的に

適宜挿入することによって、足尾銅山事件だとか鉄道国有化といった大問題がぐっと身近に引き寄せられ、そのマクロとミクロの対話的描写のおかげで、『世紀末の一年』は十二年前に出た元版以上の「文学」的クオリティーを獲得している。

十一月十日の死亡記事に載っていた二人の文学者

　遅ればせながら八木義徳の新刊『文章教室』（作品社）と鶴田欣也の新刊『越境者が読んだ近代日本文学』（新曜社）を本屋（神保町の東京堂書店）で購入した。奥附けを見ると『越境者が読んだ近代日本文学』は今年の五月二十日発行（私の入手したのは七月三十日発行の第二刷）で、『文章教室』は今年の一月十五日発行（こちらも、私が入手したのは二月二十五日発行の第二刷）。二冊の本ともに、私は、出た時から気になっていたのだが、良い機会だから同時に購入した。

『シブい本』（文藝春秋）に収録した「芸文時評」でも触れたけれど、私は、八木義徳のファンだ。八木義徳の文章は、たとえどんな短い雑文であったとしても、文学的に楽しめる（逆に言えば、そういう短い雑文で文学的楽しみを与えてくれる作家は、今やほとんどいなくなってしまった）。

しかも私は去年、八木義徳の本を二冊、別々の機会に古書店（展）で手に入れ、ある感銘を受けていたのだ。その内の一冊『男の居場所』（北海道新聞社　昭和五十三年）については、またいつか触れるとして、ここでは、文学的自伝『私の文学』（北苑社　昭和四十六年）のことを語りたい。

去年の秋、札幌大学で、友人の古本屋月の輪書林の高橋徹と共に講演をした。翌日、北海道文学館で開かれていた「有島武郎とヨーロッパ」展を見たあと、「札幌そごう」の古本祭りをひやかし、さらに彼の案内で北大近くにある古本屋弘南堂にまわった。弘南堂の目録は私がいつも楽しみにしている古書目録の一つだ。しかし目録は充実していても店舗は今ひとつといった古本屋もある。弘南堂は目録通りの店だった。その弘南堂で『稲垣達郎學藝文集』全三巻（筑摩書房）や古川緑波の『映画のＡＢＣ』（誠文堂十銭文庫）などと共に購入したのが『私の文学』だった。

はじめての北海道行きだったし、「有島武郎とヨーロッパ」展を見て来たばかりだったこともあり、帰りの飛行機では、その土地ゆかりの作家で、「有島こそ開眼の師」という章もある『私の文学』に読みふけった。

剣道部の選手で文学とは無縁だった旧制中学時代の八木少年が、友人の貸してくれた有島武郎の『生れ出づる悩み』を読んで文学に開眼した時のことを、彼は、こう回想する。

　読み終わったとき、私の眼からは涙があふれ出ていた。〝硬派〟をもって任ずる私が、小説を読んで泣くなどというのは、いかにも心外なことであった。だが、心外であろうとなかろうと、いま現にその私が泣いていることだけはたしかであった。しかも私は、自分の眼から涙をあふれさせながら、ある甘美ともいうべき快感のなかに全身的にひたっていた。これもまた私にとっては生まれてはじめての経験であった。

　文学には開眼したものの、彼は、いわゆる「文学少年には決してならなかった」。港町室蘭に育った彼の夢は外国航路の船員になることだった（ここではないどこかに行きたいというロマンティックな思い。そして、その思いは、おうおうにして文学の夢へと転移される）。だから商船学校を目指していたのだが、視力の関係で、北大水産専門部に入学した。

入ってみると失望した。講義は無味乾燥だったし、級友たちの多くは話が合わない。

　私は怠惰な学生になった。学校ですごす時間よりも、学校の近くの喫茶店で音楽をききながらすごす時間の方が多くなった。夜はもっぱら小説の時間であった。私は酒が一滴も飲めず、また性的欲望を金銭で処理するという方法も知らなかった。学校では、酒と女の話がもっとも人気のある話題であった。将来、海に生きようとする男たちにとって、酒と女は必要不可欠のものであった。私は怠惰な学生から、しだいに孤独で憂鬱な学生になって行った。

そうして乱読を続けて行くうちにドストエフスキーの『罪と罰』に出会った。

『罪と罰』の私にあたえた感銘は強烈であった。それは私のいままで読んできたどの小説よりも、濃密で、底が深くて、厚くて、ガッシリしていて、しかもなにやら得体の知れぬ気味のわるさを持った小説であった。むろん当時の私の浅い鑑賞力では、この小説全体のもつ思想的意味などを十分に理解しえたはずはない。だが、主人公のラスコーリニコフと女主人公のソーニャの二人は、現実の人間以上のたしかな実在感をもって私をとらえた。

それから数日後、室蘭の母親から授業料が送られて来た。青年はその金を持って、なじみの古本屋に行き、ドストエフスキー全集全二十四巻を「ひとまとめに買い」、大きな風呂敷につつみ、「背中にしょって下宿に帰った」。下宿の机の横にそれを高く積み上げると、一つの誓いを立てた。「このドストエフスキーを、毎日一巻ずつ必ず読破すること」、と。そして『カラマーゾフの兄弟』まで読み進めて行った。『罪と罰』の「感銘は強烈」なら、『カラマーゾフの兄弟』は、「大げさにいえば、私の魂をどん底から震撼させた」。

それを読み終わったとき、下宿の部屋の窓が白みかかっていた。私は昂奮からじっとしていられず、どてらの上に羽織をひっかけると、そのまま下宿をとび出した。夜明けの街には人影はなかった。私はふらふらと歩き出した。まわりの風物はほとんど眼に入らなかった。脚だけが勝手な方向へ勝手に歩いていた。頭のなかは雑多な想念で煮えくりかえり、熱でカッカと火照（ほて）っていた。

ただしここまでなら当時の文学青年にとってさほど珍しくない。

彼が本格的に「文学」を必要とするには、さらなる経験があった。ドストエフスキーに熱中した八木青年は、ロシア語を習得しようとある講習会に参加し、そこで出会った朝鮮人留学生から「社会科学」を学ぶ。

それからあとの詳しい話は省略する（興味ある人は『私の文学』の二十七頁から七十三頁までを直接当ってもらいたい）。カラフト放浪、北大退学、上京、文化学院でのロシア語および文学講座での小林多喜二らとの出会い、地下活動、ハルピンへの逃亡、自殺未遂、それを救ってくれた二人の売春婦、賭博場の用心棒役、その賭博場の一斉捜査による逮捕、日本への連行、という経緯をへて、八木青年は故郷室蘭の警察の留置場で「転向書」を書かされ判を押す。

それは屈辱的な経験だった。「耐えがたい自己嫌悪と自己蔑視の入り混じった感情」。そんな中で彼は、再び「文学」にめぐり会う。

私の前に、突然、姿をあらわした一つの新しい世界――それは「文学」という世界であった。（中略）

『罪と罰』のスヴィドリガイロフや、『カラマーゾフの兄弟』のスメルジャコフのような人間――すなわち、この世でもっとも卑小で卑劣で、陰険で、しかも世のひとびとがこの上なく気高く美しく神聖なものとして崇（あが）めまつっているものに、ペッペッと汚ないツバを吐きかけ、それを土足で踏みにじっては、ニタニタ冷笑的なうすら笑いを浮かべているような人間……。

「そういう人間の屑のような奴らでも、やっぱり人間は人間なんだ」

そう思うことは、そのとき耐えがたい屈辱感と自己嫌悪と自己蔑視に、まるで醜い蛙の腹のようにふくれ上った私の心の中に、なにか深い慰めをあたえてくれたのである。

それは私にとっては、ひとつのおどろきであり、同時にまた一つの大きい救いでもあった。

私はそれを「文学」というものの持つ不思議な力の働きによるものと考えた。「文学というものが、こんな不思議な力をもって人間を陶酔させることができるものであるのならば、自分もなんとかして、この世界へ入って行きたいものだ」と八木青年は考えた。昭和七年、一九三二年のことである。

『文章教室』は八木義徳の『何年ぶりかの朝』（北海道新聞社）以来五年ぶりの新刊であるのに、出てすぐに私がそれを購入しなかったのは、「文章読本」だとかその手の本に、私が、全然興味ないからだ。チラッと立ち読みした感じでも、川端康成の『雪国』や志賀直哉の『城の崎にて』などをはじめとして、名文の見本として採られている作品（文章）の方がメインで、それに対する八木義徳のコメントは脇役に見えたのだ（実際に読んでみたら、それがまったくの誤解であることがわかった）。ファンとしてはもっと八木自身の文章をたっぷりと読みたい（それが複雑なファン心理というものだ）。

ところで、八木義徳はともかく、なぜ私は、鶴田欣也の『越境者が読んだ近代日本文学』に興味を持ったのだろう。

ふだん私は、この手の、比較文学者が書いた日本文学研究書を手に取ることがない。むしろ、数少ない例外を除いて、その手の比較文学者こそは、「文学」とは無縁の、つまり文学的感受性のにぶい連中だと思っている。

実は、私は、最近まで、鶴田欣也が何者であるのか知らないでいた。何冊かの編著を刊行していることは知っていた。だが、要するに、ただの比較文学者だと思っていた。

京都に国際日本文化研究センターという研究機関があって、年に二回、『日文研』という雑誌を出している。いわゆる紀要ではなく、もっと気軽な読み物集。いわば研究余滴集。しかし日文研は河合隼雄や井上章一をはじめとするタレントぞろいだからなかなか読みごたえがある。私は日文研の共同研究員で、研究会に出席すれば旅費が支給される。けれど出席率のとても悪い研究員で、税金の無駄使いのようで内心うしろめたく思っている(よく考えれば、そんなことないのに)。そしてその分、送られてきた雑誌は熱心に読む。

その『日文研』の去年の春の号(第十九号)に掲載された鶴田欣也のエッセイ「浦島の体温差」を読み終えたあと、不思議なあと味が残った。そのあと味は、以後も私の中で何度かよみがえった(もちろん、私は、そのあと味が嫌いではない)。

北米(カナダおよびアメリカ)に長く暮らした鶴田欣也は四十年ぶりで日本に戻り、「浦島太郎」的体験を味わう。例えばある学会での出来事。配られたペーパーとズレのある発表を疑問に思い、質疑応答時間にそのことを発表者に質問すると、彼女は、「質問には直接答えず、あなたがそういう質問をするのは、北米滞在が長すぎたからである、そういう質問をしないためにも日本回帰をすることをおすすめする」と答えた。

それから、ブリティッシュ・コロンビア大学の退官記念論文集の刊行記念祝賀会を学士会館で開いた時のこと。

会の一週間ほど前にある知人から電話があった。切羽つまった声なので、こちらにも相手の眦《まなじり》を決した緊張が受話器からビリビリ伝わってきた。わたくしは不断このようなことをひとには申し上げないのだが、ことが重要なだけに黙してはいられない。聞きづらいと思うがあなたのためになることだから、聞いてもらいたいというドラマチックな切り出し方だった。長電話だったのだが、約していうと、次のような話である。洩れ聞くところによると、あなたは祝賀会に工藤美代子（小生の二度目の女房殿で数年前に離婚し、最近別の人と再婚。ノンフィクション作家）さんを招いたが彼女はモンゴルに取材中なので、その代わりにスピーチの代読があるらしい、また、彼女の母堂および姉にあたる人も会に招かれていて、こっちの方は会に現われるらしい。外国のことはよく知らないが、日本ではこういうことはしてはいけないことである。出席者の方々はこのことによって侮辱されるであろう。祝賀会がこの一事によって大きなダメージを受けることは間違いがない、深く再考を促したい。

鶴田氏は、これを、あくまで「日本的」な反応だととらえた。ところが会が終わってから、日文研で、あるカナダ人の同僚に会ったら、彼は、「あのパーティは実に楽しかったねえ」と言ったあと、続けて、「しかし、ミヨコのスピーチ、あれは異様（weird）な感じがしたね、だってそうだろう、過去のものが急に最後に幽霊みたいに出てきてさ」、と言葉をつけ加えた。しかも彼は、「ヒッピー・アーティストが学者になったような人で、社会の因習などということから遠い人間だ」。その瞬間、鶴田氏は、「ははあん、と何かがわかったような気がした」。

どうも体温差というのを私は一途に文化の差にしてきたのだが、どうやら、これが間違っていたらしい。文化の差ではなくて、人間個人の差だったのだ。私は四十年間の差というのを大袈裟に考えすぎていたらしい。また、電話をかけてきた人の、日本ではそういうことはやりませんを額面どおりとりすぎたのかもしれない、彼女の真意は過去は過去に流すべしというパーソナルなメッセージにあったのかもしれないし、またどこかで、そこに「異様」なものを彼女は捉えていたのかもしれない。そしてこの異様な亡霊とは私の内部から立ち昇ったものだ。スピーチを感動して受けとった方も、グーセンさんとは違った意味で、因習などというものから遠い人だ。しかし彼も「異様」は充分感じた上での反応だったのだろう。むしろ「異様」のために私をよりよく理解できたとお考えになったのかもしれない。出席者の方々も私の内部から流れ出した「異様」を感じながらもおもしろいパーティで、と言って下さったのだろう。「異様」を感じなかったのは私一人だったのかもしれない。

紹介できたのはこの長めのエッセイのごく一部であるが、そのダイジェストした部分だけを読みつないでいっても、私の感じた「不思議なあと味」を追体験出来るだろう。ここには何か、「過剰」なものが滲み出ている。ただの比較文学者の文章にはない「過剰」なものが。そして、その「過剰」さは「文学」としか名付けようがない。

つまり、鶴田欣也もまた、八木義徳同様、「文学」が必要な人だったのである。

その「浦島の体温差」が収録されているのを知っていながら、『越境者が読んだ近代日本文学』を、私は、刊行時に買い求めようとは思わなかった。何より値段（四千六百円）が高かったし、そこに収められている川端論や谷崎論にはあまり興味が持てなかったから。つまり、アメリカのニュークリティシズムの教育を受けた鶴田氏の精密な「読み」には関心がなかったから（この本の「あとがき」で鶴田氏は、「あなたの書いているものには、作品の理詰めの分析だけで、書き手の感情や内部がないので息が詰まる、と言われたことが何度かある」と書いている）。

そんな私が、『越境者が読んだ近代日本文学』を、八木義徳の『文章教室』と合わせて、今年の十一月、遅ればせながら手に入れたのは、十日付け朝刊の死亡記事を目にしたからだ。二人の文学者は、その死亡記事で、並べて紹介されていた（「毎日新聞」による）。バンクーバーの自宅で亡くなった鶴田欣也の死亡記事の最後の一節は、こうだ。

今年5月「越境者が読んだ近代日本文学」を日本で刊行した。

そして、町田市の病院で亡くなった八木義徳は。

今年1月には「文章教室」を刊行して好評だった。地味だが貴重な〝純文学一筋〟の作家だった。

二人の文学者としてのたたずまいは、まったく異なる。二人は、別べつの道すじで、「文学」に出会った。その「文学」表現法も、また、まったく異なる。そして私は、去年、そんな彼らそれぞれの「文学」性に、ある刺激を受けた。そういう二人の文学者が、たまたま、新聞の死亡記事に、なかよく並んでいる。お疲れさまでした。

八木義徳と「文学」との出会いは既に紹介した。すると、鶴田欣也の場合は？『越境者が読んだ近代日本文学』の「あとがき」の書き出しを先に引用した。その一節は、こういう言葉が続く。「また、あなたは私のパーソナルなことをよく知っているが、考えてみるとあなたの生い立ちや家族のことは全く知らないと言われたこともある」。「越境者の告白」と題されたこの「あとがき」は、そんな鶴田氏が初めて語る――末期ガンによる目前にひかえた死を見すえての――パーソナルな自伝、「文学」的自伝である。

一九三二年、つまり八木義徳が本格的に「文学」と出会った年、東京に生まれた鶴田欣也は、複雑な家庭環境のゆえもあって、「すねる」「ひがむ」「うらむ」の三拍子そろった少年へと成長していった。

若い人間にとって人生というものはとてつもなく大きいものに見える。そこで人生への「取っかかり」とか「取っ手」のようなものが必要になってくる。今考えてみると、私には三つの「取っかかり」があったように思える。第一は文学、第二は英語、第三は「教える」ということである。これらはみな「すねる」「ひがむ」「うらむ」という感情と関係がある。文学は憎むべき世からの逃避でもあり、批判でもあった。悲しい物語の主人公と同化して涙を流したり、一刀両断にこの世を切って捨てた文章、例えば芥川などのアフォリズムに出会うと、快哉を叫んだものだ。

ただ私はひねくれている自身に対して、川端のように反省もあった。「うらむ」自分に対しての自己嫌悪も充分にあった。子供心にもねじれていると誰も自分を可愛がってくれないこともよくわかっていた。私の「ねじれ」にはそれに並行して真直な人間になりたいという願望がいつもあった。そういう私にとって英語は一種の救いだった。

工業高校から上智大学の英文科に進んだ鶴田青年は、発音を「冠詞から直され」ながら、夢中になって英語を学び、一九五六年、フルブライトでアメリカに渡り、そのまま四十年以上、北米に暮らし、カナダの国籍を得ることになる。英語で話せば、彼は、自分のかくありたいという人物としてふるまうことが出来た。

『越境者が読んだ近代日本文学』には「川端康成の向こう側空間」と「川端康成のアニミズム」という二つの川端康成論が収められている。いかにも研究者らしい、「理詰めの分析」が。つまり『文章教室』の冒頭で、川端康成の『雪国』の、「夜の底が白くなった」という書き出しを引いたあと、「私がこの小説をはじめて読んだのは、まだ早稲田の学生のころであったが、『夜の底が白くなった』という文章に出会ったとき、あ、しまった、と思ったことをいまも忘れずにおぼえている」と実感的に語る八木義徳とは対極にある。

字数にしてわずか九字である。しかもこのわずか九字の文章によって、深い雪の積もった夜、という情景があざやかに、しかも生き生きと感じられる。これは説明ではない。表現である。

作家志望の一学生であった私が、この「夜の底が白くなった」という表現に出会って、あ、しまった、と思ったのは、実をいえば雪国生れの私が大阪生れの川端康成に「してヤラれた」と思ったからである。

ところで、『越境者が読んだ近代日本文学』の「あとがき」で、ガンをわずらってから、様ざまな人びとの、思わぬ「愛情」を受けた鶴田氏は、「今の心境で川端を読むと、なんといっても『伊豆の踊子』がいい」と述べたのち、この小説中の、「いい人ね。」、「それはそう、いい人らしい。」、「ほんとにいい人ね。いい人はいいね。」という会話を引き、こう書く。

主人公はこれを聞くと自分はいい人なのだと確信するようになる。天からの声だからだ。「いい」という音が何度も繰返されていて、これが身体に入ってくるのを避けることができないようになっている。私はこのところを何度も読んだ。その清々しさで私の「ねじれ」も少しはほどけるのではないかと思った。川端作品のなかで私のいちばん好きな箇所だ。なんとなくこの一高生が羨ましかった。

鶴田欣也と八木義徳は、実は、亡くなる時、文学者として近い場所にいたのかもしれない。

この半世紀の文芸誌新年号の短篇小説を、十年ごとに「おせち料理」のようにつまむ

この連載の原稿は、いつも、月末、二十五日前後に執筆している。「フィールドワーク」というサブタイトルの聞こえは良いが、要するに、毎月、出たとこ勝負でネタを探す。

手帳を調べると、先月号のこの連載原稿を執筆し終えたのは十一月二十六日。ふだんならそれから一週間ほどは、いったん「文学」から頭を切り離し、月が改まってしばらくして、また「文学」を探しはじめる。

けれど、今月は、そうは行かない。

例の年末進行というやつだ（年末進行だとか、ゴールデン・ウィーク進行だとか、お盆

休み進行だとかほど「文学」から遠いシステムはないと思うのだが)。書き終えたと思ったら、すぐにまた次の締め切りがやって来る。

だから、先月号の原稿を書き終えた私は、同時に、今月号のネタを考えた。

そして、良いネタを思いついた。

文芸誌の新年号を読み比べてみるのだ。

私の印象では文芸誌の新年号は毎年、「新春創作特集」とか銘打って短篇小説がずらっと並ぶ。老大家の「珠玉の一篇」にはじまって、ベテラン、中堅、新鋭に至る文壇のオールスターキャストで。私がものごころついた時から、文芸誌各誌の新年号のこのスタイルは変わらないような気がする。言わば、正月恒例の「おせち料理」のように。

特に今回は二〇〇〇年の一月号だ。だから図書館に行って、ここ半世紀の新年号を十年ごとに、つまり一九五〇年と一九六〇年と一九七〇年と一九八〇年と一九九〇年の新年号を、そこに掲載されている短篇小説を、読み比べて行ったら、ちょっと面白いのではないか。二十世紀後半の「おせち料理」の味を十年ごとに食べ比べて行ったなら(「ちょっと面白い」と私は書いたけれども、あとでこの行為がひどく無謀だったことを思い知った)。

本当はこの段階で図書館に行けば良かったのだが、バタバタしている内に月があけ、文芸誌各誌の二〇〇〇年一月号が店頭に並んだ。私は早速、『新潮』と『群像』を購入した(発売日に文芸誌を買ったのは何年振りのことだろう)。目次を開くと、『新潮』には「短篇小説18人集」と題して石原慎太郎から多和田葉子に至る十八人の短篇が、そして『群像』には「新年創作特集」と題して小島信夫から佐伯一麦に至る十四人の短篇が載っている。送られて来た『文學界』を開くと、こちらも「新年創作特集」だ（ただし純粋な短篇小説が三篇というのはちょっとさびしいけれど）。

しめしめ作戦通りだ。

と思いながら、すぐにでも、それらの短篇小説に目を通したいところだが、一九五〇年、六〇年、七〇年、八〇年、九〇年の各篇に目を通したあとの方が、その流れ（文学的衰弱？）が良くわかるのではないかと、我慢した。

それからさらに一週間たち、ようやく他の年末進行の原稿のほとんどを仕上げた私は、これでしみじみと新年号の「おせち料理」的な短篇小説を味わえるぞと思いながら、ある午後、早稲田大学中央図書館の雑誌バックナンバー書庫にいた。これから、閉館時間の九時まで、半日かければ、かなりの作品に目を通すことが出来るだろう。

まずは、十年ごとの各誌の新年号の短篇特集の目次を紹介しておこう（特集に含まれていても長編小説の新連載などであるものは原則として除いた）。

では一九五〇年から。

『新潮』（「新鋭作家十人集」）

椎名麟三「真実」
榛葉英治「女子学生」
藤原審爾「久我の闇祭」
田宮虎彦「前夜」
三島由紀夫「果実」
八木義徳「二度目の嘘」
窪田啓作「胸像」
小谷剛「名人素描」
大岡昇平「出征」
梅崎春生「ピンポンと日蝕」
『群像』（「新年創作特集号」）
志賀直哉「末つ児」
石川淳「野守鏡」
高見順「乾燥地帯」
広津和郎「あの時代」
阿部知二「小夜と夏世」
里見弴「風のやうに」

『文學界』
坂口安吾「肝臓先生」
高見順「旅中」
三島由紀夫「鴛鴦」
中村八朗「聖女の領域」

続いて一九六〇年。

『新潮』（「新年小説特集」）
井伏鱒二「草野球の球審」
大岡昇平「車坂」
坪田譲治「前立腺肥大」
梅崎春生「ある失踪」
石川淳「ほととぎす」
室生犀星「祝ぎうた」
『群像』（「創作特集」）
舟橋聖一「剥製の猫」

上林暁「市中隠栖」
安部公房「賭」
大岡昇平「逆杉《さかさすぎ》」
三浦朱門「階下の家」
火野葦平「眼と風」

『文學界』
吉行淳之介「島へ行く」
大江健三郎「告発」
開高健「任意の一点」
由起しげ子「やさしい良人」
五味康祐「われらの牀は青緑《みどり》なり」
川上宗薫「憂欝な獣」
石上玄一郎「私刑」
堀田善衛「零から数えて」

一九七〇年（本格的に「おせち料理」っぽくなる——特に『新潮』が——のはこの年からだ）。

『新潮』（「新年小説特集」）

井伏鱒二「釣人」

上林暁「ふるさと」

三浦朱門「誠実な他人」

尾崎一雄「村祭り」

椎名麟三「変装」

小島信夫「おのぼりさん」

庄野潤三「小えびの群れ」

倉橋由美子「霊魂」

柏原兵三「妻子を呼ぶ」

円地文子「遊魂」

『群像』（「創作特集」）

丹羽文雄「枯草の身」

椎名麟三「仮面の下に」

円地文子「指」

高井有一「絵具箱」

福永武彦「大空の眼」
丸山健二「僕たちの休日」
舟橋聖一「女菩薩花身」

『文學界』（「創作特集」）
中村真一郎「死の混乱」
小島信夫「腕章」
稲垣足穂「宇治桃山はわたしの里」
深沢七郎「女形」
富士正晴「誕生日」
安岡章太郎「聊斎私異」
丸山健二「黒暗淵《やみわだ》の輝き」

そして一九八〇年。

『新潮』（「新年短篇小説特集」）
尾崎一雄「迅く来いクリスマス」
三浦哲郎「乱舞」

八木義徳「色紙と硯」
富岡多恵子「峠のわが家」
高橋揆一郎「ハンの木のある風景」
結城信一「園林のほとり」
水上勉「秋末の一日」
島村利正「会津晩秋」
宇野千代「弱者のやうに」
立原正秋「空蟬」
島尾敏雄「踵の腫れ」
川崎長太郎「浮雲」
高井有一「山頂まで」
瀬戸内晴美「再会」
上林曉「造り酒屋」
宮本輝「火」
丹羽文雄「犬と金魚」

『群像』（「創刊四百号記念特別号」）
円地文子「菊」

藤枝静男「ゼンマイ人間」
中里恒子「ブリキの金魚」
佐々木基一「奇妙な家族」
島尾敏雄「亡命人」
小沼丹「坂の途中の店」
庄野潤三「モヒカン州立公園」
瀬戸内晴美「雞」
清岡卓行「アデノイドの手術へ」
吉行淳之介「葛飾」
井上光晴「帽子と八宝菜」
田久保英夫「内庭」
竹西寛子「少年の島」
三浦哲郎「晩秋」
岡松和夫「三十年」
黒井千次「声」
三木卓「電話帳」
李恢成「馬山まで」

富岡多恵子「箱根」

『文學界』

大江健三郎「頭のいい『雨の木《レイン・ツリー》』」

富士正晴「柴野方彦誄」

田久保英夫「凬の木」

古井由吉「あなたのし」

北澤三保「夜の団欒」

森内俊雄「水墨山水」

中井英夫「名なしの森」

井上光晴「T駅の出来事」

最後に一九九〇年。この年の例えば『新潮』は、もちろん短篇小説が並んでいるものの、「短篇小説特集」とかいったタイトルはない。表紙には大きく「世界のなかの日本文学'90」という文字が載り、巻末のこの特集が宣伝されている。「おせち料理」的新年号への反省がこの時期、つまり一九九〇年代をむかえて、めばえて来たのだろうか。そういえば、ポール・サイモンか誰かを登場させてNHKの紅白歌合戦が「迷走」していったのもこの頃のことだ。

『新潮』
大江健三郎「治療塔」
吉村昭「手鏡」
大庭みな子「寝待の月」
筒井康隆「冬のコント・夜のコント」
中村真一郎「森のなかの聖母」
田久保英夫「班女」
三枝和子「ちぎれた橋の向う」
坂上弘「陥穽」
増田みず子「水の町」
山田詠美「晩年の子供」
『群像』（「創作特集」）
井上靖「生きる」
大原富枝「『町の上で』」
杉浦明平「落第について」
小島信夫「それはハッピーなことですわ」

曽野綾子「白鷺のいる風景」
竹西寛子「松風」
黒井千次「夜の絵」
清岡卓行「蝶と海」
三木卓「隣家」
増田みず子「街の草むら」
小川国夫「献身」

『文學界』（「新年創作特集」）
芝木好子「子の幻影」
大庭みな子「深沢七郎」
小川国夫「酒の中の獣」
林京子「えき」
唐十郎「ゴーゴリの娘」
庄野潤三「湖の景色」

どうですか皆さん、作家と作品名を眺めるだけでこの半世紀の日本の短篇小説世界の変遷をつかめましたか。

私は個々の作品を読み進めて行った。もちろん全部は無理だから、私の好みに応じて。しかも、これらの短篇に目を通すかたわら、私は、例えば、『文學界』一九五〇年一月号に載っている林房雄の、「『結婚の幸福』連載中止の理由」という告知中の、

その理由の一つを挙げれば、この作品発表によって、私の家庭は新しい醱酵を開始し、とても「結婚の幸福」どころではなくなりました。

という一節に目が行き、林房雄の家庭内での「新しい醱酵」とは何だろうとしばらく考えてしまったり、やはり『文學界』の、一九六〇年一月号の巻頭に載っている、「衛星通信」という匿名コラムの、

戦後もようやく十五年目をむかえようとしている。大正年間が僅々十五年にすぎなかったことを思えば、明らかに一時代が経過したのである。この間、ジャーナリズムは加速度的に膨張し、これと逆比例して作家はおおむね自己を喪失した。大多数の作家の才能がマスコミの日程表の上を綱渡りすることにだけ費され、彼らはこの曲藝をうまくやってのけることに不毛な快感を覚えている。……しかし、文学ジャーナリズムまでが週刊誌やTVスタジオの狂態に無意識にもせよひきずられるようなことがあっては、文学

の最後の拠り所が滅亡する。……文藝雑誌は、少数のえらばれた読者のための雑誌に意識的に変質していくべきで、一九六〇年代はこの変質が徐々に達成されていく時期になりそうである。

という言葉に、なるほどそうかとうなずき、さらに、『群像』一九六〇年一月号の上林暁の「市中隠栖」に目を通していたら、いきなり、「お子さまがたの楽園、ゆめと希望の少年週刊誌！」というキャッチ・コピーがついた『週刊少年マガジン』の広告に行き当り、その広告中で、「連載まんが」より「3大連載物語」の方が扱いが大きいことに時代性を感じたりしている内に、時間がどんどん過ぎて行く。

結局、私は、夜七時を過ぎた頃、残りの分はコピーを取ることにして（ノルマの三分の一もいっていなかった）、閉館間際に図書館をあとにした。コピーは全部で三十数篇分あった。

そして、きのう（十二月十六日）、半日かけてそれらのコピーに目を通した。読み終えたのは夕方だった。その「おせち料理」つまみ食い的読書をしながら、私は、一九五〇年の三島由紀夫の才気を「果実」や「鴛鴦」で確認し（それぞれの作品のあとに擱筆した日付けが載っているのだが、「果実」の一九四九・十一・十一に対して「鴛鴦」の一九四九・十一・三十、つまり、わずか二十日の違いだ）、開高健の「任意の一点」、五味康祐の「われらの牀は青緑《みどり》なり」、上林暁の「市中隠栖」、安部公房の「賭」によって、それぞれ作品のタイプはまったく異なるものの、一九六〇年に、サラリーマンが一つの文学的テーマとして浮上したことを知り、福永武彦の「大空の眼」に登場する「速く走る外国製の自動車」だとか「派手なスエーターを着た若者」だとかいった表現に笑ってしまったのだが、一つわかったのは、やはり、一九七〇年というのが時代の大きな分れ目であることだ。

何人かの作家が、その時期を境に、目を過去の方に向けはじめる。

例えば「誕生日」の富士正晴・一九一三年生まれ（この作品を『文學界』の同じ号に載っている小島信夫・一九一五年生まれの「腕章」と読み比べてみると面白い。たった二歳しか違わないけれど現役の大学教員である小島信夫は、大学紛争中の「現代」に対峙する。いや、対峙せざるを得ない）。

「誰も雇い手がない潜在的失業者みたいな気がたまにするような閑の多い生活」を続けている主人公の「わたし」は、閑だから「何かを考える」。例えば自分が五十歳を越えてしまったことを。彼の文学の師匠（竹内勝太郎）は四十二歳で事故で亡くなった。

死んだ師匠の年齢四十二歳を越える前には、何故か不気味な気分がただよって、越える前にわたしが死ぬような理に合わぬ予感を覚えた。親しかった詩人の死亡年齢を越える時はそれに気付かず、越えて後気づいて何かしら滑稽なようなうんざりするような気分を味わった。何にせよ、生前に年下であり後輩であったものが、年上や先輩がそこで倒れた地点を越えて先へ進み、後に年上や先輩を眺める眺めはいくらか異様である。師匠は五十の半をこえるというおれの年齢のあたりのこの気分を味わい知ることは出来なかったのだと考えることは不気味である。

「親しかった詩人」というのは、たぶん、一九五三年に満四十六歳で亡くなった伊東静雄のことだろうけれど、重要なのは、これに続く、こういう一節である。

師匠はいわゆる大東亜戦争も、敗戦も、戦後も、テレビも、宇宙船も、知らなかったと考えることはやはり不気味である。それは戦争も敗戦も戦後の貧寒な時代も知ることなく育った今の若者たちを眺めるに似た不気味さと全然ちがっていてどっかで電気の通いそうなところがある。親しかった詩人は戦後に死んだが、それでも彼はテレビを見ないで死んだ筈だ。といって、テレビが見られないで可哀想とはちと思いにくい。

同じ時の『新潮』に掲載された「村祭り」の作者尾崎一雄は、富士正晴よりさらに年上、満七十歳の誕生日をむかえたところだ。

小田原に住む尾崎の家の近くの宗我神社で秋祭りがはじまろうとしている。鎌倉時代から続く由緒あるこの神社、かつて尾崎の祖父が神官をつとめていたこともある。だから彼は毎年、この秋祭りを楽しみにしている。しかも今年は、大太鼓《おおど》や小太鼓《こだいこ》を載せた氏子たちの屋台が久し振りに五台全部揃うという話だ（実は屋台の引き手となる若者が不足し、さらに交通事情もあって、秋祭りの屋台はその年かぎりとなるのだ。だから記念に五台全部揃うはずだった）。ちょうど、東京や横浜から小学生の四人の孫たちがやって来た。「これが最後になりさうな村祭りを彼らに見せておくのも良いと思つた」。結局、「道路の関係」で屋台は四台しか揃わなかったけれど、満足だった。祭りの様子はＮＨＫのローカルニュースでも放映された。その数日後、杉並に住むＫという友人からハガキを貰った。「Ｋ君は、ここ数年来、中気で臥《ね》てゐる。右手が使へず、言葉の方も不自由だが、それでも口述で、ときどき作品を発表してゐる」。右手が不自由になってから、Ｋ君（言うまでもなく、これは、上林曉のことだ）は、左手書きを練習し、手紙などには、口述でなく、左手を使う。そのＫ君からのハガキには、こうあった。「下曾我の祭りのテレビ見ました、貴兄がほがらかな顔をしてゐてゆかいでした」。

宗我神社に関して、春頃に、悲しい噂も聞いた。境内の見事な松の大木が、経済的理由によって、すべて切られてしまうというのだ。

自分が馴れ親しみ、心の寄り所としていた空間が変質してしまうことを哀惜しながら、「村祭り」には、だからこその緊張感がただよい、つまり、過去と現在がせめぎ合うことによって、単なるノスタルジーを越えた見事な完成度を持った短篇となっている。

この緊張感や完成度を、その十年後に同じく『新潮』に掲載された彼の、「迅く来いクリスマス」のゆるさと比べたい。志賀直哉の思い出が中心に語られる、この短篇、最後に、「あと一と月ちょっとで、クリスマスだ。そんなものとは何の関係もないが、十二月二十五日は私の誕生日である。その日が来ると私は満八十歳になる」、「ともかく、私はクリスマスが待ち遠しくてならない」と結ばれるものの、ベクトルは完全に過去の方を向いている。つまり弛緩しきっている（確かにそれなりの味はあるのだが）。

一九八〇年の新年号は他にも「老境小説」の当り年で、例えば『群像』に藤枝静男・一九〇八年生まれの「ゼンマイ人間」と吉行淳之介・一九二四年生まれの「葛飾」が載っている。七十過ぎの藤枝はともかく、五十代半ばの吉行が「老境小説」とはちょっと早熟だが（先に紹介した富士正晴も同じような年齢だったけれど、富士の場合は、世代的なものか個人的な資質かわからないけれど、ピタリとはまっていた）、「葛飾」は吉行淳之介ならではの味わいを持った傑作短篇だ。

と、こんな風に、十年ごとの「おせち料理」を食べ比べながら、夕方まで来たら、まだ一九八〇年なのに、おなかがいっぱいになってしまった。肝腎の、新しい「おせち料理」をつまむ前に。

とは言え、好奇心もあって、まず『新潮』の二〇〇〇年一月号を手に取り、巻頭に載っている石原慎太郎・一九三二年生まれの短篇「青木ケ原」を読みはじめた。

歴代の新年号に載った数多くの短篇小説を目にして私が感じたのは、もっともこれは新年号に載った作品に限った話ではないだろうけれど、それらの短篇小説の中で優れたものは大きく分けて、二種類あることだ。才気と円熟と、その二種類。両方を兼ねそなえる場合もある。例えば吉行淳之介の「葛飾」は円熟のようでいながら、円熟しきってはいなく、どこかかすかに才気を感じさせる、そのバランスが絶妙なのだ。

石原慎太郎はもう七十歳近いけれど、彼に円熟を期待するのは無理だろう（『新潮』の新年号の巻頭は円熟した老大家たちの指定席ではあるものの）。そして、「青木ケ原」を読みはじめたのだが……。

主人公の「俺」は青木ケ原の近くに住む四十歳の男だ。年に一度、その地方では、地元の消防団が中心となって青木ケ原の「行旅死亡人」の大捜索を行なう。「俺」はもう青年団は卒業したし、今年から村の議員にもなったから、お役ごめんを申し出たのだが、「今年で最後」という約束で、その仕事をまた引き受けさせられてしまった。

その前日の晩、久し振りで知り合いのバーに立ち寄ると、古株の市会議員をはじめとする何人かの客がいた。

物語の前半はバーでの会話を中心に展開して行くのだが、読み進めて行って、

「そんなに嫌なもんかね」
「松茸を探しにいくんじゃねえんだよ、なら明日でもこいつについていってみろ」
「だってあんた、功徳だっていったじゃないの」
「とはいえ、こっちはただお上にいわれていくだけのことだ、……」

というやり取りの、「とはいえ」という言葉に出会った時、私は、止まってしまった。知り合い同士の普通の会話で、「とはいえ」、「とはいえ」、「とはいえ」と何度もつぶやいた。長編小説の場合はともかく短篇小説の場合は言葉が命だ。特に会話の中の言葉には、リアリティがなければ。

もしかして、これはリアリズムでなくファンタジーなのだろうか。

そして実際、だいたい、今どき幽霊を使って小説のオチをつけるのがゆるされるのは浅田次郎ぐらいのものだ。ファンタジーだった。しかしそのファンタジーのオチが、読んでいる途中で簡単にわかってしまい、しかも、そのオチのシーンのイメージがまったく陳腐なのだ（石原慎太郎は、この作品によって、今という時代の何を表現したかったのだろう）。才気によって描かれた作品であることはわかる。だが、その六十七歳の才気は、例えば一九五〇年の「鴛鴦」の二十五歳の三島由紀夫のそれよりも遥かに劣る（オチの優劣もまた同様）。

まいったなと思って、続いて私は、『文學界』の巻頭に載っている吉村昭・一九二七年生まれの短篇「時間」に目を通した。

「死はかなり先のことか、それとも眼前にせまっているのか。いずれにしても自分の肉体は、死の刻にむかって着実に近づいている」と書き出されるこの作品は、まさに、新年号の巻頭にふさわしい、見事に、円熟した短篇小説だ。「青木ケ原」同様、この小説も、死（死体）が重要なモチーフとして登場する。しかしここで描かれる「死体」のイメージは、「青木ケ原」のそれとは違って、小説でしか描けない迫真性に満ちている。しかも、オチが美しい。

「時間」によって口直しをさせてもらった私は、さらに、今年の「おせち料理」をつまんでいった。

柄にもなく、
少し使命感などを
覚えていたその時に……

先月号（前章）のこの欄に大きな誤植があった。
それは三百二十頁中段の二十行目から下段の八行目にかけてだ（本書の百十八頁十行目から十七行目）。つまり石原慎太郎の短篇小説「青木ケ原」を批判した部分。雑誌掲載文はこうなっていた。

もしかして、これはリアリズムでなくファンタジーなのだろうか。
そして実際、だいたい、今どき幽霊を使って小説のオチをつけるのがゆるされるのは浅田次郎ぐらいのものだ。ファンタジーだった。しかしそのファンタジーのオチが、読んでいる途中で簡単にわかってしまい、しかも、そのオチのシーンのイメージがまったく陳腐なのだ（石原慎太郎は、この作品によって、今という時代の何を表現したかったのだろう）。才気によって描かれた作品であることはわかる。だが、その六十七歳の才気は、例えば一九五〇年の「鴛鴦」の二十五歳の三島由紀夫のそれよりも遥かに劣る（オチの優劣もまた同様）。

この部分、本来は、こうなるはずだった。

　もしかして、これはリアリズムでなくファンタジーなのだろうか。

　そして実際、この小説はファンタジーだった。しかしそのファンタジーのオチが、読んでいる途中で簡単にわかってしまい、しかも、そのオチのシーンのイメージがまったく陳腐なのだ（石原慎太郎は、この作品によって、今という時代の何を表現したかったのだろう）。才気によって描かれた作品であることはわかる。だが、その六十七歳の才気は、例えば一九五〇年の「鴛鴦」の二十五歳の三島由紀夫のそれよりも遥かに劣る（オチの優劣もまた同様）。**だいたい、今どき幽霊を使って小説のオチをつけるのがゆるされるのは浅田次郎ぐらいのものだ。**

ゴチック体になっている部分に注目してもらいたい。この箇所を、私は、初校ゲラで書き足した。

つまり、その赤字を編集部が転写する際にミスが起きたのだ。

どうしてこんなミスが起きてしまったのだろう。

こんな、というのは、約二十五枚のこの雑文の一番のポイントとなる部分で、なぜこんなミスが、という意味である。

人を批判するからには、私は、その表現に細心の注意をはらう。言い代えれば、きちっと力を入れ込む。

そこでミスが起きてしまったのだから……。私も編集者の経験があるから、えてしてこういう肝心な所で誤植が生まれがちなことは知っている。だが、それにしても……。

私は複雑な気持ちになった。

怒りより悲しさ、そして脱力感。

脱力感だなんて、何を大げさなと言われてしまうかもしれない。

しかしこれは事実だ。

この連載を続けて行く中で、私は常に二つの極の間を揺れ動く。一つは、自分の好きな小さな文学世界にどっぷりとつかり、そこでくつろごうとする私。もう一つは、今この瞬間に生成している（たいていの）文学のつまらなさにイラ立つ私。つまり「文学」を堪能しようとする私と、『文学』を批判しようとする私（今ここで文学という言葉に一重カギと二重カギをつけて書き分けたのは便宜的なものであり、その二つに本来、優劣はない）。もちろん、「文学」と『文学』が重なることもある。そういうまれな機会に出会った時の格別な喜び！

出来れば私は「文学」だけにつき合っていたい。『文学』なんかに目もくれることなく。けれど、その時、私の中のもう一人の私がささやく。おいおい、オマエは、今の文学シーンのことをまったく無視して良いと思っているのかい。少なくとも、文芸誌で、こんな、時評的な連載を持っているくせに。確かに今の文学シーンはオマエにはつまらないかもしれない。しかし、そのつまらなさをきちんと口にすることもオマエの仕事なのではないか。もちろん、ためにする批判は意味ないよ。でも、誰もが言いたがらない批判を口にすることは、つまり、王様は裸だと言うことは、オマエのような非文壇的な文学愛好者にしか出来ない仕事なのではないか。と。

だから私は、例えば前号で石原慎太郎のような大物の久びさの短篇小説「青木ケ原」に対しても卒直な言葉を口にした。その原稿を校了したあとで（しかし雑誌が発売になる前に）登場したプロの文芸評論家の一文、すなわち「毎日新聞」一九九九年十二月二十八日夕刊の川村湊（『靖国』論争をめぐっての彼に対する本格的批判を、私は、いずれ行なうつもりでいる）の「文芸時評」中に、次のような一節を見つけた時、私は私の行為が無駄ではなかったことを知った。

怪談話なので、結末をここで明かすわけにはゆかないが、「ホラー小説」ということではなく、短篇小説としてよく出来ている。もちろん、これを「ホラー小説」や「怪談」として読んでも構わないのだが、そうしたジャンルの約束事をきちんと守りながら、その「ホラー小説」「怪談」という枠組みを打ち破ってゆくところが、この作品を「純文学」の作品にしているということだ。むろん、私は「純文学」と「ホラー小説」との間に、形態論（ジャンル論）的な差違のほかに、価値的な階級性を考えているわけではない（いい作品は「ホラー小説」でもいいのであり、ダメなものは「純文学」でもダメだということだ）。

どうして、プロの文芸評論家という人びとは、こんな意味ありげな、しかし何も語っていない、気の抜けた批評を大新聞の「文芸時評」という場で筆にすることが出来るのだろう。こんなことでは、日本の文学シーンはますますつまらなくなってしまう。微力ではあっても、私も現代の文学状況にもコミットして行こうか。と、柄にもなく少し使命感を覚えていた時に（いや、使命感だけではなく、自分の批評はそれなりの意味があったのだという自己満足も）、あの、私にとっては決定的な誤植に出会ってしまったのだ。使命感など覚えてしまったことが僭越だったのだろうか。それから自己満足を感じたことが慢心だったのだろうか。

それが、最初に私が述べた脱力感の原因だ。

やはり私は自分の身の丈にあったことだけを語ることにしよう。つまり、自分の好きな「文学」世界を語ることだけに。

だから、今月は、私の好きにさせてもらう。

ここひと月ぐらいの間に出会った新刊の中で一番私の「文学」的楽しみを満たしてくれたのは中島和夫の『忘れえぬこと　忘れたきこと』（武蔵野書房）だ。副題に「ある文学的回想」とあるこの本の著者中島和夫は講談社の元編集者で、『群像』の編集長や『日本近代文学大事典』全六巻の編纂部長を務めた人物だ。その前著『文学者のきのうきょう』や『文学者における人間の研究』（いずれも武蔵野書房）も私は愛読したけれど、今回のこの回想集は、はっきり言って、その二著以上に面白かった。文学者たちの人間くささが生なましく描かれている点で。

生なましく。そう、例えば、一見飄々としてみえるあの井伏鱒二の俗っぽさまでもが生なましく描かれる。

昭和三十年代半ば、講談社で全百十巻にもおよぶ大規模な『日本現代文学全集』が計画された。編集委員は伊藤整、亀井勝一郎、中村光夫、平野謙、山本健吉といった当時第一線級の顔ぶれだ。

何分にも社を挙げての大企画である。一部署に任せられるものではなかった。そのころ私は文芸雑誌にいたが、二、三の者と一緒に、兼任でこの編集の仕事に従った。資料の調査や収集を始め原案作りにかかわり、会議に出席した。委員会は月に一、二度で、半年間に及んだ。予定の三時間は必ず超えた。主張や好みをぶっつけ合うやりとりがあり、時には嘆声に混じって、怒声すら飛んだ。私の編集者生活で、こんな「講義」に連なる幸運は、二度となかった。

編纂上の細かなことは省く。が、全集では、文学者の重要度に応じ、一人二冊（例えば漱石、藤村、潤一郎の如く）、一人一冊、二人一冊、あるいは四人一冊、六人一冊等々の組み合せを行う。さらには、大きい作者とはいえないが、意義ある作品を収める巻も設け、総数四百数十の名を挙げた。文学者の格付であり、横綱、大関、関脇、小結、前頭、幕下などと、番付を作るのである。何かとうるさい文学者の世界を考えるならば、いわば天をも恐れぬ所業ともいうべきものだろう。

編集委員たちの間で、「時には嘆声に混じって、怒声すら飛んだ」のは、もちろん、個々の作家の収録作品のバランス、つまり「番付」の作り方をめぐってだろう。そういう侃々諤々《かんかんがくがく》の議論を経て、「今回は、これまで二人一冊であった井伏鱒二、中野重治を一人一冊と格を上げ、それを特色としようとした」。そのおおすじが決まった所で、中島氏らは、早速、作者本人や著作権継承者たちに連絡を取り、一日に二人、三人と了解を求めていった。事は順調に運んでいた。ところが。

進行の段階で騒動が持ち上った。企画を根源から揺るがすものだった。丹羽文雄、舟橋聖一、石川達三、高見順など、いわゆる「昭和十年代作家」と呼ばれる人達から、自分らも一人一冊としてもらいたい、しかし全体のバランスが悪いとあれば取り下げてもよいが、井伏、中野はもとに戻すようにとのことだった。あえて原案を強行するならば、自分らは全集を総辞退したいとの意見が付せられてあった。

彼らに「総辞退」されてしまったら、文学全集という形が成立しなくなってしまう。だから、このおどしはのまざるを得ない。

幸い中野重治には、一巻が与えられることをまだ告げていなかったから問題はなかった。しかし、井伏鱒二には、もう知らせてしまっていた。あやまりに行かねばならない。全集の井伏担当者は、井伏鱒二とほとんど面識がなかったから、説明に失敗したらこじらせかねない。だから、やむを得ず、『群像』の井伏番である中島氏が同行することになった。

ようようの思いで意向を伝えた。氏は日頃のおしゃべり――酔っ払い運転のように、あっちに折り曲り、こっちにぶっつかる絶妙な語り口――と違って、両眼を据えて一方の部屋隅に遣り、一言も発しない。そして時折、うつむいた頭の下眼使いに、私をじろりと睨んだ。担当の者に至っては、棒杭さながらに無視した。ずいぶん長く感じたが、五、六分に過ぎなかったろう。私達は逃げるように退散した。日頃は申訳ないくらいに、楽しく長居をしたものだったが。

しかし井伏鱒二の怒りはくすぶっていた。それから二カ月ほどたって『群像』の原稿の件で井伏邸を訪れると。

予期――覚悟といった方がより正確だろうか――していたが、いきなり冷えた、粘っこい言葉が絡みついてきた。いつもとは違った早口で、あんたは卑怯もんだ、誰が僕に反対したか、一言もいわなかったじゃあないか、それらを皮切りに、こっちの調べはついてる、舟橋君が張本人だ、ええ、そうなんだ、図星だろなどといった。問い詰められ、已むを得なければ、舟橋、丹羽二名の名をあげるのも差し支えない、編集委員会から了解は取りつけてはいたが、といって、問われもしないのに、進んでしゃべる気はなかった。私にも、編集者としての自負があった。

尋問は続けられた。おおむかし、はずみで、おおぼらを吹いたのがばれ、牧野さん（信一、氏の先輩の小説家）からこっぴどく拈《ひね》られた（拈るは井伏用語）。あまりしつっこくやられたので、僕はとうとう泣きだしてしまった、そんな話も交えた。私に泣けというのだ。声を挙げてわあわあと泣けたら、どんなにせいせいするかと思った。いっかな放してくれない。おまけに、私のけはいを読み取り、こんな早くに家に帰ると、勤め先でよっぽど無能なんだろと、近所の細君連の物笑いになる、ゆっくりしたがいいなどと、猫が捉えた鼠をやわらかく噛んでは放ち、放ってはまた噛むあんばいである。そしてあらぬ側をむいて、半ばひとり言のように、こんなもの入るの止めちゃうかなどと、呟く。

『忘れえぬこと　忘れたきこと』には、他にも、舟橋聖一や耕治人、高見順、伊藤整といった文学者たちの実像が生なましく回想されて行く（タイトルの中の「忘れたきこと」という言葉を改めて眺めると、ちょっと意味深である）。それから上林暁や川崎長太郎、中谷孝雄といった地味な文学者たちへの思い出が収録されているのも、彼らの作品の愛読者である私には嬉しい。

そうそう、地味な文学者と言えば……。

『忘れえぬこと 忘れたきこと』を読了して数日後、私は、偶然、雑誌『サンパン』の最新号を手にした。偶然、と言うのは、私はこの素敵なリトル・マガジンの愛読者でありながらなかなか最新号に出会えないでいたからだ。いちおうは季刊誌であるらしいのだが（創刊――ただし第二期創刊――は一九九六年八月）、前号（第七号）が出たのは一九九九年一月。つまり、およそ丸一年振りの最新号なのだ。

しかし待っただけの甲斐はあった。

巻頭に「『EDI叢書』の刊行にあたって」という一文が載っている。クレジットは『サンパン』の発行元であるEDI出版部（ということは、発行人の松本八郎さんだろう）。EDI出版部で新しい文芸書のシリーズをはじめることになり、その宣言文なのだが、その書き出しが素晴らしい。私の「文学」心を刺激する。

明治・大正・昭和の初期に活躍するも、今日ではほとんど忘れ去られた作家たちが数多く存在する。そうした作家たちも一九七〇年前後までは、出版各社から出された各種の文学全集によってその代表作ぐらいは読めたが、著しい出版環境の変化によって、全集出版も廃れ、復刻・再版もなく、今やまったく読めなくなってしまった。

尤も、忘れられるべくして忘れ去られた、ただその時代の流れに乗っただけの作家や、今日読んでも何の感興も覚えない作品があるのも事実である。しかし、先年来たまたまの出合いによって接することの出来た作品の多くは、それぞれの作家たちがまさに心血を注ぎ込み、身を削るようにして書き遺してきたものであった。

例えて、加能作次郎、十一谷義三郎、南部修太郎、中戸川吉二、中山省三郎、――らである。

そんな偶然によって出合った作品を基点にして、引き続きもっと読みたいと思うのだが、もはや今日、容易にそれらの書物を手にすることが出来ない。文庫本の棚を探しても、もうずいぶん以前から、その本来の使命を担わず、今が〝旬〟の〝売れ筋〟のものばかりが、カバーの装飾も賑々しく書店の店頭に並ぶばかりである。

そんな時代の中、あえて地味な文学シリーズを発刊し、その第一回配本に予定されている『加能作次郎』についての、やはり松本氏の一文、「なぜ、今、加能作次郎か?」が続いて載っている。

この二つの文章を味読したあとで、私は、最後の――『サンパン』はわずか二十頁足らずのまさにリトル・マガジンなのだ――文章に目を転じた。タイトルは「細川叢書寸感」。筆者は林哲夫（言うまでもなく、林哲夫は、以前この欄で紹介したやはり素敵なリトル・マガジン『sumus』の編集同人の一人だ）。私がおやっと思ったのはそのサブタイトル「岡本芳雄と純粋造本の蹉跌」だ。岡本芳雄だって。どこかで見憶えがある名前だ。どこだろう。

そして読み進めて行く内に、こういう一節に出会った。


岡本芳雄については曾根博義『岡本芳雄』（EDI　ARCHIV　3）が詳しく、本稿も多くを同書に拠っている。


そうか、EDIのアルヒーフ・シリーズか。それで見覚えがあるのか。『サンパン』の裏表紙にアルヒーフ・シリーズの広告が載っていて、保昌正夫の『牧野英二』や小沢信男の『亀山巌』や多川精一の『太田英茂』と共に曾根博義の『岡本芳雄』も並んでいる。この広告は以前からチラシやなにかで何度も目にしている。だから岡本芳雄の名前になじみがあるのだろうか。

いや、ごく最近読んだ本の中で、この名前に出会い、忘れ難い印象を受けていたはずだ（そのくせすっかり忘れてしまっているのだから、世話がない）。

しばらくして、ソファーで横になって週刊誌を拾い読みしていた時、突然、思い出した。そうだ、中島和夫の『忘れえぬこと　忘れたきこと』だ。

その本の目次を開くと、確かに、「伊藤さんと岡本さん」という一文が収録されている。しかも私は、その本文に付箋までつけていた。

例えばこんな箇所に。

『文壇史』の索引は、東大図書館にいた奥野敏美さんが作り、装幀、造本は、細川書店の岡本芳雄さんが当った。二人ともども、戦前、伊藤さんが日大芸術科で教えた学生だ。伊藤さんはうわべからは世俗的とも受け取られかねない、人情的なところがあった。信用する人間にはこころから優しかった。

索引は人名や書物などの読み方が厄介だった、どれが正確かはっきりしないものがあった。それはそうだが、装幀、造本は、それ以上に、ややこしかった。箱は茶褐色の和紙に題簽貼りで、白の表紙には、横長の四角模様を排列した、金版の空押しだ。資材のなお十分とはいえない、昭和二十八年のころである。装幀の原図と注意書きを渡すと、業務担当のものが、えらく凝ってますな、こいつはと、感心したような、困ったような顔をした。

それからまた、こんな箇所にも。

御徒町駅で省線を降り、地番をたどると、案に相違して、すぐに岡本さんのところに、行き当った。たしか、黒門町のあたりの、広いアスファルト道路に面していたかと思う。ガラス戸の、そのころに、よく見られる、こじんまりとした、本屋さんの店構えだった。が、ガラス戸は、埃りがべっとりと貼りついて、一年も、二年も拭かれていない、そんなあんばいだった。

（中略）

画料を差出すと、ええ、こんなにまでと、尻込みしながら、深々と頭を下げた。氏は思いがけないことのようだった。あれこれと、『文壇史』第一巻のにぎにぎしい反響などを話し合った。と、岡本さんは、ちょっとと、会釈をして、奥に消えた。ここは住いをかねているようだった。四、五冊の本を抱えて現われた氏は、これ、よろしかったらと、私の顔を見た。

題名には馴染みがあったが、それらは、造本等に趣向を凝らした、特別のものだった。

中島和夫の「伊藤さんと岡本さん」を再読したあとで、私は、曾根博義の『岡本芳雄』が無性に読みたくなった。そして、「直接販売のため書店では取扱っていません」というこの本を手に入れるため、振替用紙を持って、近くの郵便局に向った。

二〇〇〇年における新聞小説のリアリティとは

正月から「読売新聞」ではじまった赤瀬川原平の連載小説「ゼロ発信」が、ものすごく面白い。

新聞小説ならではの面白さだ。ここひと月ぐらい私は、文学好きの友人や編集者に会うたびに、読め読め、今ならまだ間に合うから、と興奮した口調で語ってしまう。

新聞小説ならではのと言っても、渡辺淳一の「失楽園」（「日経新聞」）をはじめとし、近年評判を呼んだ幾つかの新聞小説とは違って、大胆な性描写があるわけではない。新聞を読むという口実のもとに、朝から、真面目な顔をして己れの秘かな性的欲求を満たすという点で、それらの新聞小説は現代的な効能がある。そのことは私も認める。

しかし、ここで私の口にする「新聞小説ならではの」というフレーズは、それとは意味が異なる。もっと本質的なものだ。

普通の小説と新聞小説の違いはどこにあるのだろうか。

それはここにある。つまり、新聞小説は新聞に連載されるということに。

何だ、そんなの、あたりまえじゃん、と答が返ってくるかもしれない。

ところが、そのあたりまえが、実は、あたりまえではないのだ。

今私たちが目にしている多くの——いや九十九パーセントの——新聞小説は、新聞連載という舞台を借りた普通の小説である（もちろん私は、ここで、普通の小説をおとしめているわけではない。普通の小説の中に質の優劣はあっても）。普通の小説とは、つまり、連載が終わってから、一冊にまとまって目を通しても、その印象が変わらない小説。新聞連載だけでなく、書き下ろしであっても、月刊誌連載であっても、週刊誌連載であっても、今や世間には、普通の小説ばかりがゴロゴロしている。だから文芸時評家たちは、それらの小説を、本にまとまってから批評すれば良いやと高をくくっている。

そこに「ゼロ発信」だ。

カンの良い読者なら、ここまでの説明だけで、最初に私が口にした、「今ならまだ間に合う」というフレーズの、そして「まだ」に傍点がつけられている理由の意味するものがわかるだろう。

「ゼロ発信」は毎日毎日、読者が、一回ごとに紙面で出会い、その生成過程に立ち会う(会える)ことで意味が倍加する、そういうスリリングな、まさに「新聞小説」なのだ。

ここで私は、仮名垣魯文や渡辺霞亭や菊池幽芳らにはじまり、黒岩涙香や尾崎紅葉、さらには夏目漱石、森鷗外を経て、中里介山、吉屋信子、菊池寛らへと至る近代日本の新聞小説の歴史をくだくだしく語ろうとは思わない。興味ある読者は、例えば、高木健夫の『新聞小説史』(国書刊行会)全四巻(ただし『新聞小説史年表』も含めると全五巻)に当ってもらいたい。あまりにも浩瀚すぎてちょっと、という読者にはコンパクトな川合澄男の『新聞小説の周辺で』(学芸通信社　一九九七年)を、お勧めする。その本の中で、川合氏は、昭和四十(一九六五)年前後に新聞小説の一つの変化があったと述べ、こう書いている。

三十年代後半から四十年代にかけて、戦後活躍してきた新聞小説の名手たちが、つぎつぎと死去した。尾崎士郎、大佛次郎、川端康成、獅子文六、子母沢寛、谷崎潤一郎、富田常雄、長谷川伸、村松梢風、山本周五郎、吉川英治、吉屋信子などである。

これに代わって新しい書き手が登場してきた。『竜馬がゆく』(サンケイ)の司馬遼太郎、『妻と女の間』(毎日)の瀬戸内晴美、『冬の旅』(読売)の立原正秋、『複合汚染』(朝日)の有吉佐和子、『くれなゐ』(北海道ほか)

の渡辺淳一、『毎日が日曜日』(読売)の城山三郎などである。これらの作品では、環境汚染、不倫、定年後などといった社会的なテーマの登場が目立っている。

ここではあくまで作家の世代交代にのみ話題が絞られているけれど、昭和四十年前後の新聞小説の質的変貌については、当事者たちの証言が残されている。文芸雑誌『風景』昭和四十二年五月号に載った伊藤整と狩野近雄の対談「新聞小説の曲り角」である。その頃、すなわち昭和四十二年の一月四日から永井龍男が「毎日新聞」の夕刊に連載していた「石版東京図絵」が大きな評判となっていた。その陰の仕掛け人が狩野近雄だった。

こんどの毎日新聞の企画は、社のほうの気にいる、気にいらないは、はじめからなくて、作家が新聞を舞台にして、自分の思うように心ゆくばかり書いてもらうというほうが眼目ですからね。一回約三枚で、百回ぐらいを。あれは組み方がいいでしょ。

その言葉を受けて、当時『群像』に「日本文壇史」を延々と連載中だった伊藤整は、こう答える。

いま考えようによっては、新聞小説にとっては、明治十二年、三年ごろ実話からのニュース物語から小説が誕生したときぐらいの大変動期ですね。いまの永井竜男氏の小説は、二段ぶっ通しで組んであるから、読みやすいということもあるし、それから朝日で山本周五郎氏の「おごそかな渇き」の組字、ああいう組み方で、ああいう大きい活字で、トップへもっていって組む、そして日曜版でしたけど、一週間に一回載せるという形、その前に大仏さんの「義経の周囲」という随筆的な、あれもやっぱり新聞の物語小説に対する不満の別なあらわれで、たいへんおもしろく読んだわけです。(中略)いろんな試みを新聞社がやっていて、そして文士は、そこまで考えちゃ商売にならないけど、昔どおりの小説書く気しか大体ない。そういうフィクションのほうがノンフィクションに押されているということが一つある。

永井龍男の自伝小説「石版東京図絵」が評判を呼んだのは、フィクションとノンフィクションの入り混った文章の斬新さにもよる。小説的世界の中に、突然(と言っても、けっして不自然ではなく)、川上澄生の『明治少年懐古』や仲田定之助の『下町っ子』や長谷川如是閑の『日本さまざま』などからの文章が引用されて行く。

例えば、こんな具合に(「由太郎」というのは主人公の少年の名前である)。

由太郎の父は、屠蘇《とそ》機嫌《げん》で、

「なあ、有難えもんだ。みんなかあちゃんの、やりくりのおかげだぜ」

と、足袋のこはぜをはめながら云《い》った。

「履《は》き物は、いわゆるつっかけ草履で、真新しいのを足の先にちょっとひっかけて、かとはまるで外に出て、鋪《ほ》装道路のなかったころは、その足袋の底は半分以上すぐ泥になる。

足袋は黒足袋で、一ぺん洗ったのはもうよそ行きにはならず、仕事ばきにおろされる。

江戸の職人の間に、「旦那《だんな》の白足袋」という言葉があった。白足袋は洗いがきくので何度でもはけるが、黒足袋は一ぺん洗ったらもうよそ行きにはならない。「旦那の白足袋」ということは、「日那のけちんぼ」という隠語だったのである。

吉田茂氏が首相のころ、よく新聞に「吉田の白足袋」という言葉があったが、これは職人のいう旦那の白足袋とは反対に、「ぜいたく」の意味だった。私はそれを新聞で見るたびに、今の人は、二三十年前のことはもう知らないのかと苦笑させられたのだった。」（長谷川如是閑「職人かたぎ」）

「そんなことは、どうでもよござんすが、帰りに道端《ばた》で、寝込んじまったりしないでくださいよ」

母親は、やわらかく一本釘《くぎ》を打ち、神棚《だな》の火打ち石を取って、上り口まで送って行った。

昭和四十二年に行なわれたこの対談で、狩野近雄は、新聞小説に一時代を築いた吉屋信子の人気作「良人の貞操」(『新聞小説史年表』に当るとこの作品の連載が「東京日日」および「大阪毎日新聞」ではじまったのは昭和十一年十月六日のことだ)以来、もう何十年も経つのに、新聞小説のスタイルは変わらない、いや、それどころか、「同じじゃない。悪くなっちゃった。老いさらばえて、筆力が上がらなくなって、枯渇してしまった」と口にする。そして、伊藤整との間で、こういうやり取りが交わされる。「いや、若い人も出てきたけど、やっぱり先人のタイプを追うほかにあまり道はないという……」。「そして大家はいつも同じ」。「そうです」。

なぜ、かつての吉屋信子や菊池寛の新聞小説にはリアリティがあったのだろう。その理由を、狩野近雄は、こう分析する。

それを考えたら、こういうことなんだ。小林秀雄氏や中村光夫氏には話したんだけど、いままで新聞小説で出てきたやつは、小杉天外とか、うちで学芸部長していた菊池幽芳とか、いわゆる家庭小説、片っ方まげもののほうは、浪六とか円玉の講談の筆記なんだ。それが新しいリアリズムの小説になって出たということが一つ。えらいジャンプなんですよ。片っ方のまげもののほうも、大衆文学という、そこに飛躍があったわけだ。まずそのことが圧倒的な人気を博したもとだと思う。そういうことに気がついた。

つまり、大正末から昭和初頭にかけて、新聞のマスセール化、円本による「文学」の大量消費化、教育の普及から来る大衆インテリ層の出現、さらには文学好きの女性読者の増加などによって、その頃、新聞小説の中で、ジャンルの洗練が進み、幽芳や霞亭以来の「家庭小説」は菊池寛や吉屋信子らの「市民小説」に、そして浪六や円玉以来の「まげもの講談」は中里介山や林不忘らの「時代小説」に取って替られ、それがあらたな読者たちにアピールしたのだ。ただしこれはいわゆる大衆文学的「新聞小説」の話で、純文学的「新聞小説」の系譜については狩野は語っていない（ここで、横光利一が昭和の初めに、例えば「東京日日」・「大阪毎日」に連載した「家族会議」をはじめとする作品で実践した、大衆文学にして純文学であるいわゆる「純粋小説」の問題に触れたら、あまりにも話が広がりすぎてしまうので、今回私は、あえてそちらの方には向わない）。

純文学的「新聞小説」の系譜について直接は語っていないのだが、狩野は、続けて、こういう言葉を口にする。

さて、いまどうだというと、ずっと同じにきちゃった。編集者のほうも苦しまない。しかももう一つは戦後の教育の差、戦中戦後、教育が分断されちゃったでしょう。だから非常に大きな幅の読者を一ぺんにつかむということができにくくなって、しかも世界観が二つにわかれている。こいつに向って一体どういうものを提出したらいいかということが、学芸部長の悩みだなと考えた。そこまで一生懸命考えた。そして二本立てというものをやってみた。片っ方へ読まなくてもいいようなもの……。

つまり「佐藤春夫の『晶子曼陀羅』とか」と狩野は言い、伊藤整の、「文学的なね」という返答を受けて、さらにこう語る。

井伏鱒二の「かるさん屋敷」とか、里見さんの「羽左衛門」とかやって、片っ方は、ごきげん取り結ぶほうもあったな。川口松太郎の「獅子丸一平」その前が舟橋聖一の「花の生涯」だった。そういうことをしてみた。片っ方読むやつは片っ方読まないのだ、絶対。「獅子丸一平」読むのは、もう佐藤春夫は読まない。そういう試みもして、いろいろ苦しみをしてみた。だが、片っ方のほうは社内的には悪評さくさくなんだ。ところがこれが読売文学賞をもらったり、いろいろ賞をもらうわけだ。（笑）

これに対して、ちょうどその頃『群像』の連載「日本文壇史」で夏目漱石の朝日新聞入社の項を書き終えて間もない伊藤整は、こう答える。

夏目漱石でも、当時、どうしてあんなつまらないものを載せて、と、盛んに読者からいってきたらしいですね。「それから」「門」なんか退屈な小説ですからね、むりもないです。あのときは二本立てなんですよ。半井桃水なんてのがにぎにぎしいものを書いていて、漱石はただ床の間のように載っていたらしいです。

『日本文壇史』の著述家である伊藤整は、また、小説の方法に意識的な作家で、「花ひらく」(「朝日新聞」昭和二十八年)をはじめとする新聞小説の実作者でもあったから、新聞小説の転換期だったこの時期に、こういう、実作者ならではの言葉も口にしている。

たいへんな変り目ですね。どういうふうになるか。つまり「香港の水」なんておもしろいんですよ〔引用者注——この対談の最初の方で、伊藤整は、「……それからいま毎日の『香港の水』という実話調査記録物語、これまた、ぼくはたまにしか読まないけど、いま水がつかってきて人が死ぬところで、日本人がエロ話をして中国人の気持ちを支えるという、ひどくサスペンスに富んだおもしろい話がある……」と語っている〕。それから、書斎で考えた人間関係というものは、やっぱりいまの小説作家はいろいろやりにくいところもある。石坂さんが「丘は花ざかり」を書いたとき、人妻が接吻したなんてことが出そうになると、読者からあわてていってくるとか、そういう制約がある。それから三枚でおもしろくしなきゃならない。そういう考え方からいくと、漫才か落語のような効果をたえず意識しなきゃならない。それでなきゃ、吉川さんのような、「宮本武蔵」なんか出たとき熱狂さしたような、講談的なひっぱり方をしなきゃならない。そのどっちでもなく、読者をその日その日の小さいヤマでひっぱっていかない書き方というと、これは読者の作者に対する非常な信頼が必要なわけですよ。作者が読者をひっぱっていく信頼感をもっていなければ、やはり一回ずつおもしろくするよりしようがない。三枚でおもしろく、小さい山を与えていくということはとてもむりなことなんですね。

「読者をその日その日の小さいヤマでひっぱっていかない書き方というと、これは読者の作者に対する非常な信頼が必要なわけですよ」、と伊藤整は云う。その信頼感の中で、例えば、永井龍男の名作「石版東京図絵」は生まれた。信頼感とは、言い換えれば、お互いの顔が見えるということである。作り手と受け手と、そのお互いの顔が。

受け手の顔が見えれば、作り手は一種の職人となり、その職人仕事の中で、「石版東京図絵」中の「突然」の引用のように、遊びも行なえる。まさに職人の子として明治の神田に生まれ、戦前は文藝春秋で職人的編集者として辣腕をふるった永井龍男は、実は、そういう「新聞小説」にぴったりの人間だった。

けれど、と私は思う。

自分の身を何かに寄せるアイデンティティが、永井龍男や井伏鱒二らの世代よりも、ずっと薄くなってしまった、あとの世代の場合、その「信頼感」は、どうなってしまうのだろうか。例えば、伊藤整と狩野近雄のこの対談「新聞小説の曲り角」が行なわれたわずか八年後には。

「わずか八年後」と、わざわざ書いたのは、今私は、江藤淳が「毎日新聞」昭和五十年十一月二十五日号に書いた、「文芸時評」中の、こういう一節を思い出しているからである（引用は江藤淳『全文芸時評』下巻〔新潮社　平成元年〕による）。

> たとえば、新聞小説というジャンルについて〝一九七五年〟、あるいは〝昭和五十年〟の文学状況は、今後どうかかわって行くのか、いかないのか。週刊誌、または月刊総合誌の連載小説とのかかわり合いで考えた場合に、今日の文学状況はどんな展望をあたえてくれるのか。
>
> これは、換言すれば、今日の文学が、一般社会に対してどのような自己規定を行い、今日の作家たちがどのような言葉で書こうとしているか、という根本問題に通じる問い

である。もし、今日の作家が、自己完結的な言葉で書くことを選び、今日の文学が、新聞、週刊・月刊誌などによって代表される一般社会に対して、まったく自己を閉ざしていこうというのであれば、それはそれでいっこうにかまわない、ということになるであろう。

ただし、その場合には、ひとつには新聞で月々の文芸雑誌に載る小説を月旦《げったん》する意味が消滅し、新聞小説も、週刊・月刊誌の連載小説も、事実上成立しなくなるにちがいない。仮にその形骸が残るとしても、新聞の文芸時評は、かならずやそれ自体が非社会的な言語で書かれた寝言のようなものとなり、新聞小説や週刊・月刊誌の連載小説は、おそらく非文学的な活字の羅列に変質するにちがいないからである。

「要するに」、と江藤淳は、言葉を続ける。

いわゆる純文学と大衆文学との二つの分野が、新聞小説その他を緩衝地帯として相対峙し、相互に反撥しつつも緊張した関係を保持するという構造が、すでにまったく崩れ去ってしまったのである。そして、この構造を支えていた力学に、大きな狂いが生じた結果、文学現象は細分化し、おたがいに背を向け合い、一種名状しがたいしらけきった雰囲気があたりに弥漫《びまん》している。

だが、そんな中で、江藤淳は、一つの注目すべき新聞小説に出会う。

今年の文壇回顧では、だれも触れていなかったようだが、私は、ついこのあいだまで〝内向の世代〟の一人として、文芸雑誌の目次の常連だった後藤明生氏が、「東京新聞」朝刊に「めぐり逢い」という新聞小説を書きはじめたという事実に、ひそかに注目している。

ここで確認しておきたいのは、この前の年（一九七四年）、江藤淳は辻邦生や小川国夫らの小説を「フォニイ」と批判し、いわゆる「フォニイ論争」が巻き起り、「毎日新聞」のこの「文芸時評」（同年七月）でも、例えば、

「文藝」の「創作と批評」という座談会で発言している、阿部昭・黒井千次・後藤明生・坂上弘・古井由吉氏らの作品の現状は、おそらくこの自閉的ひとり言の、典型的な例である。作品だけではない。お互いの作品を論じるこれらの作家たちの言葉が、おびただしく貧血し、肉感を欠いていることに、私はおどろいた。

と、後藤明生のことを激しく批判していたのだ（その辺の江藤淳の公平さ、そして本当の文学をかぎわける力は見事だ）。

江藤淳は後藤明生の「めぐり逢い」に、なぜ、「ひそかに注目」したのだろうか。

後藤氏の「めぐり逢い」は、六十回をようやく過ぎたところで、まだ海のものとも山のものとも判定すべき段階ではない。しかし、すでに作者は、〝内向〟的発想では新聞小説というものは書きつづけられず、どこかに公衆のイメージを喚起せずにはいられないという、新鮮な当惑を味わいはじめているにちがいないものと思われる。

この当惑のなかには、当然プロット（筋）をどう立てたらよいか、果たしてプロットなしで新聞小説が書けるものか、というような、きわめて実際的で根本的な問題も含まれているはずである。それが果して公衆への信頼を回復しようとする方向に展開される当惑なのか、それとも単に風化と拡散の方向に流れるだけなのかは、後藤氏の今後の仕事振りを俟《ま》たなければならない。私は、このテスト・ケースを、かなりの関心を抱いて見守りたい心境なのである。

ここでもまた、「信頼」という言葉が登場する。

後藤明生の一九七五年の新聞小説「めぐり逢い」については次回詳しく触れるだろうけ

れど、この時から、さらに四半世紀分の「風化と拡散」が進んだ二〇〇〇年一月、赤瀬川原平は、文字通り何もないところから、「ゼロ発信」をスタートさせた。

「ゼロ発信」と「めぐり逢い」の間の二十五年

文芸雑誌『風景』の一九六七年五月号で「新聞小説の曲り角」と題する対談を行なっていた作家の伊藤整がはじめての新聞小説「花ひらく」を「朝日新聞」に連載したのは一九五三年、すなわち今から約五十年前のことだった。

同じ年に刊行された単行本の「あとがき」で、伊藤整は、「私は新聞小説は、所謂雑誌小説とは遠く、その形式の本質は、毎日の分が小さな一場をなす戯曲に近いものではないか、ひょっとしたら、挿絵と相まって、歌舞伎か歌劇に近い芸術形式ではないか、と考えた。そして私は、その次に、自分が書こうとする新聞小説は、ユーモアを生かしたものであるから、狂言に近いものになる、と考えた」と述べたあと、こう語っていた。

私は、時には筋の説明即ち連続感を、地の文で行うことをやめて、モノローグの中で簡単に行ったりした。言葉が描写としてでなく、思想が説明や教訓としてでなく、狂言でやりとりされる言葉、漫才で投げ合う言葉、歌劇で歌われる言葉のように、感興のための効果として使われることを私は願った。作中人物の思想として表現されているアフォリズムや講義の内容などは、動かしがたい論理として使われているのではない。人間の実在を感じさせる芸の効果として刈り込んだり引きのばしたりして使われている。

つまり彼は「絶叫小説」ではなく「ヒトリゴト小説」を目指したと言う。そしてその「ヒトリゴト小説」の実践である「花ひらく」は連載時に、「新聞小説に新しい行き方を示したものとして好評」を博したという。しかしこの「ヒトリゴト小説」を今の目で読み直してみると、きわめてオーソドックスな小説に思える。例えば書き出しは、こんな具合だ。

上り急行列車は、真夜中に仙台を過ぎた。長い客車の列は、イスにもたれて眠り込んだ客をのせて、四月はじめの寒い夜の中を、南方の東京に向って走っていた。まだ雪のある北国から来たらしい紺の冬オーヴァーを着て、灰色の鳥打帽をかぶり、ひざにボストン・バッグを乗せた、二十歳ぐらいの青年が、三等車の片すみにいた。仙台に着くころまで、彼はひざの上に書物をひろげて読んでいたが、次第に頭がぼんやりして来たので、腕木にひじをつき、頰をささえて眠った。

主人公の青年水野は一年先に上京していた友人（大学の夜間部に籍をおきながら俳優学校にも通っている）谷村の導きで劇作家の木村玄に出会い、そこから物語が展開して行く。

方法上の新しさとは裏はらに、この小説がきわめてオーソドックスに見えるのは、社会環境や登場人物の役柄などその性格が安定しているからだ。例えば「紺の冬オーヴァー」だとか「灰色の鳥打帽」といった描写だけで了解可能な世界が作者にも読者にも共有されていた。上京者は上京者らしく。文学青年は文学青年らしく。そして文化人は文化人らしかった時代。そのことを「公衆」が知っていた時代。その点でこの小説の構造は夏目漱石が明治四十一（一九〇八）年に「朝日新聞」で連載した「三四郎」と本質的に変化ない。

しかしそれから二十数年のち、江藤淳が、「文芸時評」で、

すでに作者は、〝内向〟的発想では新聞小説というものは書きつづけられず、どこかに公衆のイメージを喚起せずにはいられないという、新鮮な当惑を味わいはじめている

にちがいないものと思われる。
　この当惑のなかには、当然プロット（筋）をどう立てたらよいか、果たしてプロットなしで新聞小説が書けるものか、というような、きわめて実際的で根本的な問題も含まれているはずである。

と述べた、一九七五年の後藤明生の新聞小説「めぐり逢い」の頃には、もはや、「花ひらく」的意味での「公衆」の姿はほとんど見えなくなっていた。後藤明生は手探りで、まぼろしの「公衆」の気配をさがし当て、まさに「ヒトリゴト」のように新聞小説を書き進めて行かなければならない。まぼろしの「公衆」に向って物語を展開しなければならない。それが「めぐり逢い」である。書き出しは、こうだ（引用は新聞初出ではなく、集英社文庫版による）。

　わたしは猫嫌いである。まさか自分が猫の飼主になろうなどとは、夢にも思わなかった。ところがいまでは、その夢にも思わなかった猫の飼主である。しかも原則として犬猫を飼ってはならない団地においてだった。
　そして物語をスタートさせたいのだが、「わたし」は、その物語を、なかなか「発信」

できない。「もちろん遊んでいるわけではない。仕事机の前で煙草を吸ったり、頭をかいたりしている。左様、この小説を如何に書くべきか、目下思案中なのである」。

書き出しにあるように、「わたし」は東京近郊のある団地に住んでいる。隣人たちの職業や性格、暮らし振りについてほとんど知るところがない。いやそれどころか。

名前も同様である。まったく知らないわけではないが、まことにあいまいである。何かの加減で会釈をすることもあるが、しないこともある。このあたりがまことに不思議である。どういう場合には会釈をし、どういう場合にはしないのか。別にはっきりした法則はないようである。ふつう団地では隣同士でも挨拶をしないという。同じ階段ですれ違っても会釈さえしない。それが団地というものに対する一般の常識のようになっているようである。

それではまったく物語が生まれてくる余地がないように思えるが。

しかし実さいは、そうではない。少し違う。

現実に住んでみるとそれがわかる。そしていまや日本じゅうは団地だらけである。およそ市と名のつくところで団地のない街は少ないだろう。団地はいまや日本じゅうどこへ行っても珍しいものではない。しかし、いざ団地とは何ぞや？ということになると、これでなかなかむずかしい。正確な表現が出来にくいのである。だからどうしても紋切型になる。自分では少しズレていると思っても、他人には紋切型の方が通じやすいのである。

ある、ゆるやかな偶然が重なって、「わたし」は団地で猫を飼うことになる。その、ゆるやかな偶然を「わたし」は、上手く語ることが出来ない。偶然の最初は、同じ団地に住む大学教師と出会ったことだ。その出会いを語るだけでも、「わたし」には、かなりの言葉が必要だ。

ドイツ猫の教師の話が、つい長くなった。これはわたしの不手際のせいもあるだろう。もう少し簡明に手際よく書くことも決して不可能ではあるまいと思う。しかしその自分の不手際を棚に上げていえば、もう一つの理由は団地である。

そして「わたし」は夏目漱石の『吾輩は猫である』の苦沙弥先生と自分を比較する。

ご存知の通り、夏目漱石の『吾輩は猫である』では、苦沙弥先生の宅へいろいろな人物が出入りをする。美学者を自称する迷亭、バイオリンに凝っている物理学者の寒月、詩人志願の東風。彼らは次から次へと苦沙弥邸へ出入りして、各人好き勝手なことを喋っている。あるいは碁を打っている。そしてまた喋る。実に自由自在だ。隣の下宿群鶴館の悪童連中も破れ垣根を越えて乗り込んで来る。泥棒まで自由に出入りしている。

しかし団地の場合は、こうはゆかない。たった一人のドイツ猫の教師と立ち話をするのにも、実に厄介な手間暇を必要とするのである。

団地の中には多くの隣人たちが住んでいるけれど、「わたし」は、彼（彼女）らと同じ時空間を共有しているというリアリティが持てない。つまり、「わたし」と彼（彼女）らとの間にドラマは生まれない。しかし、ゆるやかな偶然の重なりの中で、猫を飼いはじめてしまった「わたし」は、その二匹の猫にゆさぶられる形で、同じ団地の住人たちのリアリティを感じ取ることになる。謎の中年女性からの電話もかかってくる。しかも「わたし」は、その電話に「腹を立てながらも、どこかで心待ち」もしていたりする。

それはたぶん、わたしの毎日の生活が余りにも単調だったからだろう。実さい、四角いコンクリート四階建ての、３ＤＫの中の生活は、義理にも面白おかしいとはいえない。

ある日の夕食後、子供たちと一緒にテレビを見ているとき、とつぜんそう思った。テレビは、ドリフターズのどたばた番組だった。実はこの番組をわたしは毎週見ている。特に見たいとは思わないが、小学校三年の長女が習慣的にチャンネルをまわす。それでわたしも、習慣的に眺める。

この番組に対して、わたしは特別な意見も感想もない。だから、明日この番組が消えてなくなっても、テレビ局に苦情はいわないだろう。何かまた、別の似たようなものを放送するだろうからである。ただ、ある日の夕食後わたしはその番組を見ていて、とつぜん不思議な気持になった。

何故この3DKの中の生活が、このテレビの一時間よりも面白くないのだろう？

肝心なのはこれに続く、次の一節だ。この一節があるから、「めぐり逢い」は新聞小説としての緊張感を有しているのだ。

実さいそれは、不思議なことだった。これは何もドリフターズに限ったことではない。たぶん何でも同じことだろう。しかし、そう思ったからといって、わたしはこの3DKの中の自分の生活を、面白おかしく変えたいとは、思わなかった。

確かに3DKのマンモス団地の生活は単調だっただろう。しかし、当時、一九七五年、その単調さは文学的テーマとしてまだ新鮮だった。その単調さの中に一つの「公衆」の姿が見えた。後藤明生は、新聞小説「めぐり逢い」で、その「公衆」の一人である自分の姿を見事に描いた。

だが、それからさらに二十五年の時が経ち、そのような形の「公衆」の姿さえ、もはやほとんど像をつかむことができない。つまり、単調な日常の単調さを描いても、それだけでは文学になりえない。その点で後藤明生はまだ幸福だったとも言える。

そういう時代に「読売新聞」で連載小説をまさに「ゼロ発信」させた赤瀬川原平は、連載に当ってのインタビュー（一月七日夕刊、その同じ面に第百二十二回芥川・直木賞の候補作が載っている）で、その題名の由来を、こう語っていた。

ほら、会社やホテルで内線から外線へ切り替える時のアレです。ゼロを押すと外部とつながる。ごく個人的な、日常生活にまつわる小さなことを考えていても、みんなが共有する公の話題に切り替わる。そんな〝ゼロ〟を経由させて書いていければ。

「ゼロ発信」の意味はこれだけではない。連載がはじまってみると、読者は、赤瀬川氏が、何の草案もなくこの小説を「ゼロ発信」させたことに気づくし——同じインタビューで赤瀬川氏は「実生活を伝える一方で、ちょっとフィクションめいた仕掛けもやってみたいですね。日記であってエッセーであり、一部は小説的になる予感もします」と語っているけれどエッセイがいきなり小説的になる瞬間のスリリング――、熱心な赤瀬川原平ファンなら『科学と抒情』（青土社　一九八九年）の中の「偶然の海に浮く反偶然の固まり」という章にあった次の一文を思い出すかもしれない。

ゼロ発信、という言葉があるが、零発信と書くと何か虚無思想のダイナミズムのようなものが感じられ、霊発信と書くとむしろ積極的にさえなってくる。

「四、三、二、一、霊、スタート」

なんてなかなかいいリズムだが、それは「……零、スタート」の解説にもなっていると思うのである。

自然は零で満たされている。人間はその零を排除しながら、反零であるところの一や二や三といったもので秩序を作り、世の中を固めている。

「ゼロ発信」という言葉には私が数えただけでもこの四つの意味がある。意味の多義性。ウィリアム・エンプソンの分析を引くまでもなく、それは優れた文学に必須のものだ。この多義的なタイトルを目にしただけで私は興奮してしまう。

そしてスタートした小説は、まさに多義的な意味を喚起する。漱石の「吾輩は猫である」や後藤明生の「めぐり逢い」の猫のように、「ゼロ発信」は連載4回目（一月十四日）に犬が登場する。「めぐり逢い」の猫はナナと名付けられていたが、こちらの犬はニナである。

ニナは赤瀬川原平の作品にはすでにおなじみのキャラクターだ。やはり『科学と抒情』の「朝早くウズラが文学散歩をしているという噂の山道」と題する章にニナを自宅近くの山道で拾った時のエピソードが描かれている。詳しくは直接その一文に当ってもらいたいが、赤瀬川原平は、明け方の山道には「文学が霞《かすみ》のように薄く引き伸ばされて、地表を這《は》うように漂っているのがわかる。水蒸気といえばいえるが、あれはむしろ文学だろう」と語ったあと、「ニナもこの山道で拾われたのだ。……私たちが見つけたのはもう午後だったが、捨てられたのは前の日の夜から明け方だろう」と言葉を続ける。「だからニナは文学の中に捨てられたのだ」と。

そのニナが登場したのだもの。これは「小説」が動いて行くぞ（実際ニナはその後この小説の要所要所で重要な物語的キャラクターを演じることになるのだが）と思って、翌日の新聞を開くと、いきなり、こうギアー・チェンジしてしまう。

朝、新聞を広げて驚いた。この連載小説「ゼロ発信」の予告記事が出ている。ぼくの顔写真まで出ている。

ちょっとこの際、読者の皆さんとの時差の問題は外しておきましょう。やむを得ぬ。と読者にメタフィクショナル（メタフィクショナルといえば、連載第23回二月二日にさらに重層的でスリリングなメタフィクションが登場する）な揺さぶりをかけたのち、事前にその事をもちろん知っていたはずなのになぜ「驚いた」のか、赤瀬川原平ならではの理由、いや理論、を語り、さらにこう続く。

……その理論がまだ整わないところに、また「ゼロ」という字が飛び込んできた。同じ紙面の上の方に、

「ゼロ」の概念理解

という見出しとともに、チンパンジーの顔。

京大霊長類研究所の天才チンパンジー「アイ」に関する記事だ。

うーん、凄《すご》い。ゼロの記事二つの偶然。

何だか目出度い感じで嬉《うれ》しくなった。偶然というものには、何故一瞬の目出度さがあ

るのだろうか。

そして「少し照れながら目を移すと」、さらに、「精巧な偽1万円札　青梅で2枚」という記事を見つけた。しかも、「ぼくの『ゼロ発信』の記事のすぐ隣」に。つまり、「三つ目の小さな偶然」。この回は、こう結ばれる。

もうずいぶん昔のことだが、ぼくは千円札の印刷作品が刑事事件になったという過去を持っている。説明すれば長いことだが、今日は「偶然日記」に書くことが沢山あった。

「ゼロ発信」と共に新聞小説ならではの偶然は様ざまな形で発生する。しかもそのことに、作者である赤瀬川原平自身が、たぶん、気づいていない場合もある。例えば30回目(二月九日)。「今日は久し振りにムズムズが来た」とはじまるその回、最近の持病である右肘痛のことが語られたのち、話題が、こう転換する。

若いころはたしかに不眠症の前歴があった。二十代の終わりごろ、やっと自分で生活が出来るようになったのと入れ換えに、自分の中に燃えるものがなくなっていた。運命は皮肉なもので、暇になった頭はやることもなく、心臓のどきどきを気にしたりして、不眠症に落ち込んだ。

傍点を振ったのはもちろん私だが、この回を読み終えたあとで、ふと、同じ紙面の上段を見やると、「にっぽん人の記憶20世紀」というシリーズの連載「60年安保」が載っている。連載二回目のその回はまさに六〇年安保事件のその当日、一九六〇年六月十五日の出来事が、安保反対運動に参加した榊原英資や加藤紘一（当時共に東大生）らによって回想されている。

同じ頃赤瀬川原平青年は、ネオダダの第一回展の会場だった銀座画廊で篠原有司男や荒川修作らと大騒ぎしていた。青春のエネルギーを燃やしていた。私は赤瀬川原平の名著『いまやアクションあるのみ！』（筑摩書房　一九八五年）の、こういう一節を思い出し、「ゼロ発信」と「にっぽん人の記憶20世紀」と重ね合わせ、味わっていた。

私たちの騒音を発していた銀座画廊から町一つ隔てて、永田町の国会の周辺では、毎日のようにデモ隊があふれていた。六〇年安保反対闘争の群衆である。おそらくその人々も、交通の遮断された国会周辺の町を、外国の町のように新鮮に感じていたのだろう。そうやって二つの町で二つの異なったエネルギーが渦巻きながら、私たちが画廊の窓から騒音を放送したその二カ月後、国会議事堂の南門が、デモ隊によって踏み越えられた。

「ゼロ発信」は「めぐり逢い」以上に、〝ヒトリゴト〟で語られた小説である。江藤淳が生きていて、もしこの新聞小説を目にしたら、「単に風化と拡散の方向に流れ」た小説にすぎないと批判したかもしれない。

だが、改めて強調したいのは、「ゼロ発信」は「めぐり逢い」からさらに二十五年のちの新聞小説なのだ。

「めぐり逢い」の主人公である「わたし」は、「何故この3DKの中の生活が、このテレビの一時間よりも面白くないのだろう」とつぶやく。しかし「ゼロ発信」の主人公の「ぼく」は、「このところもうずうっとテレビを見ない。プロ野球が始まればまた別だけど、春まではおあずけだ」（連載20回一月三十日）と語る。そういう時代の、「ゼロ発信」は、新聞小説なのだ。

究極のヒトリゴト小説だから「ゼロ発信」は、時どき、ただの日記であったりエッセイであったりすることがある。しかも、そのただの日記やエッセイが三回ぐらい続くこともある。

ところで私のメモ帳には、「赤瀬川原平の新聞小説、一月二十四、二十五、二十六はただのエッセイ、二十七日に富士山が浅間山にチェンジし小説に戻る。あざやか」とあり、さらに二月の項には、「赤瀬川原平、二十四、二十五、二十六ダメ。二十七に戻り、二十八、すばらしい」とある。

どうやら赤瀬川原平には、ひと月の中に、小説を書く上でのバイオリズムがあるらしい。そのバイオリズムに立ち会えるのは、まさに新聞小説ならではの醍醐味だ。

ところでこの原稿を書いている今日は三月二十四日であるが、私は、「ゼロ発信」のこの三〜四日間の新聞小説的展開がどうなるか今からドキドキしている。

母国語でない、素敵に素晴らしい日本語に出会うまで

さほど期待せずに手にした本から素晴らしい「文学」に出会うと、その驚きや喜びは、とても大きい。最近私は、そういう、一冊の嬉しい本に出会った。出会うまでの経緯を、まず語ろう。

今年の二月に出た『ナボコフ書簡集1』（江田孝臣訳　みすず書房）を遅ればせながら最近入手し、私は熟読した。

去年はちょうどナボコフの生誕百年だったので、たぶんそれに合わせて、ナボコフがはじめて英語で書いた長編小説『セバスチャン・ナイトの真実の生涯』（富士川義之訳）が講談社文芸文庫に収められた。ずっと積ん読されたままでいたその文庫本を手にしたのは、

ひと月ほど前のことだ。

本文を読む前にまず「解説」や「あとがき」に目を通してしまうのは、私を含む多くの日本人の悪癖だが（もっとも私は、それをちっとも悪癖だと思っていない）、『セバスチャン・ナイトの真実の生涯』の訳者「解説」をまず読み進めて行った私は、ある一節で目が止まった。

先にも述べたように『セバスチャン・ナイトの真実の生涯』はナボコフが英語ではじめて書いた作品だ。作品にもその事実が強く反映されていると述べたあと、訳者「解説」で富士川義之は、ナボコフの「例の『ロリータ』の後書き」を引用する。

ぼくの個人的な悲劇——それは誰の関心事でもあり得ないし、またそうであってはならないのだが——は、ぼくの生まれながらの慣用語句《イディオム》、ぼくの自由で豊かな洗練されたロシア語を、二級品の英語——それには人を戸惑わせる鏡も、黒いビロードの背景も、含蓄のある連想も、伝統もない——と取替えねばならなかったということである。

私は『ロリータ』をいまだ読了していない。河出書房新社で出ていた大久保康雄訳が、二十年前、私の大学時代、新潮文庫に収められた。しかし私は、その翻訳を手に取ることはなかった。確か丸谷才一か篠田一士のどちらかが、『ロリータ』の翻訳というのは、原文のリズムをまったく無視した、お話にならないくらいひどい訳で、絶対に読んではいけない、と何かの本か雑誌で語っていたのを目にし、若く素直で、少しは英語も読めるようになっていた私は、原書に手を出したのだ。原書といっても、アルフレッド何とかという人の詳しい注釈つきの原書を。

結局十数頁で挫折してしまったのだが、そのわずか十数頁の読書からでも、『ロリータ』が素晴らしく音楽的な英語で描かれていることを実感できた。その『ロリータ』の英語にナボコフが不満を持っていたなんて……。

だから『ナボコフ書簡集1』に目を通して行っても、こんな部分に心が反応してしまう。

私の文学上の（というか、どちらかといえば反文学的な）エージェント――小柄で、がに股の、髪を品のない赤色に染めた恐ろしい女性――は、私に、感じのよい主人公が道徳的な社会を背景に活躍するお上品《ジェンティール》な小説を書かせようとしています。私が今書いているものはけっして彼女を満足させないでしょう。彼女はまた、ロシア語で書くことを私に禁じました。彼女の言うには、私の人生のその部分ははっきり終わりになったのだそうです。

一九四〇年八月、つまり亡命先のパリからアメリカに移住して三カ月後の手紙だ。さらにその数カ月後、アメリカで最初の冬を過す頃の手紙。

私はこの冬こちらで翻訳、講演の準備、雑誌の記事と、かつてない量の仕事をこなさねばなりませんでした。すべて英語です。英語だけです。そのため私自身の言語《ことば》のデーモンは、自分の翼に身を包んだまま座り込んでしまい、時々なつかしい真っ黒な喉の奥を見せて大あくびをするのみです。

移住して二年後、彼は、「自分がロシア語で書いたもっとも出来のいい小説」すなわち『賜物』の翻訳出版を思い立ち、親しくしている出版社の社長にこういう手紙を書く。

まず私に供与してもらいたいものは、腕のいい翻訳者です。自分で訳す時間はないのです。ロシア語より英語の方をよく知る男の翻訳者が必要です——男であって女ではありません。正直言って、こと翻訳者にかんしては私は同性愛者です。ひとつひとつの文を私自身で校訂しますし、常に翻訳者と連絡を欠かしません。しかし、まず下訳を作り、私がそれを校訂した後でそれに磨きをかけられる人がぜひ必要なのです。

けれどその社長が推薦してくれた翻訳者は、ナボコフの満足の行くものではなかった。

ヤルモリンスキーと彼の妻によるプーシキンの翻訳を見ました。彼らの仕事は良心的で、かなり正確で、注意深いものですが、私がもっとも欲しいもの《デシデラータ》に欠けています。すなわち文体と豊かな語彙です。相当な言語学的、詩的想像力がなければ、私の作品と格闘しても無駄であります。私は正確な意味とニュアンスについては翻訳に口を出しますが、私の英語はロシア語ほどではありません。したがって、たとえ必要な時間があっても私一人で翻訳することはできないのです。私が求めているような人物を見つけ出すのがむずかしいのは承知しています。私が書いたものを理解できるだけのロシア語の知識があり、かつ自分の英語を裏返しにして、一語一語をスライスし、チョップし、ツイストし、ボレーし、スマッシュし、キルし、ドライブし、ハーフ・ボレーし、ロブを上げ、相手のいないところに落とさねばならないのですから。ヤルモリンスキーではボールを軽くたたいて《バット》、ネットにかけてしまうか、隣家の庭まで飛ばしてしまうかでしょう。

『セバスチャン・ナイトの真実の生涯』や『ナボコフ書簡集1』の読書と相前後して、私は、もう一人のロシア人亡命者の文章を味わっていた。

きっかけは『図書』四月号に載っていた鶴見俊輔のエッセイ「エリセエフ先生の思い出」だ。明治時代に東京帝大の文学科で上田万年に学び夏目漱石の木曜会の参加者でもあったエリセーエフは、鶴見少年がアメリカに留学した頃、ハーバード大学の東洋語学部教授だった。鶴見俊輔にとってエリセーエフは、特別な意味を持った恩師だった。

今私がここに日本語を書いているのは、エリセエフその他何人かの力によってである。私は小学校卒業の学歴、くわしく言えば中学二年終了で、アメリカに来た。全寮制予備校に一年いて、はじめは英語がわからなくて困ったが、十六歳という年齢は言葉を早くおぼえさせ、そのうらでもとの言葉を忘れさせる。十五歳—十九歳のアメリカ滞在で、漢字を書く力はおとろえた。読む力は保ったが、朗読する力はなくなった。

鶴見俊輔とその母語、すなわち日本語の関係は独特のものである。

交換船で戦中に日本にかえってきてから、日本語をらくらくと自然に書く力をもつまで、年月を必要とした。日本にいても浮島のようなところにいるという気配の感覚は、今も空想の中で私にもどってくる。

日本語との独特の関係の中で、鶴見俊輔は、彼にしか書けない、独特の、ざっくりとした、名文を書く。エピゴーネンがその名文を、その形だけを、真似ようとすると危険なことになる。

しかし、ここは鶴見俊輔論の場ではない。エリセーエフの話だ。鶴見俊輔はエリセーエフの思い出を、こう語る。

　エリセエフは、すしが好きで、歯医者との約束があるのを忘れてすしを食べに行ってしまい、そのあと、歯をぬかれてあぶらあせを流したというはなしだ。それが、日常生活にとけこんだ落語風のスタイルで、おだやかな仕方ばなしとして語られた。こんなところが私にとってのエリセエフの魅力だった。

　知ったかぶりをしない人が知識人というのが、七十七歳になって私の得た「知識人」の定義であるが、エリセエフがふれる日本についての話題には、奥行きがあった。小さんの落語をきき、藤間流の日本舞踊をならい、銭湯をたのしむ体験にうらうちされたものいいで、私の知らない日本を感じた。

ある雑誌で河盛好蔵についての文章を求められた私は、未読だった河盛氏の近刊『老いての物語』（學藝書林　一九九〇年）を神保町の東京堂書店で入手し、読みはじめたら、そこにもエリセーエフが登場して来た。河盛氏が留学していた一九二〇年代のパリを回想した「ベル・エポック」の章の一節だ。

　私がエリセーエフさんを日本大使館に訪ねたころは、当時パリに亡命していた多くの白系ロシア人と同じく、エリセーエフさんの最も苦労の多かった時代であった。大使館に一室を持っていられたが、どういう仕事をしていられたか私は知らない。エリセーエフさんは快く私に会って下さった。大塚君が初めてエリセーエフさんに会ったとき、「豆しぼりの手拭《てぬぐい》を頭にのせて銭湯につかる気持ちは格別ですね」と言われてびっくりしたというが、私の時は、私の話をきいたあとで「なるほど、パリで磨きをかけて、故郷へ錦というわけですか」と言われた。それから私の名をすぐ河盛とまちがわないで書かれたのにもびっくりした。「河」はともかく、「盛」と書いてくれる人はめったにないから、どうして御存じですかときくと、「だって、清盛とか重盛とか、人の名のモリはみな盛ではありませんか」と言われ、ふに落ちたような落ちないような思いをしたことを覚えている。

　鶴見俊輔と河盛好蔵の一文に目を通したあと、私はエリセーエフの文章を読み返したくなった。私はエリセーエフの日本語が大好きで、ロシア革命の体験をつづった『赤露の人質日記』（中公文庫）は、私の愛読書だ。
こんな書き出しで始まる。

革命の始めから日に日に起ったことを自分の手帳に書きとめた。過激派の革命からもやはりつづけてそのノートを書いたが、もう詳しく書くことが危いので、手帳にただちょいちょいと漢字で忘れないように主なことをつけ、後で外国にいる親類に手紙を送る時、その手帳を元として手紙を書いた。国を出る時にその大事な手帳をなくしたが、自分の手紙を親類から貰って日記の材料とした。その日記に名を附けることはあまり適当ではないと思われるが、自分がソヴィエトの天下を思い出すとその印象が強くて、いかにも昨日今日のことのように、夢にもよくその三年間にあったいろいろなことを生々として見ることができる、故に日記と名前を附けてもさしつかえないと思う。そこで人質という二字をおく、自分が人質であるということをつくづくと感じまた感じさせられたからである。

傍点をつけたのは私であるが、この「ちょいちょい」という言葉の使い方は、何度目にしても嬉しくなってしまう。書き写すだけで楽しい。私自身も「漢字」を「ちょいちょいと」書いている気になってしまう。こういう大きくユーモラスな表現は日本語が母語である人間には使えない。つまりこの種の「文学」はただの日本人では生み出し得ない。獄に囚われているのにエリセーエフはどこか「呑気」である。そのことを同じく囚われの身の元「憲兵中将」に指摘されると、彼は、こう答える。

> 私は物質に執着しません、どうでもいいと思っています、心配も長くすることができません、もう学生時代からそういう性質を保持してきました。私は日本の友人東君という人から（君は呑気過るから、学者になりにくい）と何度も言われたことがありました。けれども（生れ落ちるとから呑気家なんだからしかたがありません）といつもいいました。

だからこそ、死（処刑）を意識した時の記述は、一層迫力を増す。

> 私たちは三人とも黙っていた、もう今晩が私の最後の晩かもしれぬと思った。途端になんだか自分が鋭い刃の上に立っていて、その右と左に深い淵があるようで、自分の我が二つに割れて、前と後になって相対映する、これはみな私の我である、前が未来だか、後が過去だかそれはわからない。とにかく急に記憶力が鋭くなって、非常にはっきりといろいろなことを思い出す。東京帝大を卒業する時の口頭試験のこと、大学院にい

た時分のこと、森田草平氏のお宅で踊りのおさらえをしたこと——さまざまと目に浮かんで、その思い出す速力がまた非常に早く、まるで活動写真みたように、自分の一生が眼の前を通ってゆく。

ようやく、冒頭で私が述べた驚きにたどりついた。

そのモンゴルの詩人の噂をはじめて耳にしたのは、もう半年ぐらい前のことだ。現代詩作家の荒川洋治さんの近くに優れたモンゴルの詩人がいて、しかも彼は日本語でも作品を発表していると。けれど私は、その噂を、適当に聞き流していた。

今年に入って読売、朝日の両紙の都内版で相次いでその詩人に関する紹介記事が載っていたのを目にした時も、それほど熱心には記事を追わなかった。たぶん私の中につまらない偏見があったのだろう。

その詩人ボヤンヒシグの詩と散文を集めたはじめての日本語の著作——彼はすでにモンゴル語と中国語で詩集を刊行している——『懐情の原形』（英治出版）が刊行されたのは、四月の初め、私がナボコフやエリセーエフの文章を味読し終えた頃だ。

どんな日本語を書いているのだろうという好奇心から手にした。

そしてまず「後書きにかえて」の「経験としての日本語」に目を通したのち本文に突入し、仰天した。

あまりにも素晴らしい文章なので。

外国人の書いた日本語としては優れているといった、そういうレベルではない。日本人の、しかも「文学」をなりわいとする私の同世代の人びとを見まわしてみても――ボヤンヒシグは一九六二年生まれつまり私の四歳年下だ――これほど文学的クォリティーの高い文章（日本語）をものする人は、どれぐらいいるだろう。たぶん片手で足りるだろう。エリセーエフ同様、自ら選び取った日本語で、彼は、その日本語という媒介《メディア》をすいすいと使いこなす。

しかもボヤンヒシグはとても気持ちの良い文章の書き手なのだ。

私の同世代の文章家たちの多くは、時にその自意識が鼻につく。なるほど彼（彼女）らの文章が上手いのは私も認めよう。しかし、凡人とは違うその才を、あまりにもひけらかされてしまうと、途端にその「文学」性が、私の眼には反文学的なものに映ってしまう。

ボヤンヒシグは、その日本語で書かれた文章を一読すればわかるように、突出した才能の持ち主だ。しかし彼は自己を神話化しない。つまり、神話化する視線で自己を眺めない。その自意識は、きわめてナチュラルなのだ。普通なら、そういう自意識の自然さは文学的自我と相反するものなのに……。

百聞は一見にしかずだ、その日本語の実物をお見せしよう。巻頭に「居場所」という散文が収められている。それは言わば彼の言葉に関する履歴書だ。こんな文章ではじまる。

僕はいったい何者であるのか。晩秋のある朝、目が覚めたばかりの僕（自分について考える場合「僕」という一人称は出現しないことが圧倒的に多い）は自分にそう問いかける。昨夜から降り始めた雨が止んだようで、名前も知らない小鳥が一羽ベランダでさえずっているのが聞こえる。

目が醒めてぼんやりしている時、何語でものを考えているのだろう。正直にいってははっきりわからない。植民地支配によって地図を広げた西洋のことばとは、あまり無縁のまま不惑といわれる歳に近づいている。僕は、三つの東洋のことばを吃りながら操ることができる。モンゴル語と中国語と日本語である。学んだ順で並べてみたが、当然モンゴル語は僕の母語であり、物心がつく頃からモンゴル語で自分の居場所を確認することができた。

日本語は大学で学んだ。母語で詩を書きはじめ、大学卒業後、北京にある出版社に勤めた。

毎日、中国語とモンゴル語で仕事するうちに、僕が一所懸命身につけた日本語はおしくも冬眠していた。七年勤め、ようやく北京にも愛着を持つようになっていた。そんな時だった。日本に留学することが許可されたのは。

ある程度の日本語の基礎はあるとはいえ、生の日本に対しては、予備知識はほとんどなかった。のるかそるかの気持ちで、日本の地に足を踏み入れる。「失なわれた時を求めて」の七年のはじまりであった。

そして彼は「日本の地に足を踏み入れ」、「図書館、大学院、本屋、区役所、病院、交番、駅、居酒屋、喫茶店……から自分の眠っていた日本語を復活させ、増や」した。その見事な達成がこの『懐情の原形』である。

百二十頁ほどのこの小さな、しかし、身のたっぷりとつまった作品集を、私は最初、ゆっくりゆっくり読み進めて行った。例えば、

すきとおる二十年の向こうから
何十行　縦書きで　素直に
静かに歩み寄ってくる
元気な子
手作りののりがかおる
一息のきれいな空気が

あの小さな白い町より
はるかに　かるい
午後三時
封筒を切る
赤いはさみは
鋭い　が
僕はどこかで鈍い

という詩に続く、こういう文章を。

二十年も会っていない、中学同窓の女性から手紙をもらってから書いたものである。仲はよかったが、恋はしていない。恋がひそかに芽生えていたかもしれないが、心の外側に浮き彫りになっていない。

表情が豊か、しかし表現がとぼしい二人は、草刈りが始まる秋の小さなバス停で別れた。涙もない、笑顔もない、午後三時。それっきり、二十年。

二度目に通読した時には、引用したい箇所に付箋を貼っていった。次々と付箋だらけになってしまうので、途中から、貼るのを手控えた。それでも付箋の数は十八枚になった。

つまり私は、ここで、この作品集の素晴らしさの九分の一ぐらいしか紹介することが出来なかったわけである。

批評としての書評とポトラッチ的書評

久し振りで原稿をボツにしてしまった。

そして、今回もまた書評原稿だ。

世間の人から私は、書評の専門家の一人であるように思われているけれど、基本的に私は、連載以外の、単発の書評は書かない。偉ぶっているわけではない。

既に何度か口にしていることだが、私は、書評の仕事とは、本屋で本を選ぶ所からはじまると考えている。書評も一つの批評であり、批評とは究極的に、何かを選び取ることである。そのあとの理屈（言葉）はいくらでもデッチあげることが出来る。そして世の多くの人びとは、その「言葉」の部分にこそ批評があると思い込んでいる。

話が別の方向に動いて行きそうなので、元に戻す。

本屋で本を探し求めることから書評の仕事ははじまる、と私は考える。私が新聞書評のいわゆる書評委員会制に批判的なのはその点である。彼（彼女）らは、書評委員会会議の机の上に並べられた膨大な数の新刊を眺め、ただチェックして行くだけだ。本屋好きの人ならまだ良い。しかし彼（彼女）らの多くは、書評委員会の席でチェック出来ることを口実に、新刊本屋に足をむけなくなる。つまり、棚のリアリティがうすれて行く。もちろん、これは、あくまで私の推測である。だが、たいていの新聞書評のツマラなさ、および時代との微妙なズレかたを見ていると、この私の推測は、当らずといえども遠からずだろう。

選ぶことからその行為がはじまっているから、私は、書評したい本は、頼まれなくても、自分の連載欄で書評する。本の不況時代と言われながら、けっこう良い本が次から次に刊行されるので、紹介が追いつかないぐらいだ。紹介出来なかった本の書評を、たまたまタイミング良く依頼されたら、単発であっても、もちろん私は引き受ける。しかし、そんなタイミングの良い依頼は、めったにない。

単発書評を引き受けたくないもう一つの理由はそこに情実やポトラッチが介在しがちなことがある。

数年前ある出版社の編集者と打ち合わせをした時、彼は、私の見知らぬ女性編集者を同席させた。彼女はその出版社で出している雑誌の編集者で、私に頼みごとがあるという。その雑誌の書評欄で某氏の新刊を私に書評してもらえないかというのである。その某氏の新刊は私も既に目を通していて、某氏の作品の中では必ずしも最上の質のものとは言えなかったものの、悪い本ではなかったので、私は、原則を曲げて、その単発書評を書いた。その後のやり取りの中でちょっと不快なことが起った。原稿を仕上げてFAXで送ると、ゲラを送ってくれたのは別の女性編集者だった。つまり彼女こそがその雑誌の書評欄の担当者で、私に原稿依頼した女性は「某氏」の担当編集者だったのである。つまり、うがった見方をすれば、彼女は、「某氏」にいい顔をするために私にその本の書評を依頼したのだ。悪い本ではなかったから、私は正直に、その本の優れた点について書いた。でも、あとで、その構造に気がついた時、私も彼女のヨイショに荷担してしまったのかと思い、あと味が悪かった。

これがもしも辛口書評だったならどうなっていただろう。

ここで話は飛んでしまうけれど（いや、実は飛んでいないのだが）、私は、辛口書評は、よほどの場合を除いて、書かない。連載の文章の中で扱える本の数は限られているから、その貴重なスペースの中で、出来るだけ優れた本を取り上げたい。そして、単発でわざわざ辛口書評を行なうほど、私は、自己顕示欲の強い人間ではない。それに辛口だからといって必ずしもそこに批評性が含まれているとは言えない。最近の、いわゆる辛口書評は、ためにするものが多い。つまり、逆に、そこに、ある種の人間関係が透けて見えるものが多い。だから、書評（批評）の独自性とは無縁なものになってしまう。要するに、ホメ書評も辛口書評も構造的には変わらない。その文学性の欠如において。

四月の初め神田神保町の「すずらん通り」のある小さな本屋でAという人の書いた『B』というとてもシブそうな本を見つけた。そこで扱われているテーマは私自身も何年も前から興味を持っていたものだし、パラパラめくってみたら、面白そうなにおいがする（著者がかなり年輩の人であるのも、この手の本の場合、一つの信用価値につながる）。早速購入し、帰りの電車の中で読みはじめたら、そこそこ面白い。

車中で三十頁ほど読み、帰宅し、そのまま積ん読していた、その数日後、ある雑誌の、はじめての、つまり面識のない編集者から原稿を頼まれた。『B』の書評をお願い出来ないか、というのだ。単発書評は引き受けない私も、喜び八割、猜疑心二割で、その依頼を引き受けた。喜び八割というのは、『B』というこの本、普通の本屋では全然見かけない超地味本だから、そんな本を書評で取り上げようという彼の編集者センス（というか本に対する感受性）に自分と同類のものを感じたのだ。そういう彼（声の感じでは私よりひとまわりは若い）から御指名を受けた喜び。そして二割の猜疑心というのは……。本屋でも見かけない、そんな地味な本の書評を依頼してくるなんて、この彼は、Aさんと関係がある人物なのではないか、あまりにも地味すぎる本だから、ひょっとしてこれは、Aさんと彼との情実書評なのではないか、という疑いだ。

しかし、本そのものが優れていれば、情実であろうとなかろうと、問題ではない。そういう地味な好著を世に伝える、お役に少しでも立てたなら。

そして、三十数頁から先を読み進めて行ったわけだが、読み終えてみると、これが、けっこう問題のある本だったのだ。私の関心にあまりかかわりのない題材を扱っていたなら、適当にごまかして、さしさわりのない書評を仕立て上げることも出来ただろう。しかし、私の研究テーマとも深いかかわりのある題材だけに、幾つものアラが目立ち、書評の中でそのアラに言及せずにはいられない。

その結果、書評は、かなり手厳しいものになってしまった。しかもその手厳しさは生産性（ここで私が述べている「生産性」とは「文学的生産性」の謂《いい》である）のないものだ。つまり、わざわざ、単発書評という場を借りて、口にするべきものではない。

イヤな気持ちのまま原稿を送った。

数時間後、担当の「彼」から電話がかかってきた。電話だから表情を覗《うかが》うことは出来ないけれど、「彼」は少し辛そうだった。それは私の思い込みかもしれないが、その「辛そう」な感じが私にも痛かった（ただし「彼」の名誉のためにひと言書き添えておけば、「彼」は、書き直しを命じようとする気配さえ感じさせなかった）。

「彼」そしてAさんのために、酷なことをしたと後悔していた私が、しかし、キレてしまったのは、数日後に届いたゲラに添えられた「彼」のFAX文中の、「著者・版元からの頼まれ書評だったので……」という一節を目にした時だった。

すぐに私は、怒りの電話をかけた。もし最初からそうと知っていたなら、私はこの原稿依頼を受けなかっただろうし、だいいち、今の日本の書評の世界には、その種の「頼まれ書評」やポトラッチ的書評が横行していて、その結果、いかにどうしようもなくツマラなく、文学性を欠いたものになってしまっているかを、興奮して、まくし立てた。勢いづいて、オレは一人でも、そういうクダラねぇ書評を書くやつらと闘って行こうと思ってるんだ、などという青いセリフまで口にしてしまった。

そして原稿をボツにした。

考えてみると、その前にボツにした原稿も、さらにその前にボツにした原稿も、書評原稿だ。

どうして私は書評という表現形式にこれほどナーバスなのだろう。緊張感を持ってしまうのだろう。

緊張感。そう、私は、例えば、はじめて『週刊朝日』の書評欄に原稿を執筆した時の緊張感を忘れない。

かつて『週刊朝日』の書評欄は書評家にとっての檜舞台だった。

『週刊朝日』の書評が全三冊のアンソロジー（『春も秋も本！』『ベッドでも本！』『本が待っ

てる！』いずれも朝日新聞社　一九九三年）として刊行された時、まさに『週刊朝日』（一九九三年十月八日号）の書評欄でそれらの本を書評した向井敏は、その書評をこう書きはじめていた。

昭和二十六年二月、「週刊朝日」にはじめて書評ページが設けられた。「文芸春秋」の池島信平、「暮しの手帖」の花森安治と並んで名編集長とうたわれた扇谷正造の発案にかかるもので、「週刊図書館」と名づけられたそのページに、まず臼井吉見、浦松佐美太郎、河盛好蔵、坂西志保が、ついで臼石凡、中島健蔵、中野好夫が加わって筆陣を張った。

当初はそれぞれの評者の原稿を全員で合評したうえ、書き直して無署名で発表するという手続きに拠っていたというが、本を選ぶについての眼配りの広さといい、論評の仕方のうえでの工夫といい、趣味的な新刊紹介、あるいは読書感想の域を出なかったそれまでの書評とは質を異にしていた。

『週刊朝日』の書評がどれほど「それまでの書評とは質を異にしていた」のか、具体的に知りたい人は、『春も秋も本！』をはじめとする三冊の巻末に載っている丸谷才一の解説や座談会に目を通してもらいたい。

そのはじまりに関しては、「週刊朝日の内幕」という副題のついた『えんぴつ戦線異状なし』（扇谷正造編　鱒書房　昭和二十九年）の、「『週刊図書館』小使の弁」の章に詳しい。

「週刊図書館」の成り立ちを書く場合、いまはなくなった「朝日評論」（月刊）の「書評」に触れないわけにはいかない。なぜなら、「週刊図書館」は、「朝日評論」の「書評」の遺産を継いだものといってよいからである。

図書館に行って調べると、『朝日評論』に「書評」欄が創設されたのは、同誌の昭和二十三（一九四八）年十月号からである。当初は二頁（三冊分）だったのが、翌月は三頁（五冊分）、さらにその翌月は四頁（五冊分）とボリュームを増やしているから、それなりに好評だったのだろう。「しかし」、と「週刊図書館」の「小使」氏は言葉を続ける。

誕生間もない「書評」の歩みは、たどたどしいものであった。本の選択、筆者の選定に編集者は、旧来の定石を守るだけであった。だから、中には文末に「妄言多謝」などという文字のある書評も出る始末だった。ジャーナリズム一般も、書評に対する理解は、十分でなかった。

その『朝日評論』の「書評」欄の批評性が一気に増すのが、昭和二十四年二月号からである。その号から同欄は同人制を採用する（最初の同人は坂西志保、浦松佐美太郎、西村孝次の三人で、途中から鶴見俊輔二十七歳！　や中島健蔵らが加わる）。同人と言っても、いま私たちが普通に考える「同人」制ではない。

書評する本、あるいは読んだ上で書評するかしないかを決める本を選ぶために、同人が一堂に集まる。次いで、書評の原稿を持ち寄る。その席で原稿を読みあげて、原稿の批評をし合う。そして、全員の納得のいくまで、手を入れる。

時には、全文書き直しをしてもらうこともある。こんな、ジャーナリズムの世界の常識をやぶるようなことも行われるのである。これだけの手続きをふめば、もはや、個々の筆者名、あるいは共同の筆者名を出すにも及ぶまい、「編集部の責任」である――というので、四月号では、もう一とまとめに出した名前さえも、出さないようになった。

今では考えられないぐらいの手間と時間をかけた作業である。たぶんその中心にいたのは浦松佐美太郎で、この「書評」欄が評判となった頃、昭和二十五年二月十六日、彼は「朝日新聞」に、ずばり「書評論」と題する一文を寄稿している（同じ紙面で隣り合わせに、植草甚一の「米国ジャーナリズムにおけるブック・レヴュー」という一文が載っている)。

書き出しがショッキングだ。

書評は、日本のジャーナリズムの捨て子である。ときどきは思い出したように、あっちこっちで拾われて、育てられたこともあるが、すぐ飽きられて、また捨てられている。ひとり立ちになって、歩けるようになるまで、養い育てられたことのない、可哀そうな捨て子である。

なぜ書評がジャーナリズムのなかでないがしろにされていたのか。浦松はその理由を、たいていの書評が、「著者に向ってものをいっている書き方であった」点に置く。

言い換えてみれば、一冊の本を中にして、二人の専門家があいさつを交しているようなものである。これでは、肝心の読者が、まるで無視されたことになる。読者にとって、こんな書評が面白かろうはずがない。

そういう「あいさつ書評」の中に「真の批判があろうはずもない」と浦松は言う。

当らず触らずの時候のあいさつのようなものか、体よくあしらいつつ自分の優越を示そうとするものか、さもなければ、自分の利益を考えて仲間賞めをするものと相場が決まっていた。批判ということが、理解されていないこの国では、あるいはやむを得なかったのかも知れない。批判が悪口と思われ、批評されれば直ぐにいきり立つ人の多いこの国では、うっかり書評をすれば、長崎でアダをうたれると用心するようになったのかも知れない。しかしそれでは、書評というものが成り立たないことだけは確かである。こんなことで、書評はつまらないもの、あってもなくても構わないものとなり、ジャーナリズムの捨て子となったのであろう。

そして、浦松は繰り返し力説する。「大事なことは、書評が読み物として面白いということである」、と。

書評も文学の一分野を占め得るように立派なものに、成長させなくてはならない。そうなれば、恐らく日本の出版事業の上にも、大きな光がさすに違いない。

傍点をつけたのは私であるが、今からちょうど五十年前に語られた、この大げさな言葉を、その仰々しさを、半世紀ののち、笑い飛ばすことは容易だ。浦松佐美太郎と別の立ち位置で、つまりもっと狭いスペースの中で、あとに来た私たちは、書評という批評（文学）行為の可能性を考えなければならない。

しかしこの時の浦松の「書評」への夢は本気だった。例えば『朝日評論』昭和二十五年三月号の「書評」欄に檀一雄の『小説太宰治』（六興出版社　最近岩波現代文庫に収録された）の書評が載っていて、「小説の堕落」と小見出しがついているように、これは、徹底的に厳しい書評なのだ。

こういう風に書きはじめられる。

この本について言いたいことは小説という言葉の濫用である。この本の内容は、少しも小説にはなっていないと言った所で、恐らく著者には通じまい。それほどこの頃は、小説という言葉が勝手気儘に使われているのである。

書評者はこの作品のジャンルの不透明さを問題にする。つまり、「小説」と銘打ったことの及び腰ぶりを批判する。

この作品などは、明らかに伝記と称すべきものであった。伝記は、何も何年何月に生まれて、何年何月に死ぬまでを、無味乾燥の編年体に書く必要はない。ストレーチーでもモーロアでも、立派に伝記の文学上の傑作を書いている。なぜこの作者は、「伝記」と言ってこの作品を書けなかったのであろうか。

伝記は、歴史上の事実を厳密にしなければならない。それには勉強と努力が要る。それがこの作者に、伝記を書くことを躊躇させたのであろう。

しかも作者は「小説」と「伝記」との間で揺れ動いていたわけではない。「小説」というジャンルを、この題材を描くのにふさわしいものとして自覚的に選び取ったわけではない。だから書評者は、この一文を、こう結ぶ。

恐らく作者は、小説という言葉によって、内容の不確さ、内容の問題点をぼかし得ると思ったのかも知れない。そうとすれば、小説とは何と便利な言葉かということになる。その代り小説の堕落、これより甚だしきはないということになる。小説の作家が、ここまで小説を侮蔑すればもはや世話なしと言う他はあるまい。

ここまで徹底的に批評されてしまったら、さすがの檀一雄も、以降、「小説」という名の回想物を書き記す時、ひとつの緊張を強いられることになっただろう。

『朝日評論』は昭和二十五年十二月号をもって廃刊となった。そして、先に引いた「小使」氏の言葉にもあったように、そのあとを引き継いだのが『週刊朝日』の「週刊図書館」だった。

この遺産を引きついで、週刊朝日の昭和二十六年新年号は、「書評」の名のもとに、アーサー・ミラー著「セールスマンの死」を無署名で、1月14日号は「本と本」の名で、郭沫若著「歴史小品集」を「SUN」の名で紹介し、2月4日号に至って、書評欄新設を表紙にもうたい、「週刊図書館」として、はなばなしく出発した。

その昭和二十六年二月四日号の「週刊図書館」欄を開くと、例えば「SUN・A」という人がサマーセット・モームの『劇場』を、「SUN・C」という人が立野信之の『公爵近衛文麿』を書評している。

ここで、SUNのいわれを説明しよう。ご存じの方、お察しのついた方もあるだろうが、SUNとは、坂西、浦松、中島三氏の頭文字を並べたものであり、英語の「太陽」にも通ずるのである。読書界の太陽——といえば大げさで、口はばったくもあるが、少なくとも、出版界、読書界に新風を吹きこもうとする意欲だけは、買っていただけるとおもう。今（この文章の書かれた昭和二十九年の今——引用者注）ではこの三氏（SUN

っている。

氏）の他に、河盛好蔵、中野好夫、白石凡、嘉治隆一の四氏が加わってSUN七氏となっている。

『朝日評論』の「書評」は文字通りの共同執筆であったけれど、「週刊図書館」のそれは「SUN・A」だとか「SUN・C」だとかとあったように、一種の匿名書評に近いものになっている。ただし書評委員会の運営スタイルは変わっていなかったらしい。ここでもまた、その中心にいたのは、浦松佐美太郎である。『ベッドでも本！』の巻末に載っている「『週刊図書館』40周年記念鼎談」で、当時のメンバーの一人だった河盛好蔵は、こう回想している。

当日、みんなの前で、自分の原稿が読み上げられるわけですね。そうすると、途端に浦松さんが批評するわけですよ。討議より前に、ここのところはどういうことですかとか、これをこうしたほうがいいんじゃないですかとかね。僕は随分教えられました。

その浦松佐美太郎とよく対立していたのが中野好夫だったという。当時の『週刊朝日』の編集長扇谷正造は、やはりこの「40周年記念鼎談」で、こう語っている。

中野さんの書評は、どっちかというと、エッセイだったんですよ、ダイジェストというよりはね。私の感想はこうだと。その点、浦松さんは忠実なダイジェスト。「キミの感想を聞いているわけじゃない」（笑い）ってね。臼井さんと河盛さんが一番、難が少なかったんじゃないですか、浦松氏の。

取り上げる本の基準は、どんな具合だったのだろうか。「『週刊図書館』小使の弁」に、こうある。

専門の知識がなければ読みこなせないような本は、やらない。いわば「大人のための読物」ということであるが、そうかといって、程度の低い本というのではない。どんなに読まれていても、書評する必要のない本（活字にして批評すると、編集者の意図に反し、かえって逆効果になる本）というものはあるのだ。書評する本の上限と下限とは、つねに議論の沸くところであるが、週刊図書館の過去三年半の実績が、説明してくれるだろうから、ここには書かない。ただ、「黙殺」ということも、一つの批評であることを、いうに止める。

そうして「週刊図書館」によって「書評」というジャンルが確立されて行く。『えんぴつ戦線異状なし』の五年後に刊行された『一週間は飛んでいく』（有紀書房　昭和三十四年サブタイトルは「週刊誌記者の泣き笑い」）に収録された「『週刊図書館』の片隅から」という一文で、当時「週刊図書館」の担当者だった黒川豊蔵は、

「書評は、日本のジャーナリズムの捨て子」であると、浦松佐美太郎さんが朝日新聞に書いたのは、昭和二十五年の二月であった。「週刊図書館」誕生の一年前であった。いまは、新聞雑誌で書評欄を持たないものをさがす方がむつかしいくらいである。〟ダイジェスト文化〟などといわれる半面はあるにしても、変れば変ったものである。

と書いている。そして、やはり同じ一文の中に、

個々の本の名をあげることは、さしさわりがあるから、避けるけれども、他の新聞雑誌で大きく紹介され、ベストセラーになっていても、「週刊図書館」で触れない本が、そう多くはないが、ときどきはある。「読者に親切ではない」「取りあげる本がかたよっている」という批判も聞く。ごもっともな批判であるが、私の言いわけは、「性格のない書評欄であるよりは、性格をもった書評欄である方がよいのではないか」ということである。

という言葉が見られるけれど、こういう批判がくるほど、この頃になると『週刊朝日』の「書評」は一つの権威となっていったのだ。それからさらに長い年月の中で、「権威」は高まっていった。そしてその「権威」ゆえに、皮肉なことに、ある大物批評家が、書評家としての筆を断たざるを得なくなるという「事件」が起きてしまう。

その「事件」のことを私が知ったのは、偶然だった。

半年前のことである。『諸君！』で一九七二年をテーマにした連載をはじめようとしていた私は、早稲田大学中央図書館の雑誌バックナンバー書庫にこもって、一九七二年の週刊誌をチェックした。その中には、もちろん、『週刊朝日』も含まれていた。大事件の報道より、埋め草のような小さな記事の方に目が行ってしまいがちなのは、いつもの私の、雑誌を読む時のクセなのだが、それは古い雑誌を読む際にも変わりない。

一九七二年の『週刊朝日』のバックナンバーをパラパラとめくっていたら、オヤッと思う記事に出会った。

十一月二十四日号の「NOW　NOW　NOW」という「読者参加」のコーナーだ（ちょうど、その数週前から始まったばかりの、いわば新連載である）。「読者参加」といっても、電話番号が大きく書き記されているように、投書ではなく、電話による「読者参加」。ハプニングだとか視聴者の電話参加だとかいったマクルーハンの言う「クール」な時代の空気を感じさせる、そういうヒップなコーナーだ。

十一月二十四日号のそのコーナーの冒頭に、「悪戦苦闘」と題して、「東京都世田谷区成城町　作家・大江健三郎」の、こんな声が載っている。

> 「週刊朝日」11月10日号で、私の小説「みずから我が涙をぬぐいたまう日」が書評されています。そこで《口述筆記させられる女性は、おそらくつきそいの看護婦で、主人公と肉体関係があって、目下妊娠しているらしい》とあります。このままでは、まったくイイ気な病人の話になります。
>
> しかし、まともに読んでくだされば、口述筆記人は妻であり、すでに子どもは生れていることが、おわかりでしょうし、この妻と子の存在が、結末で主人公の母の、将来への希望と深くつながることも明らかでしょう。それについての母の言葉は重要な鍵なのです。
>
> 私が《悪戦苦闘》しているのは、このような、いいかげんな紹介であぐらをかき、まともに読む努力をしなくてすむと思っている批評家に対してなのです。

早速、『週刊朝日』一九七二年十一月十日号の「週刊図書館」を開いてみると、トップに、〈康〉という評者のその書評が載っている。『みずから我が涙をぬぐいたまう日』を未読の人間には、複雑な筋と構成を持つこの小説をまとまり良く、しかも具体的に紹介している印象を与えるだろう。

作者は母と子の和解しがたい近親憎悪という額縁に、独自なかたちで天皇制をからませることによって、現人神《あらひとがみ》としての天皇の復活という現在の状況に対する幾屈折した批判を打ちだしたのである。

という結びの一節も、かなりきまっている。私が書評担当編集者だったなら、読みごたえのある書評をありがとうございます、とお礼する一本だ。まさかそんな大きな読み間違えがあるとは知らずに……。

驚いたのは、大江健三郎の「読者の声」が載った翌号の、つまり一九七二年十二月一日号の「NOW　NOW　NOW」のトップに、「辞任の弁」と題する、こういう言葉が載っているのだ（途中の傍点は引用者）。

本誌11月24日号のこの欄に掲載された大江健三郎の抗議に対し、おなじ欄をかりて、抗議の対象となった書評の執筆者として一言したい。

「みずから我が涙をぬぐいたまう日」を本誌書評欄に紹介したとき、大江健三郎が指摘したような読みちがい、思いちがいをたしかに私は犯した。それに対する若干の弁明もないわけではないが、もとより読みちがいの事実を帳消しにするわけにはゆかない。私はここに作者と本誌の読者とに対して、私の恥ずべき失態を深謝したい。

思うに、大江健三郎は本誌の書評欄なればこそ、読みちがいを単なる読みちがいとしてみすごすことができなかったにちがいない。本誌書評欄の権威と伝統の形成に永年力をいたしたもののひとりとして、大江はどうしても黙過することができなかったのだと思う。だからこそ、私は特に本誌編集部に申しでて、ここに書評執筆の実名を明らかにし、私の失態を作者と読者におわびする次第である。

実は私も私なりに本誌書評欄の一担当者として、些少の自負を持たなかったわけではない。その私がこういう失態を犯した以上、当然のことながら書評欄担当の失格者として今週かぎり辞任し、責任の一端を明らかにしたいと思う。

私がさらに驚いたのは、この言葉のあとにつづく、「電話者」の住所氏名を目にした時だ。「東京都世田谷区喜多見町平野謙」とあったのだから。

あの平野謙だ。学生作家だった大江健三郎の作品を最初に新聞の文芸時評で取り上げ高く評価したのも平野謙だったはずだ。その平野謙が、他ならぬ大江健三郎の作品を読み間違えたことで、「週刊図書館」の書評家としての筆を断ってしまうなんて。平野謙は、いやいや〈康〉氏は、この年の「週刊図書館」の四月十四日号で開高健の『夏の闇』を、さらには六月二日号で丸谷才一の『たった一人の反乱』などを書評している。いわば「週刊図書館」での小説読みのエースだった。そのエースが突然、引退してしまうなんて。

この「事件」は、これだけにはとどまらなかった。さらに次の号（十二月八日号）に、「現代小説とその批評との関係」と題する丸谷才一の一文が掲載されている。こんなリード文がついている。

……この二つの投書は、本誌（前々号、前号）にすでに掲載したが、あらためて、現代小説の読み方、書評のあり方について、考えさせられる。そこで、批評の筆もとられる作家丸谷才一氏に、投書を読んでの感想を寄せてもらった。

丸谷才一は、まず、自分も平野謙と同じ間違いを行なっていたと告白する。「みずから我が涙をぬぐいたまう日」の雑誌初出時に、『群像』の「創作合評」でこの作品を論じた時、妻と看護婦を平野謙と同じように読み間違えていたことを。丸谷才一は平野謙を、こう擁護する。

わたし自身の小説を何度か批評されたときのことを思い出して言えば、好評のときだろうと悪評のときだろうと、この批評家の読み方はたいそう念入りな、鋭いものだった。同じあやまちを犯した者の言葉では弱いかもしれないが、わたしとしてあの誠実な批評家がいま急にいい加減な読み方をするとは思えないのである。

それではなぜ平野謙は、そして丸谷才一は、大江健三郎の「みずから我が涙をぬぐいたまう日」を読み間違えてしまったのだろうか。その理由は、「現代小説がいま置かれている困難な状況」による。

遠い昔の小説家ならば、人間関係も、それからまた人間と世界の関係も、もっとずっと簡単で明瞭な時代に生きていたから、話は楽だった。しかし現代人の場合、人間関係も、人間と世界の関係も、段違いに複雑なものになってしまっている。

そういう時代の現実をとらえようとすれば、昔の小説家ならきっと呆れ返るにちがいないほどのこみいった細工の網の目を張りめぐらし、それによって現代人の魂の悲劇と喜劇、天国と地獄、表と裏を精細に手に入れようと目論むしかないのである。

だから平野謙が大江健三郎の作品構造を読み間違えてしまったのも、平野の批評家としての誠実さの表れであるともいえる。匿名ではあっても、さすがは平野謙というわけだ。

そういう仕掛けにつまずくことはむしろ読者（その代表が批評家である）の栄光だろう——ちょうどそういう仕掛けをひょっとしたらかけそこなったのかもしれないことが野心的な新しい作家の栄光であると同じように。この栄光の顔は砲煙弾雨によってぼろぼろに傷ついている。

ここに引用したように、この「事件」をめぐる大江健三郎、平野謙、丸谷才一のそれぞれの言葉は、三者三様に、いずれも、見事である、と私は思う。しかしそれ以上に私が、ここで強調しておきたいのは、この頃までは、「書評」がこれほどまでに批評性（文学性）を帯びていたという事実である。

平野謙の退席と入れ替るように、この時期、一九七〇年代半ばから、「週刊図書館」は丸谷才一を中心として書評委員会が運営されて行くことになる。同欄に掲載された丸谷才一の書評は『遊び時間』（大和書房　一九七六年）をはじめとする何冊ものエッセイ集に収録され、私も愛読した。書評の一つの模範を私は、丸谷才一のそれにみた。

しかし……。

この原稿の前半の部分（百八十九頁）で私は、「週刊図書館」の一九九三年十月八日号に載った向井敏の書評の冒頭部分を引用した。「週刊図書館」の傑作選三巻を評したその書評を、向井敏は、こう結んでいた。

けれども、世のなか一寸先は闇。この思いをこめた言葉〔『春も秋も本！』巻末解題の丸谷才一の結びの言葉――引用者注〕が読者の目に触れるのと時を同じくして、当の丸谷才一が「週刊図書館」から身を引くという、思いもよらぬ事態が起きた。「週刊朝日」の編集方針が次号から改められ、「週刊図書館」の誌面も大幅に変わることになって、書評を「藝と内容、見識と趣味による誘惑者の作品でなければならない」とする信条をつらぬきおおせないと判断したためであろうが、かえすがえすも口惜しい。

ことのついでに書きそえれば、本誌上での私の書評もたぶんこれが最後になる。

私はかつて学生時代、向井敏の書評を愛読し、雑誌『東京人』の編集者となってからは何本も原稿をお願いしたことがあるけれど、この書評の結び、特に「ことのついで」以下の一文を目にした時は、何だかとてもイヤな気持ちになった。何だこの人は、書評という表現行為を利用して、こういう「最後っぺ」みたいなことをしたかっただけなのかと思った。これは一体誰に向けての書評なのだろう。「週刊図書館」の伝統を守ろうとする口振りで、むしろその伝統を汚しているようにさえ、私には思えた。だいいち、丸谷才一の書評は確かに優れたものではあっても、いわゆる丸谷グループの書評は必ずしも、例えば平野謙のそれのように、批評的緊張度を備えたものではなかった(『週刊朝日』から「毎日新聞」へと場を移してもその構造に変化はない。例えば同紙の書評欄の一九九九年のベスト三で、二十八人の書評委員の内、八人までが丸谷才一の『新々百人一首』(新潮社)を挙げていたのは、私の眼に、とてもグロテスクなものに映った。その閉じられた視線が)。緊張度と私は書いた。向井敏の書評にイヤなものを感じた私は、一方で、緊張もしていた。

『週刊朝日』のバックナンバーを開いていただければわかるけれど、この向井敏の書評が載った次の号(一九九三年十月十五日号)の、つまりリニュアル第一弾の「週刊図書館」に山形浩生と並んで私の書評が載っている。のちに『新教養主義宣言』と『古くさいぞ私は』をほぼ同時期に刊行する二人が並んでいるのは皮肉な偶然だが、これは、新たにその欄の担当をまかせられたCさんの「英断」だった。

その頃、私は、まだ一冊の著作もなかった。著作もないどころか、ようやく雑誌の連載原稿を何本か書きはじめていた頃のことだ。

その内の一本に、今はなき『月刊ASAHI』の書評連載がある。私より一まわり年上である担当のDさんは、かつて『週刊朝日』の「週刊図書館」の担当デスクだった人で(先の三巻集成もDさんの仕事だ)、書評に対する思いが人一倍強く、『月刊ASAHI』をA5判にリニュアルする際(かつての『朝日評論』と同じサイズだ)、書評欄の大増頁をはかり、まったく無名だった私もその連載陣の一人にそっとしのび込ませてくれたのだ。当時私は時間もたっぷりあったし、書評の可能性をためしたくてウズウズしていたから、この仕事に、とても真剣に取り組んだ。真剣でありながらまた、楽しくもあった（あの楽しさは、プロの物書きとなってしまった今、もう二度と蘇ってくることはないだろう。そう思うと、少し寂しい）。

その連載書評を私と同世代のCさんが愛読してくれた。

そんなある日、『月刊ASAHI』の特集の仕事で朝日新聞に通いつめていた頃、社内の廊下で偶然、Cさんに会うと、Cさんは私に、今度改めて相談したいことがあると言った。

相談というのは、「週刊図書館」のリニュアルのことで、たった一人でそのリニュアルをまかされたCさんは、リニュアル第一号で私に、これはと思える新刊を、力を込めて書評してほしいと言った。私は驚き、とても緊張した。「週刊図書館」一九九三年十月十五日号に載っている私の、内田春菊『ファザーファッカー』の書評は、三回の書き直しのもとに掲載されたものだ。三回共Cさんの指摘は適確だった。それぐらいCさんも「週刊図書館」のリニュアルに真剣だったのである。

書評の檜舞台である「週刊図書館」に執筆するのは、どんな本を取り上げるかという選択や、そのタイミングを含めて、緊張の連続だったけれど、その緊張の中で私の書評家

（批評家）としての腕は鍛えられていった。私は例えば「朝日新聞」本紙の書評欄より「週刊図書館」の方が舞台としてのグレードが高いと思っていた（と過去形で書くのは悲しい）。

そんな私がなぜ、一九九八年末をもって「週刊図書館」の書評メンバーから降りてしまったのだろうか。以来私は、いわゆる普通の書評（一冊の新刊を三枚前後で論じるやつ）をほとんど書いていない。そのあたりのことは、次回、改めて語ることにしたい。

「書評」は誰のためにするのか

前号の私の原稿を読んで『週刊朝日』の書評欄の歴代の担当者たち（の内の何人か）が戦々兢々としているという噂を別の社の編集者から聞いた。馬鹿みたいだ。

確かに彼（彼女）らの内の何人かから、私は、不快な思いをさせられたけれど、この場所を借りて、そのうらみをはらそうという気持ちは、私に、全然ない。逆に言えば、私は、彼（彼女）たち個人に何のうらみや不快感もいだいていない。

むしろ、私がその時、不快感をそして不信感を憶えたのは、彼（彼女）たちの「個人」のなさだ。これは『週刊朝日』の書評欄の担当者だけでなく、いまどきの新聞社や大手出版社の人間の半数以上に共通することだが、彼（彼女）らは記者や編集者としての「個人」を持たない。愛社精神というのとも違う。そして、サラリーマン的というのとも違う。普通のサラリーマンといっしょにされたくないという自意識を持ちながら（それならば普通のサラリーマンであるという自覚や諦念を持った人の方が何十倍もすがすがしく美しいことだろう！）、実は「個人」ではない。

例えば何かトラブルが起きた時、その種の編集者（記者）は例外なく、するっと、組織のふところに逃げ込む。「個人」的な対応を放棄して。そして会ったことも会話も交わしたこともない「上司」が登場し、事を収拾しようとする。

これはもはや日本の出版（新聞）世界の一つのしきたりになってしまっているのかもしれない。「個人」的な対応を放棄すべきであることが。すると中には、「個人」的に対応したいと思っていても、上司によって、勝手に動くなとクギをさされ、結局、上司にゲタをあずけざるを得ない編集者（記者）もいるかもしれない。つまり組織の中で犠牲になっている編集者（記者）もいるかもしれない。もちろんその数は少なく、たいていの編集者（記者）は、これさいわいと組織のふところに逃げ込むのだろう。忸怩たる思いと、これさいわいという思い、組織の向こうに隠れてしまって見えないという点では共通しても、こちらにはその微妙な違いが良くわからない。

そういえば先日、あるパーティーで、ある雑誌の編集長を紹介された。「ある雑誌」というのは、前号のこの欄で私が、原稿をボツにしたと書いた、その雑誌である。編集長は私に、いきなり、「先日はウチの若い者が失礼なことをしまして」とあやまった。その時、私の中で、ものすごく不愉快な気持ちがこみ上って来た。と同時に、私に「失礼なこと」をした「若い者」への同情（と言うと自分を高みに置いているようだ。より正確に言えば「奇妙な連帯感」）を憶えた。編集長は、「失礼なことをしたウチの若い者」として彼を記号化した。しかし私はそんな「記号」は受け取りたくない。私の中で彼は一つの固有名を持っている。このあたりの私の自意識は書評家としての私の自意識に、実は、通底している。

究極に言えば文学は「人」と「人」との「交通」すなわちインターコースの中から生まれる。「男」と「女」のインターコースの中からベイビーが生まれるように。「交通」に「愛」がなければ良い生命体は育たない。もちろん文学という生命体の場合、「愛」でなく「憎悪」であっても、ベイビーはかなり面白い育ち方をする。そしてこの場合の「人」というのは置き換え可能な記号Aや記号Bではない。あくまで固有名を背負った「人」である。ところが最近は、単なる記号Aや記号Bにすぎない編集者が多すぎる。いや編集者だけでなく物書きも。

『週刊朝日』の書評欄に、ある時期から、私がいだいた不満は、取り上げる本のバランスやスピードについてだった。これはという本が落ち、どうでも良いような本が拾われる。しかも毎回三本のメイン書評のコントラストも不自然（出版社が重ならないようにという神経だけは使うくせに）。私は自分が扱う本のコントラストやスピードにとても気を使った。最初の担当者のCさんだった時には、締め切り日だけを決め、締め切りの一週間ぐらい前にCさんに連絡を取り、他の二人の評者の取り上げる本を聞き、それに合わせて硬軟、地味派手、どのように本を扱えば三冊としてのバランス（『週刊朝日』らしいバランス）が取れるかCさんと打ち合わせしながら本を決定した。つまり事実上の締め切りまでは、いつも、一～二週間だった。

けれど、だからこそ逆に、スピード感を得ることが出来た。本屋に並んだばかりの本を書評することが出来た。新聞の書評の（書評委員会制の）最大の問題点はスピード感のなさだ（もっとも時に、出版社から送られて来たゲラ刷りやプルーフを利用したフライング書評も見かけるけれど）。本が出版されてから二カ月も三カ月も経ってから書評が出ても、もう新刊本屋の棚に並んでいなかったりする。よほどの話題作を除いて、たいていの新刊は、出てひと月ぐらいの間が勝負だ。その間にきちんとした「批評」を提供出来たなら。「批評」と、わざわざ私が口にしたのは、「書評」に「批評」を求めていない人もいるからだ。「必要なのは、その本を手にとって見る価値があるかどうかの情報である」（立花隆『ぼくはこんな本を読んできた』）と言う人もいるからだ。

私はそうは思わない。「書評」は単なる「情報」ではない。単なる「情報」ではないと今私が述べたのは、「情報」という「批評」性を持った「書評」もあるからだ。その本のどこを「情報」として取り上げ「書評」するか、それも一つの「批評」である。例えば「書評」が単なる「情報」であるなら、もはや本屋はいらない。インターネット書店で事足りる。ところが、立花隆は、先の一節に続けて、こう語っている。「買うか買わないかは、自分が手にとってから判断するから、最小限の情報でいいのである」。傍点を打ったのはもちろん私だが、本屋に行って本を「手にと」らせるためにこそ「書評」という「批評」の役割はあるのだ。つまり、「本」と「人」とをインターコースさせるためにこそ（あとの、買う買わないは、読者各自の判断だ）。

あれは何人目の担当者だった時のことだろう。その頃はもうCさんとの時のような綿密な打ち合わせは交わさなくなっていたのだが、それでも私は、締め切りに合わせて、出来るだけスピード感のある本を取り上げ、締め切りきっちりに原稿を送った（その頃になると私もそれなりに忙しくなっていたのだが、『週刊朝日』の書評の仕事は優先していた）。するとその原稿は一週間寝かされた。理由は、先週締め切りの某氏の原稿が一週遅れて今週届き、そこで取り扱っている本の出版社が重なっているから、というものだった。その本もスピードが必要なものなら納得が行く。あるいは三冊並んだ時のバランスを考えたなら。

しかし、本の質や書評の内容は別として、その本は、今さら一〜二週間掲載がズレても別に変わりない本だった。バランス的にも、うぬぼれかもしれないが、私の取り上げた本の方が効果的だった。要するに、その担当編集者は、私の秘かなスピードへの挑戦にはまったく無関心で（本屋の新刊コーナーの平積み状況への「フィールド・ワーク」をおこたり）、ただ単に自分の「スペシャリスト」的（©アイヒマン）職務に忠実だったわけである。

先に私は、『週刊朝日』の書評欄に並ぶメイン書評三本のバランスが、ある時期からおかしくなっていった、と述べた。

書評者の単なる自己主張や趣味が目立つようになっていったのだ。書評欄をリニューアルしたのち、『週刊朝日』の「週刊図書館」の執筆メンバーは、気がつくと、私を含めて、編集者や元編集者が多くいた。書評委員会制を取らない以上、これは一つの自然な流れかもしれない。編集者や元編集者は、ただの物書きや学者に比べて、本に対する目くばりが良い。ジャーナリスティックな感覚もある。週刊誌の書評欄の書き手にぴったりだ。だがそこに落し穴もある。目くばりというのは、時に、「社交」（この場合の「社交」というのはネガティブな意味での「社交」だ）につながる。さらに、目くばりというのは、特に編集者的な目くばりというのは、時に、自分の目くばりの良さをほこりすぎてしまうこともある（これは私自身の自戒の念もこめている）。例えば、先物買いという形で。本当にその「先物」の内容そのものを評価しているのではなく、「先物」が「先物」であるゆえの、いわばツバをつけておくという形で。「書評」がそのような形で利用された時、そこにまた一つのポトラッチ的な構造が生じる（そのポトラッチは一方的な場合もあるけれど）。

さらにもう一つ、編集者が署名原稿を書く時に落ち入りやすい弊害がある。黒衣であると言いながら、たいていの編集者は、秘かな表現意欲がある。この「秘かな表現意欲」というやつが、署名書評という文学行為の場合、なかなかやっかいなのだ。例えば、逆に思えるかもしれないが、小説という文学行為なら大丈夫だ。編集者である「私」とは別の自意識を持った「私」が小説を書けばよい。編集者である「私」と作家である「私」の「表現意欲」は、あまり重なり合うことはない。ところが書評の場合、そこで表現されている「私」は、編集者としての「私」なのだろうか、それとも執筆者としての「私」なのだろうか、その辺の肝がすわっていない人が多いように、私には思える。自分の中の「表現意欲」をはき出す場として、「書評」という文学行為を利用してはいけない。

いま例に出した二つの場合は共に、要するに、「書評」を個人的なメッセージの発露の場として使っているわけだ。そうなってしまったら、書評欄全体のバランスも何もあったものではない。ただ、誤解してもらいたくないのは、私は、個人的な趣味や声を持った「書評」を否定しているわけではない。むしろ私は、その種の「書評」の方が好きだ。けれど、そういう「書評」をものするためには、それなりの芸と覚悟が必要なのだ。

ところで、前号のこの欄の原稿を送り終えた、ちょうどその翌日、私は、ある郵便物を受け取った。送り主の所には「図書館流通センター電算室」とスタンプが押してあり、それ以上の固有名詞の表記はない。封をあけて逆さにすると、まず、返信用の封筒が落ちてきた。封筒の表には、私の心当りのない人物宛のシールが張ってあった。原稿依頼だなと、私は、咄嗟に思った。私の経験知からして、このような、アンケートのような原稿依頼から、ろくな経験をしたことはない。

封筒と共に落ちてきた紙の束を開くと、やはり、原稿依頼だった。

ワープロで打たれた、こんな内容の（原文は横書きである）。

拝啓

緑さわやかなこの頃、いかがお過ごしでしょうか。

本来ならお伺いしてご挨拶すべきところ、書状にて失礼いたします。

当社は、インターネット書店『×××』→http://www.△△△.co.jp

というサイトを運営しております。

現在、インターネットの普及にともない、ｗｅｂで手軽に書籍を購入できるサイトがいくつもできておりますが、私どもは、いままでにない規模の各種のサービスをご用意して、本の好きな方に、なるべく早くご希望の書籍をお届けできるよう、営業展開をしております。

本を買う楽しみのひとつに、本を選ぶ楽しみがありますが、オンラインという環境でそれに代わる手段として、識者の方の書評や、多彩な記事コンテンツを掲載し、読み物としても充実させていきたいと、企画しております。ぜひ、ご主旨ご理解の上、ご協力ならびに原稿執筆いただきますよう、お願いいたします。

敬具

×××サイト編集長　〇〇〇

続いて具体的な依頼内容が書いてあって、「1、企画内容：新刊書評　2、入稿スケジュールと原稿文字数：1カ月に1200字程度の書評を5本前後　3、原稿料：1枚（400字）6千円」という列記の、「2」番目の特に「5本前後」という部分を目にした時、何じゃコレ、原稿用紙三枚の書評をひと月に「5本前後」も仕上げるためにはどれぐらいの労力と集中力が必要なのかオマエにはわかるのかと思ったのだが、さらに読み進めていって、次の（傍点を振った）部分に行き当った頃には怒りがわいて来た。

近刊・新刊書籍の情報のお届け、書籍の手配、原稿の回収、原稿料のお支払い手続きは、図書館流通センター電算室の××××（返信用の封筒の名前の人物）が担当させていただきます。よろしくお願いいたします。

　いくら何だって「回収」という言葉はないだろう。「回収」という言葉は、普通、問題のある出版物やゴミに対して使用する（オマエらの原稿がゴミ同様に、世間には不必要な物なのだという皮肉なら、とてもきいているけれど。それとも一般の活字メディアには載せられないアブない原稿でもOKという意味なのだろうか）。それから私は、こういう一節にも、少し気持ちがざわついた。「なお、最初の書評原稿締め切りは6月25日（手書き原稿の場合は、6月20日）とさせていただきたく存じます」。そうか、手書きだと五日も締め切りが早いのか。悪いね、手間をかけさせて。

「原稿執筆依頼書」に続いて、まさにアンケートのような、「こちらでお伺いしておきたい質問事項とジャンルのリスト」が同封されていた。質問事項の最後には、「初回に原稿をいただける：Yes／No」、「初回に書いていただける本数：　本」とあった。

　先にも述べたように、今まで何度か、この手の、アンケートのような原稿依頼を受けたことがあるけれど、これほどまでに、相手の「顔」の見えない依頼ははじめてだ。なぜなら、今までの場合、アンケート的とは言いながら、とりあえず、その「相手」の雑誌の雰囲気はつかめた。例えばその体裁や読者対象が。

ところが今回のこの「雑誌」は……。インターネット・マガジンであれば、こんなにも一方的で血のかよわない、つまりインターコースのない原稿依頼がＯＫなのだろうか。そして私がさらに驚いたのは、この書状の束の中に、ある人物からの、ワープロ打ちの手紙が同封されていたからだ。こんな文面の。

前略

すっかりご無沙汰しておりますが、お元気でお過ごしのことと存じます。さて早速ですが、小生、三年ぶりに「編集の現場」に復帰することになりました。といっても、「紙の雑誌」ではなく、七月四日開店予定、日本最大、最速、送料激安のインターネットの本屋さん「×××」の文芸サイト、編集長です。企画その他は「紙の雑誌」と同じですが、「台割り」がないので、実に気が楽です。

特集、インタビュー、書評など、すべて「本」にこだわったウェブ雑誌ゆえ、何だか季刊『リテレール』の復刊といった雰囲気もあり、「よし、やるぞ！」と妙にはりきっております。

「季刊『リテレール』の復刊」とあるように、何だよ、あの、「血のかよわない」原稿依頼の背後にいたのは天才ヤスケン氏だったのか。私はとても驚いた。例えばヤスケン氏の、

　ぼくは昔から、雑誌にも人格と寿命があると主張している人間であり、また筆者も、担当編集者も、自分の関わっている雑誌に何らかの好意、思い入れ、期待感などを持っているがゆえに、筆者は執筆し、編集者は編集をしているのである。

という言葉や、

「編集者」とはまず第一に、本や著者（人）を中心に、業界のゴシップ話を含め、あらゆる文化現象について、ごく自然に好奇心を持ち続け、そうしなければ夜も日も明けぬといった人のことを言う。

という言葉や、

　最近の編集者を見ていると、人になどまったく会わない。会いたくないようだ。だっ

たら編集者などさっさと止めて、転職した方がいいのではないか。つまり、最近の馬鹿ガキは、知的好奇心は皆無、何も知らず、知ろうともしないのだ。

といった言葉（いずれも『ぜんぶ、本の話』ジャパン・ミックス 一九九六年に収録）を、そうだそうだとうなずきながらかみしめたことのある私は。

ヤスケン氏が編集者だった文芸誌『海』を、特にヤスケン氏の企画した外国文学の特集を、学生時代の私は、むさぼるように読んだ。ヤスケン氏が『マリ・クレール』に移って、ただの女性誌だった同誌を、ものすごく先端的なカルチャー雑誌にした時には、目を見張った。ヤスケン氏の著書『まだ死ねずにいる文学のために』（筑摩書房 一九八六年）は私の大好きな一冊で、この本を私は、何度繰り返し読んだことだろう。たぶんこの本、書評だけを集めた本としては、戦後日本の十本の指に入るだろう（大げさではなく）。（かつての）ヤスケン氏の書評の良さは、そのまっ当さだ。例えば新聞の「書評欄」に対して、「本なんか好きでもない連中ばかり集めた、まずあの『書評委員制度』を解体しない限りダメだとぼくは思う」（『ふざけんな！』図書新聞 一九九三年）と語ったり、文芸誌の「書評欄」に対して、「これはもう論外だよね。自社の刊行した若手のクズ小説を、これまた若手の批評家、作家と称する連中が仲間ぼめするパターンの繰り返しを何百年続ける気なんだろう」と語ったりするそのまっ当さに。

（かつての）と私が書いたのは、最近のヤスケン氏の書評は良くないからだ。一つは、ためにする批判書評が多すぎる。例えば『ダカーポ』五月十七日号の連載「ヤスケンの乱読日記」で扱った福田和也の『作家の値うち』に対する書評。

福田和也とやらは大嫌いだ。若造のくせに威張り散らす礼節をわきまえぬクズだからだ。日本では挨拶一つ出来ぬような輩が「憂国の士」というのだから笑える。いつだったか「ドゥマゴ文学賞」のパーティの席上、久し振りに顔を見た。当方は社交辞令、エールを送ったつもりで「もっと過激であって欲しい」みたいなことを言うと、「ぼく、安原さんのために書いている訳じゃありませんから」ときた。その場で張り倒してやろうかと思ったが手が汚れるので止めた。

という風に書きはじめられるように、この「書評」、『作家の値うち』という本に対する批評はサシミのツマで、「礼節をわきまえぬクズ」である福田和也から、パーティーで無視された、その私怨をはらすことに目的がある。それはいつものヤスケン節とも言えるが、私がオヤっと思ったのは、最後のこういう一節だ。

第二次大戦中、ナチス・ドイツに協力した作家7人を評伝形式で論じた『奇妙な廃墟』（国書刊行会）が、こやつの処女作である。まさかこんなクズになり下がるとは露知らず、89年、本書を『マリ・クレール』書評欄で取り上げ、その後の活躍も期待した（こやつに言わせれば、「余計なお世話」となる訳だが）、その当時、パーティで会った折は、「書評、嬉しかったです」と、礼儀をわきまえていた。それが10年足らずでクズ右翼に成り下がった。

何だ、単なる「先物買い」だったのか。『マリ・クレール』の書評欄をポトラッチ的に利用していただけなのか。

最近のヤスケン氏の書評を目にしていて、オヤっと思えるのは、ホメ書評の場合でも同様だ。

インターネット書評誌からの「礼節をわきまえぬ」原稿依頼に腹を立てた、その腹立ちがまだ収まらない頃、『週刊朝日』六月九日号を開いたら、「週刊図書館」のトップにヤスケン氏の、小林信彦『おかしな男　渥美清』（新潮社）の書評が載っていた。

書き出しは、こうだ。

小林信彦は、久世光彦と並ぶ贔屓《ひいき》作家である。従って、彼の本はすべて読んでいるが、小説や自伝はむろんのこと、下町・山の手を巡る一種の都市論、というより「町殺し」に対する怒りと呪詛《じゅそ》、内外の喜劇人論、さらにはオタク元祖とでも呼びたいほど、コラムで見せる多種多様な教養というか雑学など、どのジャンルも面白く、外れることがない。中でも芸人話は秀逸で、教えられることも多く、いつも感心感動している。

私がオヤっと思ったのは、こういう一節に出会った時だ（傍点引用者）。

著者が昭和三十年代（二十代から三十代）、雑誌編集長をしながらテレビの仕事をしていたとは知っていたが、本書を読み、ここまでテレビ界、芸能界に深く関わっていたとは驚きだった。

小林氏の本を「すべて」読んでいるわけではない（たぶん九割ぐらいだろう）私でも、小林氏がそこまで「テレビ界、芸能界に深く関わっていた」ことは知っている。その代表作『夢の砦』（新潮社）をはじめとして幾つもの小説やエッセイの中で、小林氏は、当時の出来事を描いている。だいいち、テレビ界で働いていた時のことを描いた私小説的名篇「自由業者」（『袋小路の休日』中央公論社に収録）の初出は、ヤスケン氏が在籍していた当時の『海』ではなかったのか。書評のリアリティというものは、こういう細部から崩れ落ちて行くのである。かつて切れ味の鋭い書評を書いていたヤスケン氏の、こんないいかげんな書評を目にするのは、昔からのファンとして悲しい。
人は、書評という文学行為を、けっして甘く見てはいけない。

大学の文学部と「文学」の関係について

ここ一年ほど、いわゆる「文学部不要論」というのが新聞や雑誌をはじめとする様ざまなメディアで活発に議論されている。きっかけは、おととし（一九九八年）十一月に大阪大学文学部が創立五十周年を記念して企画した公開シンポジウム「文学部は必要か」だった。「必要か」という問いかけ自体に私は一つの哀しみをおぼえるのだが、そのシンポジウムについてふれたある新聞記事（「朝日新聞」朝刊一九九九年三月二十五日）によれば、「大学関係者らが全国から五百人以上集まり、当日は会場に人が入りきらなかった」という。

文学部の持つ虚学性に対してはずっと以前から批判が行なわれていたけれど、いよいよその虚学性のリアリティの面子がたもてなくなってきたのだろうか。

「虚学性のリアリティ」

ひとくちに文学部といっても、それは、幾つかの専攻にわかれている。

その中で、例えば、社会学、心理学、歴史学、人類学、演劇学といった専攻は、その学問として目指す所が、具体的にイメージできる。それから、哲学だって。

つまり、それらの専攻は、文学部という虚学部の中にあっても実学的である。世間に対して何らかの役に立っていそうである。

これに対して、日本文学や英文学、フランス文学などといった専攻は、まさに虚学の中の虚学である。その「虚学」の権威が失墜しつつある。要するに、「文学」そのものを目指して大学に進学する学生が減りつつある。これを健康なこととして単純に喜んで良いのだろうか。

いや、そもそも、いま「文学」を大学で教えることが可能なのだろうか。

岩波書店の雑誌『文学』（この雑誌のまさにズバリなタイトルは文学の自明性を少しも疑っていなかった幸福な時代の遺物である。けれど私はそのアナクロなにおいが嫌いではない）の五・六月号、特集「いま英文学とはなにか」に「イングリッシィーズの方へ」というとても刺激的というか現代的な鼎談が載っていて（参加者は高橋和久、加藤光也、佐藤良明）、いま大学で「文学」を教えることの困難が口々に語られている。

例えば佐藤良明は、数年前から東大駒場の教養学部の統一英語教材『ユニバース・オブ・イングリッシュ』を新たに使いはじめたその楽屋話を、こう語っている。

東大駒場の教養学部では、英語教育の改革という使命を負わされました。これには背景があります。全国の大学で教養部が役を果たしていないから大学から教養部を取り除いてしまおうという大きな流れがありました。ただ東京大学では教養学部として独立していましたので、教養部がなくなってしまうと困るわけです。当時力のあった先生たちが考えたことは、教師をみんな専門家として大学院につけてしまえ、これでサバイバルを果たそうということでした。

そして佐藤氏は、より「実用」価値のある英語教科書作りを開始した。その時、佐藤氏の脳裏には、「しかし英語の授業というとやっぱりあくまで文学で、文学自体は悪くないとしても授業の進め方が退屈で、こういうことが大手を振って行われている大学というものに対してシラケた気持ちがありました」という自らの学生時代の思い出が、こびりついていたはずである。だから、その新たなテキストは、

ビデオ教材とも絡む、映像としても学生を引き付けられる内容でなければならない

し、となると、文学は最初から負けです。改定した版では少数復活していますが、最初は意識的に外しました。文系理系のあらゆる学生にとって刺激的な、タイムリーな題材でないといけないというわけで、ポピュラーサイエンス、絵画論、中国のロック、コンピュータ・ゲーム論等など、映像と折り合いのよいテーマばかりを選んで『The Universe of English』はできたわけです。

佐藤氏同様東大教授で、ただし確か本郷で英文学を教える高橋和久は、そのテキストを、従来のものに比べて、「透明度」が高いものですねと佐藤氏に語りかける。

文学テクストというのは、僕はよくわからないけど、不透明度が高いらしい。昔の先生は「ここいいんだよねえ」とかね、ことばの曖昧というか、多義的といってもいいけれども、教室でそういうところで先生が感動すると、学生が、ふーん、そういうものかと反応していた。でも、どこかでそれが文学の香りとか、そういうものと連動しているところがあって、これを胡散臭いと思うかどうかは微妙な問題ですが、こういうテキストをつくるとき、そこらへんの媒介としての言語の問題……。

すると佐藤氏も、その高橋氏の問いかけに同意する。

そうですね。たしかに文学的表現に対するアンチの姿勢は、私自身にはありました。もってまわった言い方をするな。中身で勝負しろってね。知的な面白さを伝えようとすれば、自然に文章は透明になってくるじゃないですか。深い思想というものは、日常言語で綴られるものだと私は思っていますし。

ここではあくまでテキスト上の言葉としての「文学」的装飾性というものが問題にされているが、「文学」は、いや「文学部」は、かつて、それ自体で、一つのオーラを放っていた。「一般の人のイメージの中に、大学の工学部の土木学科よりも文学部英文科のほうがどこか香り高いみたいに感じる感覚がありましたね」という佐藤氏の言葉に対し、高橋氏は、こう、話を引き継ぐ。

たぶんいまの広い意味の英文学研究がほとんど文化研究、カルチュラル・スタディーズと関わるわけですが、そうした感覚がこうした動きとどういう関係にあるのか。まさに文学、リテラチャーというものが漂わせていた香りというか、フリルとしての意味差用、それがはたしてそんな自明のものかどうかという問いが近年どっと起きてきたわけだから。研究のディシプリンの中でもいわゆる「古典」といわれていたものが享受していた特権が、実は怪しいんじゃないかともいわれている。英文科が消えてゆくというのは、こうした状況とたぶんどっかで重なり合っている現象なんでしょうね。

「フリルとしての意味差用」という点で、ここで、対比的に紹介しておきたいのは、今から四十年ほど前にやはり東大教養学部の教師だった英文学者の朱牟田夏雄の言葉である。『わが落書き帖』（吾妻書房　昭和四十九年）に収められた「英米文学科のあり方」という一文で、朱牟田夏雄は、「英文学」の「文学」の方にひかれた夏目漱石と、「英」の方にひかれた立花政樹（漱石のすぐ先輩。すなわち東京帝大の文学科英吉利文学専修の卒業生第一号）を比較しながら、こう書いていた。

漱石以後の英文科入学者がどういう志をもって英文科に入ってきたかというと、英文学の「英」のほうに力点をおいた人と「文学」のほうにひかれた人と両方あったにちがいない。一人一人についてその動機がしらべられたら面白いだろうけれども、それは今さらとてもできることではあるまい。動機を別にして卒業後の形にあらわれた結果のほうは、上のように〔教員が圧倒的な数を占めること――引用者注〕なるわけである（ここで派生的な問題で面白いと思うのは、ここの卒業生がむかしの旧制高校の英語の先生の主流となった。この人たちは英語学英文学を学んで英語教員免許状を取得したわけだが、原則として特別英語の先生たる訓練を受けていない。そしてこの先生たちの伝統が、今日の多くの大学の一般教育の英語に、よくも悪くも引きつがれている、という点であるが、ここではこれ以上深入りしないことにする）。

傍点を振ったのは私であるが、これらの人びとが、つまり大学の英文科で「英」学よりも「文」学を学んだはずの人びとが、英米文学のテキストを教材に、「文学」の「フリルとしての意味差用」化に貢献（！）して行ったわけである。それに関連して興味深い発言が先の鼎談に載っていた。佐藤良明や高橋和久と共にこの鼎談に参加している残りのもう一人、都立大学教授の加藤光也は、学生時代の恩師篠田一士について、こう回想している。

> 極端にいってしまうと、文学なる特権的なものがあるのかどうかということですね。私は英文学は都立大学で篠田一士さんという先生に習ったんですが、文学が一国の文化の最良の表明であると固く信じている人で、若いころには、西方浄土に対するような憧れを西洋文化に対して持っていた人でもあるんですけど、文学に対するそういう熱い思い入れ自体がなくなってきているんでしょうね。

昭和二（一九二七）年生まれの篠田一士が旧制松江高校時代、英語の教師だった詩人の森亮から強い文学的影響を受けたことは、篠田氏が、その著書『現代詩人帖』（新潮社一九八四年）で、世間的にはそれほど知られていなかったこの詩人にあえて一章をたてて、しかも最終章で、熱っぽく論じていた。

ところで、今の加藤光也の発言を受けて、佐藤良明は、こう語っている。

二〇世紀のある期間、西洋の国だけじゃなくて、地球の多くの国々で文学こそが最良のディスコースだというふうに思えた、あるいは事実そうであったことがあった。それが変わってきたのが、一九五〇年代のアメリカを早駆けとする後期資本主義の展開ですね。「文学」を含む表象作品が知的なものもそうでないものも、快感の商いと絡んでマーケットを動かすような態勢が進行する。これが日本で動き出すのが八〇年代のはじめでしょうか。

八〇年代はじめといえば、そろそろ大学から旧制高校世代の教員が消え去ろうとする頃だ。以来、すでに二十年。そういう文化状況の大転換の中で、今の若者は、意外な形で「文学」と出会ったりする。高橋和久は言う。

たとえば学生を八年やっていて、インディーズかなにかのデビューを目指して、ロックに邁進し、つまりずっと大学に近寄らなかったのが、突然図書館に姿をあらわして、どうしたんだろうとみんなで不思議に思っていたら、大学院に入ってホーソンをやりたいと宣言したとする。ロックやっていてホーソン。だいたいいまホーソンやる人なんてほとんどいないでしょ。みんなで仰天しますよね。僕は門外漢なのでよけいに感動するんですが、そのようなちょっと風変わりな回路の先にしか、いま文学は見えて来ないのではないか。

ここで高橋氏の口にする、「ちょっと風変わりな回路の先にしか」という言葉は、とても示唆的である。示唆的ではあるが、しかし、そうやって出会った「文学」は、どこまで、言葉の本来的な意味の「文学」と重なり合うのだろう、と、少し頭の固い私は思ったりもする。「文学」というのは「回路の先」に出会うものではなく、もっと無意識の中に、いつの間にか出会っているものではないか、と。

私自身の場合を思い起してみる。私は特別の文学青年ではなかったのだが、やはり、無意識の中で「文学」と親しんでいた。そして気がつくと文学部に進学していた。けれど私は大学の文学部で「文学」を発見出来ると考えていたわけではない。文学部の授業に「文学」を少しも期待していなかった。ただ大学四年間で（大学院を入れると結果的に私は八年間も大学に通ってしまったのだが）、私と「文学」とのゆるい関係の、その「ゆるさ」をどんどん広げて行きたいと思っていたのだ。この場合の「ゆるさ」とは単なる怠惰を意味していない。いわば、無用の用というやつだ。その中で私は、次々と新たな固有名詞に出会い、その固有名詞を肉付けし、味わっていった。

固有名詞といえば、雑誌『発言者』の最新号（二〇〇〇年八月号）で絓秀実がこんなエピソードを紹介している。

一年ほど前に、フランス文学者の奥本大三郎が、何かの雑誌に、自分の勤務している埼玉大学教養学部で、島崎藤村の名前も知らない学生がいると書いて話題になったという。確かにこれは驚くべきことだろう。が、と早稲田大学文学部の非常勤講師でもある絓秀実は言う。

ちょっと現場の大学をのぞいてみれば、実はそれほど驚くにも当たらない。私自身も、坪内逍遙を知らない早稲田大学の文学部学生には何人も接してきたし、ドン・キホーテ（セルバンテスではない、為念）の風車の話や、トロイの木馬（ホメーロスではない、為念）の話を知らない文学部学生がけっこうな数いるのを知って、往生した経験はいくらでもある。

しかし、「最近驚いた経験は、これらとはちょっと違った種類のことだった」と、絓氏は言葉を続ける。

たまたま知り合った或る女子大生の話なのだが、彼女がゼミで島崎藤村の『破戒』を読んでいるというので、そこで、カルチュラル・スタディーズ系ではけっこう有名な教師が書いたそのゼミ用のレジュメを見せてもらった。それは、『破戒』のなかで起こっている事件が、何月何日のものであるかを詳細に分類したもので、私は多少呆れもしたが、いや学問というものはこういうものかも知れないと考え直した。奥本大三郎のあの文章を思い出して、少し安堵もしたのである。島崎藤村を知らない学生ばかりではない。ゼミで藤村を詳しく勉強する学生もいるのだ、と。

ところがその女子大生と現代文学についての会話を交わしてみると、彼女は、何と、「島田雅彦の名前さえ知らなかったのである。彼女からかろうじて出てくる現代作家といえば、山田詠美が（それも、フルネームでは出てこない）やっと」であり、しかも、「彼女は山田詠美とフランス書院のポルノ小説の区別がつかない様子」だったという。

つまり、こういうことだ。島崎藤村を知らない学生というのも、確かに問題であり、日本の中高等教育がもはや国民教育のていをなしていなくなっていることの証明かも知れないが、現代作家をいちおうは代表する一人と見なされる島田雅彦を知らない（読んだことがない、ではない）、にもかかわらず『破戒』については微に入り細を穿って読んでいる文学部の学生というのも、これまた困った存在ではないだろうか。

たぶん彼女は「文学」と無縁のまま大学の文学部に進学し、ゼミで「テーマ」として島崎藤村の『破戒』を知ったのだろう。「テーマ」である限り、その作品（固有名）は何にでも置き換え可能だ。「文学」的でない固有名にだって。つまり彼女は、少しも「文学」を必要としていない人間なのだ。

先に私は、大学の文学部における「文学」教育の直接効果に対して否定的な言辞をはいた。一方で私は、無用の用を求めて、文学部に進んだとも述べた。その点で、私が進学した当時の文学部には、確かに「文学」が存在していた。そういう「文学」を養い育てて行く場所として、いまだ、大学の文学部という空間は、有効なはずだ。かろうじて。だから私は文学部無用論には反対だ。むしろ今こそ文学部が必要な時代であると思う。生産性や無駄のなさばかりが追求され、その中で窒息している若者たちが数多くいるはずの、今こそ。

ところで、大学の文学部における「文学」教育が、まれに、「文学」を生み出すこともある。しかもきわめて質の高い「文学」を。

私は、学習院大学文学部における篠沢秀夫教授の「フランス文学講義」のことを言っているのだ。その講義に実際に出席していなくても、素晴らしく質の高い「文学」性は、講義録からうかがい知ることができる。

そう、その篠沢教授の『篠沢フランス文学講義』（大修館書店）の最新刊が、先頃、二冊相次いで刊行され、ついに全五巻が完結した。第一巻（一九七九年）と第二巻（一九八〇年）が出た当時、「これを読んでいてな、私が歳をとって、もう何も書けなくなり、何もできなくなった場合、この人の講義がまだ続いているならば、教室へ行って聴きたいという気が起きたな」と感想を口にしたのは、今は亡きあの開高健（『書斎のポ・ト・フ』）であるが。第三巻から十二年振りになるこの二冊も、待たされただけの価値のある充実ぶりだ。第一巻から数えればおよそ二十年がかりでの完結。その二十年とは、ちょうど、先の佐藤氏の発言にあった、「文学」が「文学」としての力を失っていった「八〇年代のはじめ」からの二十年だが、「旧制」と「新制」の二つの「制」をまたぐ世代である篠沢氏のこの「フランス文学講義」は、そんな「文学」の失速状況をはねとばす迫力に満ちている。

特にこの第四巻、五巻は、アンドレ・ブルトンやシャルル・モーラス、モーリス・ブランショ、アンドレ・マルロー、ジャン＝ポール・サルトル、アルベール・カミュ、ナタリー・サロート、フィリップ・ソレルスといった、「文学」が「文学」としての安定した意味を失いつつあった時代の作家たちを扱っているからなおさらだ。例えばマルグリット・デュラスの語り口の素晴らしさを講義したあとで、

その前提のうえで、ロブ゠グリエの話に入っていきます。これは、もともとくだらなかったけど、やっぱりずっとくだらないということですね。デュラスのような素晴らしさは結局ない、と言っていいだろうと思います。そういうことを言うと、一九五〇年代には殺されかねませんでしたね。ぼくはそう言っていたんです。どうしてかと言うと、読んでつまらないんですね。

と語り、その理由を、具体的な作品に当って、時に専門の文体論的考察を混じえながら明かして行く箇所などに舌を巻いた。まるで私自身がその講義に出席しているような臨場感を持って、篠沢教授の過剰なまでに「文学」を追求するオーラが伝わってくる。臨場感と言えば、また、所どころにさし挟まれる脱線話、マル秘エピソードの披露が、講義《ライブ》ならではの効果を高めている。例えば一九六八年一月、お忍びで来日したジャン・ジュネに偶然会った時のエピソード。

ジュネは機嫌よく出て来てくれてロビーで話しこみました。そのときもう五八歳でしょうか、小柄なゴマ塩頭の田舎のおじさんという感じでしたね。我々がきちんと話の出来る相手と分かると、終始理論的な話を熱を込めて語りました。目をまっすぐ食い入れるように見て話す人です。何度も腕をつかまれました。

篠沢氏にジュネは、「わたしはマ・パトリー、わたしの祖国が欲しかった、それをル・フランセ、フランス語、それも、最も美しいフランス語に求めた」と言い、続いて、「刑務所の図書館」で読破した、コルネイユやラシーヌをはじめとする十七世紀フランスの「古典大作家《グラン・クラシック》」たちについて語りはじめた。

私はこの、平成十一(一九九九)年十一月八日・十五日と日付けにある篠沢教授の「ジャン・ジュネは独りで咲いたバラか」と題する講義を受けた今どきの文学部の大学生たちが、とてもうらやましい。

「言葉」の「正しさ」と「正確さ」の違いについて

この連載の締め切りは、毎月、二十四〜五日頃である。その一週間前に、つまり、毎月、十七〜八日頃、雑誌『諸君！』の連載の締め切りがある。分量は、どちらも、二十枚前後。

私は、いつもいつも、「文学を探」しているわけではない。ただ頭の片隅で、チラッとそのことを思い、おぼろげな考えを浮上させ、毎月、『諸君！』の原稿を仕上げたのち、二十日頃から、その考えを煮つめて行く。もちろん、チラッと思った段階で、それに関連した資料や情報を集めて行く。

そして、今月、私は、芥川賞の選評について書こうと考えていた。

「文学」としての選評について、私は、いつかこの連載で触れたいと思っていた。

村上龍が新たな選考委員に加わった今回、タイミング的にちょうど良い。『文藝春秋』九月号に載っていた選評も、村上氏のをはじめとして、それぞれに読みごたえがあった。その、それぞれの「言葉」が。だいいち、芥川賞受賞時の選評の「言葉」が社会的話題となった石原慎太郎と村上龍の、今度は選考委員としての「言葉」が、並んで同じ誌面に載っているのは、考えただけでスリリングかつゴージャスだ。一つの事件だ。

それに、『諸君!』の連載用の資料収集のため早稲田大学中央図書館の雑誌バックナンバー書庫にこもっていた時、八月十五日の午後、とても興味深い一文を発見した。『朝日ジャーナル』一九七六年九月十日号から連載のはじまった中村光夫の評論「日本の近代文学と文学者」だ。

その連載が単行本にまとめられた時、大学入試を直前にひかえていた私は、それを購入し、通読した記憶がある。けれど、そのはじまりの部分は、まったく忘れていた。はじまり、というのは、連載でいうと第一回目と第二回目、すなわち「芥川賞について　1」と「芥川賞について　2」である。

もう一度その日付けを見てほしい。一九七六年九月というのは、ちょうど、村上龍が「限りなく透明に近いブルー」で第七十五回芥川賞を受賞し、センセーショナルな話題を呼んでいた時である。例えば、選考委員の一人、永井龍男は、「老婆心」と題して、こんな選評を書いていた。

「限りなく透明に近いブルー」の若く柔軟な才能を認める点では、他の委員諸氏におとらぬが、これを迎えるジャーナリズムの過熱状態が果してこの新人の生長にプラスするか否か、作品として欠陥もないではないが、群像新人賞というふさわしい賞をすでに得ている、次作を待って賞をおくっても決して遅くはないと思った。まさに老婆心というところであろう。

そして、当の中村光夫もまた選考委員の一人で、彼は、「無意識の独創」と題して、こんな選評を書いていた。

村上氏の作品は、おそらく小説は始めて書いたのではないかと思われるような稚拙な描写がいたるところにあり、技巧的な出来栄えから見れば、他の候補作の大部分に劣るといってもよいのですが、その底に、本人にも手に負えぬ才能の汎濫が感じられ、この卑陋な素材の小説に、ほとんど爽かな読後感をあたえます。思い切ってどぎつい世相に、素朴な感傷を悪びれずに流しているところに現代の青年の特色と、作者の個性があるのかも知れません。無意識の独創は新人の魅力であり、それに脱帽するのが選者の礼儀でしょう。

さすがは中村光夫と言うべきジャーナリスティックな炯眼に裏打ちされた鋭い「言葉」だ（そして、ある時代までは、文芸評論家と呼ばれた人びとは、皆、この種のジャーナリスティックなセンスにあふれた、つまり、目のきく人ばかりであったはずなのに、いつの間にか、文芸評論家という人種は、数少ない例外を除いて、自分自身の瞬間的な「言葉」を持たない「あと出しジャンケン」野郎ばかりになってしまった）。

『朝日ジャーナル』の一九七六年九月十日号と九月十七日号に載った「芥川賞について 1」、「芥川賞について 2」も、やはり、なるほどと思わせる論理的かつ実感的な文章だった。

中村光夫は、こう言う。

> 初期の芥川賞は、新人たちを世に紹介するとともに、それを実例として、「文学」とは何であるかを、世間に示したといえます。

その「初期の芥川賞」の選考委員たちは、いわゆる「大正の作家」たちだった。

大正の作家の気質を言い表すのは非常にむずかしいことですが、言ってみれば、芸術家としての自信であったかと思います。大正の作家たちは、明治時代につくりあげられたわが国の近代文学の理念をそのままの形で受け継ぎましたが、その文学の理念を、生活を通じて練り上げ、一種の倫理にまで高めました。

そういう自信や自負心があったからこそ彼らは……、

文学賞の選考といった、作家としては中心を外れた仕事にも、そうした文学者としての一種の誇りであるとか、自分に対する厳しい戒めというようなものが自然に現れていたようです。

形式にとらわれないということは、そのまま彼らの自信の現れであったと見てよかろうと思います。選評を読んでも、みんなその人の平素の文学観に照らして納得のいくものばかりです。

中村光夫が芥川賞の選考委員になったのは昭和三十年下期の第三十四回（ちょうど石原慎太郎が『太陽の季節』で受賞した時だ）からだが、当時はまだ、そういう初期芥川賞の選考委員会の雰囲気、「いわば大正ふうの雰囲気」が、「かなり濃く残って」いたという。

例えば宇野浩二や佐藤春夫などがいた。

宇野氏は候補作をみとめることはほとんどなく、選考中はただ黙って頭を横に振るだけでしたが、選評にはなぜそういう態度をとったかを詳しく書いて、枚数の制限などは無視していました。

宇野浩二の文章に目を通したことがある人ならわかる通り、宇野浩二の文章を特徴づけているのは、その「言葉」の正確さだ。この「正確さ」というのは、単なる「正しさ」とは違う。文学者である自分にとっての「正確さ」だ。「言葉」は活字となった時、ある「生き物」となる。「言葉」を売って金に換える職業の人間は、出来るだけその「生き物」を「本物」にしたい。「言葉」を「ニセ物」にはしたくない。だから宇野浩二は、「選評」という小さな「言葉」をもゆるがせにしない。その文学行為に全力をそそぐ。それが彼の文筆家としての倫理のあり方だったのだ。

中村光夫のこの一文を読み終えた八月十五日の午後の私は、『諸君！』の原稿を仕上げたらまた改めて図書館にこもり、第一回からの芥川賞の選評を、ざあっと通読してやろうと考えた。そして、それをもとに、今回の「文学を探せ」のイメージを絞り上げて行こうと。

翌八月十六日、夜、巨人阪神戦のナイター中継を見終えて、テレビを切ると、その十分後、電話のベルが鳴った。

親しい編集者のAさんからだった。

Aさんは言った。坪内嘉雄って、ツボウチさんのお父さんじゃないの。私は答えた。ああ、そうだよ。すると、Aさんは、こう言った。今テレビを見ていたら、野球のあとのスポットニュースで、その坪内嘉雄が書類送検されるって出ていたのだけど……。

二〜三カ月前のある夜、帰宅すると、神奈川県警の人間からの留守番電話が収録されていた。坪内嘉雄さんのことでちょっとうかがいたいことがあるので連絡下さい、というメッセージの。指定された電話番号は携帯電話の番号だった。

翌日、その番号に連絡すると、留守電になっていたので、私は、そのまま電話を切った。結局、神奈川県警の人間から再び連絡はなかった。

その間に、私は、実家に連絡をとり、電話に出た母親に向って、オヤジさんまた変なやつに利用されたんじゃないの、と言い、彼女からだいたいの事情を聞いた。

思っていた通りだった。

私の父親は元会社社長で、といっても、コツコツと勤め上げてなったいわゆるサラリーマン社長ではなく、かといって、実業家タイプでもない。ひと言で言えばフィクサー。そしてフィクサーにも、大物、中物、小物とあって、私の父親の場合、本人の自負心では大物の下ぐらいのつもりであるらしいが、息子の私の見立てでは、大甘に言っても、せいぜい中物の上ぐらいだろう。

清濁あわせのむといった豪快な人間ではなく（いや、外の人からはそう見えるかもしれないが）、どちらかと言えば気の小さな男なのだが、私の父親は、誰とも分けへだてなくつき合う。かなりヤバイ人間も差別しない（つまり、ワキが甘い）。しかも金銭にあまり執着がない（もう少し執着があったなら、長男である私は、今ごろ、このようにして文筆で金を稼ぐ必要などなかったのに）。いやビジネスに対する野心はなみなみならぬものがある。常に何かビッグビジネスを考えている。しかしそこからが謎なのである。普通、ビッグビジネスを考える人間は、その先に夢を見る。夢のためにビジネスに邁進する。ぶっちゃけて言えば、儲けた金の使い道というやつだ。その、金の使い道のためにこそ、ビジネスに対する野心を抱くはずだ。ところが私の父親の場合、ビジネスのその先に何の夢も抱いていない。ビジネスそのものが、彼にとっての一つの目標、言わばゲームなのである。というと、かなり浮き世離れした脱俗的な大人物をイメージするかもしれないが、実物の彼は俗っぽい小人だ。

そういう父親の姿に、私は、どこか虚無的なものを感じた。実の息子である私にも、彼が本来、何を目指しているのか良くわからない。父親の生まれた大正九（一九二〇）年は、太平洋戦争に出征した兵士としてもっとも多くの戦死者を出している世代だから、そのことと何か関係があるのかもしれない。

母親の話は、こうだった。ある倉庫会社が倒産し、その資産の売却処理に関して、ある大手銀行への仲介を父親に頼んだ。話が進んだのち、そのことを聞きつけたヤクザとその顧問弁護士が、「坪内先生の口添えがあったから話が成立したんだ」と倉庫会社の人間に凄み、しかるべき金を脅しとろうとした。ヤクザたちは結局、恐喝の容疑で逮捕され、その取り調べの中で、私の父親の名前も登場する。そして父親は神奈川県警の事情聴取を何回か受け、恐喝には無関係で、謝礼金など一銭も受けていないことを県警も認めた。ただしそのヤクザたちと父親との間に面識があったのは事実だ。

書類送検というシステムを私は良く知らない。たぶんそのヤクザの顧問弁護士（セクハラによって秋田地検を停職となり辞職したいわゆるヤメ検であるという）に対しての社会的制裁の意味があったのだろう。私の父親は、そのオマケにすぎないのだろう。オマケであっても、そもそも、父親が、倉庫会社を銀行へ「口添え」しなければ、この「恐喝事件」は生まれなかったのだから、無関係とは言えない。李下で冠を直してしまったわけだから。

Aさんからの電話を受けた直後、八月十六日夜、実家に電話すると、珍しく、父親が直接、電話口に出た。珍しく、というのは、ふだん私の父親は、そんな早い時間に帰宅していない（あとで聞くと、たまたま、その日は、夏休みをとっていたのだという）。

何かニュースに出たんだって、と私が尋ねると、父親は、ああ、書類送検だよ書類送検。今、「読売新聞」からも取材を受けたところ、と能天気に答えた。えっ、新聞の取材。そんなもの、まともに、受けちまったの（新聞の電話取材というのがいかに、向こうに都合の良い話しか拾わないか、私自身も何度か経験がある）。ちょっと電話かわってもらえない。そして、電話口に、姉が出た。いつもなら電話でまず誰かと応対するのは私の母親なのだが、母親はその数日前からちょっとした病気にかかり寝込んでしまっていたから、私は、姉から父親と記者とのやり取りを聞こうと思った。

もう、あの人は、タダの馬鹿ね。姉は、開口一番、こう言った。あの人に直接電話をとらしてしまった私が悪いんだけど、横で聞いていても、記者が一番聞きたがっているのは、謝礼を受け取ったかどうかだってことがわかるのに、あの人は、いかに自分が大物であるか、誰と誰を紹介したのは自分だとかいった自慢話を、三十分以上に渡って、とうとうと語って、謝礼のことも、そんなもの、もらってねぇよ、と言いながら、しかし一般論としてはだなぁ、そういう口利きをした時、謝礼が派生するのは当然といえば当然なんだ、なんて言うのよ。ひと言、謝礼はもらっていません、神奈川県警もそのことは認めています、と言って、ぴしゃっと電話を切ってしまえば良いのに。

このことを聞いた時、私は、咄嗟に、まずいな、と思った。元出版社社長でありながら、私の父親は、ある種のジャーナリストたちにつきものの、ズルい言葉使いには無頓着だ。「正しさ」をよそおいながら不「正確」な「言葉」に対して。つまり自分にとって「正しい」記事を組み立てるために、取材で拾った「言葉」を、いかに巧妙に当てはめて行くのかに対して。

父親は記者のオフサイド・トラップにひっかかった、と私は思った。

翌八月十七日の「読売新聞」朝刊を開くと、私の予想していた通りだった。

調べによると、二人〔弁護士と私の父親のこと――引用者注〕は同組生島組幹部（41）ら二人（恐喝罪で懲役三年、執行猶予四年の有罪判決）と共謀。事実上倒産した倉庫会社が不動産を大手都市銀行に売却したと聞き付け、元社長が銀行側に口利きしたため売却できたとの名目で金を脅し取ることを計画。一九九八年六月、当時の倉庫会社社長らを東京都内の喫茶店に呼び出し、「それなりのものを出せ。うちには命知らずのものがいる」などと脅迫、同社が振り出した二千万円分の小切手一枚を脅し取った疑い。

県警は、弁護士が同組幹部らに恐喝を依頼した疑いがあるとみている。

調べに対し、弁護士は「その場にいなかった」と容疑を否認、元社長は「口を利いたので謝礼をもらうのは当然」などとしている。

よく読めば読むほど巧妙な文章である。例えば、「（…………有罪判決）と共謀」という一文のあとのマル。テンでなくてマルであるところが巧妙だ。そのあとの、「事実上倒産……」から「……ことを計画」に至る一文。その一文には主語が省略されているけれど、そのまぼろしの主語が、「組幹部ら」であれば「正確」だ。しかしその主語の中に私の父親が含まれていたなら、新聞記事的には「正しい」のかもしれないが、つまり何の問題もないのかもしれないが、事実としては不「正確」である。そして今私が指摘したマルが、テンでなくマルであることによって、この記事は、「正確」さをよそおいつつ、その不「正確」を指摘したとしても、単なる「正しい」記事にすぎないと言いのがれることも出来る。それから、最後の、「調べに対し」というひと言。普通にこの記事を読めば、この「調べ」は神奈川県警の「調べ」であり、まさか「読売新聞」独自の「調べ」であるとは思わないだろう。

実際、普通の読者どころか、ジャーナリズムの人間でさえ、その「調べ」を、そういう「調べ」として受け止めてしまった人がいたようだ。

八月十七日、私は、『諸君!』の原稿を執筆していた。今回のテーマである連合赤軍の人びと、一九七一年十二月新倉ベースでの革命左派と赤軍派の合同演習に参加した人びとたちに、気持ちを集中していた。

しかし、その集中は、何度も断ち切られた。昼過ぎから私の部屋の電話のベルが、引っ切りなしに鳴った。

昼のNHKニュースを見たという友人たちが、心配してかけてきたのだ。そのニュースでは、私の父親が恐喝の現場にいたことと謝礼を受け取ったことを認めていると報道していたという。

私はその瞬間、全身から怒りが込み上げて来た。たとえオフサイド・トラップだとはいえ、「読売新聞」の記事は、まだましだ。実際に記者が、「調べ」を行なっていたのだから。ところがNHKの場合は……。それともNHKは、独自のニュースソースを持っていて、その「調べ」によって容疑事実が明らかになったのだろうか。

三時半頃、友人の編集者Bさんから、その日の夕刊各紙の記事のコピーがFAXで送られて来た。

だいたい納得の行くものだった。一番扱いの大きいのは「毎日新聞」の夕刊で、「ダイヤモンド社元会長と元検事 恐喝容疑、書類送検」という見出しがハデなその記事も、

調べに対し、中島、坪内両容疑者は容疑を否認している。

と結ばれていた。他の新聞も同様だった。私がオヤッと思ったのは「朝日新聞」だった。他紙に比べて一番扱いは小さかったものの、こういう一節があったから。

元社長は謝礼を要求したことは認めているが、弁護士は容疑を否認しているという。

私の中で怒りがよみがえって来そうなのを、おさえながら、私はまた、『諸君！』の仕事に戻った（この場合の「怒り」というのは、単なる私憤に思われそうだが、そうではない。ジャーナリストという、つまりは「言葉」でお金をもらう職業の人間でありながら、その「言葉」の不「正確」な使用に対する「怒り」、しかも「正しさ」という錦の御旗のもとにその不「正確」さに無自覚な彼らへの「怒り」なのである。この記事を書いた朝日新聞記者は、何の裏づけもなく読売新聞の記事をそのまま剽窃して平気なのだろうか）。「正しい」ことを「言葉」にしても、それを「言葉」にした自分自身にはね返ってこない。しかし「正確」なことを「言葉」にしたら、自分自身にはね返ってくる。つまり「正しい」ことを「言葉」にしたがるのは、ある匿名性の中に隠れた無人称の声であり、「正確」な言葉を口にするのは、確かな個であるのだから。

夕方、弟から電話があった。弟は言った。「日刊ゲンダイ」見た? 私は答えた。いや、見てない。弟は言った。駅のキオスクとかにかかっている見出しあるでしょ、それの、今日の「日刊ゲンダイ」のやつ、ひどいよ。「元ダイヤモンド社社長逮捕」、逮捕だよ逮捕。知らない人はそう思っちゃうじゃない。それに、そういうイメージがすりこまれると、あとから間違ってましたって訂正されたって、そのイメージは消えないでしょ。新聞とか雑誌って、そういうことやって全然平気なの。

文筆家である私は、弟の話を聞いた時、そこまで行くと、かえってハクがつき、物書きや編集者仲間にちょっと自慢出来るかもしれないなと、アホなことを考えていたのだが、普通の会社員である弟は、電話口の向こうで、悲しそうだった。

平気じゃないはずだけどね。私は答えた。

そして私は、芥川賞の選評についての原稿をやめにして、この原稿を書いた。今の私にとって、このことの方が、ずっと「文学」であると思えるから。ここまで読んで、私の口にする「正確」さが単に私にとってのみの「正確」さにすぎないだろうと批判する人は、勝手に批判するが良い。私は個としてそのリスクを背負おう。つまり、それが「文学」であるのだから。

ところで私が芥川賞の選評に、そして文学者宇野浩二の姿に強い興味をいだいたきっかけは、大学二年の時に出会った新刊、永井龍男の『回想の芥川・直木賞』（文藝春秋）にあった。「限りなく透明に近いブルー」が芥川賞を受賞した翌年、昭和五十二年上半期（第七十七回）芥川賞の選評で、永井龍男は、

「エーゲ海に捧ぐ」は、精密な素材の配置と文章で組立てられていたが、緻密な描写が拡がるにしたがって、端から文章が死んで行き、これは文学ではないと思った。

（中略）

さて二篇の受賞作のうちの一篇を、まったく認めなかったということは、委員の一人として重要な問題である。前々回の「限りなく透明に近いブルー」に対しても、私は票を入れなかった。共に「前衛的」な作品である。当然委員の資格について検討されなければなるまいと考えた。

という言葉を残して芥川賞の選考委員を辞任した。『回想の芥川・直木賞』はそれを機に書かれた回想録である。その回想録の中で永井龍男は、宇野浩二が昭和二十七年の『別冊文藝春秋』で二回に渡って連載した「回想の芥川賞」という一文を、たっぷりと引用していた。読みごたえがあった。その宇野浩二の一文の中で、強く私の記憶に残っているのは、「一人が多数」という言葉だ。芥川賞の予選段階で、実際の作品の質とは無関係にたくさんの推薦票が集まる作品がある。その不思議について宇野浩二は、こう書いていた。

「一人が多数」とは、誰かが、あの小説は、オモシロイヨとか、スバラシイゼとか、云ふと、多数の人が、その作品を殆んど読まないで、すぐれた物らしい、と、呑み込んで、一票を入れる、といふ程の意味である。「一犬虚に吠ゆれば、万犬実を伝ふ」といふ諺があるが、この時の「一犬」は、ある時は、一つの団体の一員であつたり、別の時は、出版社の宣伝部の一人であつたり、する、と云はれてゐる。
いかにも宇野浩二ならではの「正確」な文章だ。

インターネット書評誌の私物化を「ぶっ叩く」

二週間ほど前(正確に書けば二〇〇〇年九月六日)の夜、何人かの知り合いと酒を飲んでいて、その内の一人に新聞記者のNさんがいた。新聞記者といってもNさんは、学芸部の記者ではない。しかしNさんは、大学の卒論で福田恆存論を書いたという人物だけあって、なかなか筋の通った読書家である。Nさんは、例えば呉智英さんの文章と並べて私の文章を愛読してくれている。嬉しいけれど少し緊張する。ちょっとでも手抜きをしてしまったら、この、私よりも一まわり以上年若い読み手から見離されてしまうかと思うと。

そのNさんが、私に、ツボウチさんbk1のヤスハラさんの文章読みました? と尋ねた。私は、読んだよ読んだよ、ひどいねぇヤスケン、ほとんどデタラメ書いてるよ。だけど、あそこでオレとか『文學界』とかのついでに批判されている「身内」の編集者、かわいそうだね。罪をなすりつけられてしまって、しかも、あんな風にバカだとかクズだとか罵られているのだから。と、答えた。

するとNさんは、ちょっとけげんそうな顔をして、こう言った。いや、それじゃないですよ。

私は尋ねた。あれ以外にもヤスケン、まだオレのことをbk1（正確に書けば「オンラインブックストアbk1」の流しているオンライン雑誌）で何か書いているの、と。

Nさんの話ではそのオンライン雑誌でヤスケン氏が私の著書『古くさいぞ私は』（晶文社）の書評を書いているという。出てから半年も経つ本の書評を何で今ごろわざわざヤスケン氏は行なっているのだろう。

翌日、パソコンを持っていない私は、別の知り合いにたのんで、その書評をFAXしてもらった。

そしてそれを一読した私は、ヤスケンがここまでデタラメな、いや、デタラメなだけでなく、腹黒く高圧的な人間であるのかと思い、強い怒りがこみあげてきた。しかも七月九日というその掲載の日付けに気づいた時には、一層。

私はヤスケンを「ぶっ叩く」ことに決めた。

知らない読者のために、事の経緯を説明しておきたい。

『文學界』の私のこの連載の七月号と八月号で、私は、長文の書評論を発表した。七月号では「批評としての書評とポトラッチ的書評」と題し、七月七日発売の八月号では「『書評』は誰のためにするのか」と題した。

そのタイトルからもわかる通り、私は、最近の新聞や雑誌の書評に多く見られる批評性の欠如を批判した。ホメる書評はたいていポトラッチ的で、ケナす書評の場合は、それはそれで、ただのためにする批判であったりすることを。書評のそういう「悪用者」の一人として、私は八月号で、ヤスケンの名前をあげた。さらに私は、ヤスケンが創刊編集長となった「オンラインブックストアｂｋ1」の原稿執筆依頼状の血の通わなさ、つまり機械性を批判した。詳しくは、ぜひ近くの図書館等に行って、そのバックナンバーの当該頁を開いてみてもらいたい（本書二百十七頁〜二百二十七頁）。

『文學界』の八月号が出て一週間ぐらいが過ぎた頃、七月の半ば、私の知り合いが、怒るかもしれないけれど、たまたまこんなものを見つけてしまったと言って、「オンラインブックストアｂｋ1」の「ヤスケンの編集長日記第2回」の記事をプリントアウトしたものをＦＡＸしてくれた。その記事には、こんな一文が載っていた。

事あるごとにぼくは、「総素人時代」に付き、ぶっ叩き続けているが、身内に「馬鹿ど素人」がいたのだ。その馬鹿で思い出すのは、そやつ「ｂｋ1ブックナビゲーター」

への原稿依頼状も間違え、ぼくが大嫌いなある男に送りもした。当然「馬鹿野郎！」と怒鳴ったが後の祭り。すると面白いことに件の男、俺に依頼されたとマジに受け取り、『文學界』とかいうクズ雑誌に、馬鹿ど素人の誤配した「依頼状」を引用、俺さまをぶっ叩いているのだ。それも真正面からパッシっとくるなら面白いが、長い長い竹竿で、おどおどと蝮を突っつく感じとでもいおうか、とにかくぬるい。つまりこの俺さまは、馬鹿ど素人が誤配した「依頼状」をネタに、ぶっ叩かれたのだ。

この一文を目にした時、私は、怒りではなく、もっと複雑な感情を抱いた。

まず最初に、ここでヤスケンに「馬鹿ど素人」と罵倒され、責任をなすりつけられている「bk1ブックナビゲーター」の担当女性を、とてもかわいそうに思った。彼女は、坪内祐三という筆者に原稿依頼状をあえて「誤配」してしまうほどの業界的知識を持たない、まさに「素人」である。ただヤスケンに渡されたリストに従って、そのリストの中に私の名前も入っていたので、原稿依頼状を送っただけだろう。命令に忠実に。なのになぜ、彼女は、ヤスケンから、こんな罵倒を受けなければならないのだろう（依頼状に同封されていたヤスケンの「坪内祐三様」あての書状もヤスケンに言わせれば彼女が「偽造」したのだろう）。ヤスケンは、なぜ、平気でこんな大ウソをつけるのだろう。それ以上にひどいのは、ヤスケンが、反論の場を持っていない人間に対して、一方的に、口ぎたなくののしっている点だ（それがいつものヤスケン節さ、という風には、私はゆるしたくない）。

それから、「長い長い竹竿で、おどおどと蝮を突っつく感じ」という一節。この一節を目にした時、私は、不思議な感じがした。『文學界』八月号の私の一文を目にしていただければわかるように、私は少しも「おどおど」していない。私は小心だけれど、実は、とても気が強い。シャイだから私は、日常の中で「おどおど」することはよくあるけれど、文筆の中で「おどおど」したことは、これまで、一度もない。

編集者として、そして文筆家として、ヤスケンに、私は、それなりの敬意や親しみを持っていた。今のヤスケンが最悪だからといって、かつてのヤスケン氏の業績をすべて否定しようとは思わない。つまり単純に罵倒したくはない。そういう私の「敬意」がヤスケンには、「おどおど」に見えてしまったのだろう。どこまでダメになってしまったのだろう今のヤスケンは。だいたい、部下を見殺しにし、私の実名をあげず、こんなデタラメな反論を書くあなたの方が、よっぽど「おどおど」しているじゃないか。

ところで、先のヤスケンの一文で、私が一番アレッと思ったのは、「ぼくが大嫌いなある男」という一節を目にした時だ。

ヤスケンは、いつから、私のことを「大嫌い」になったのだろう。

ヤスケンと私は二度しか会ったことがない。

はじめて会ったのは今から十一年前の秋、私が雑誌『東京人』の編集者だった頃のことだ。あるパーティーで山口昌男さんが、ツボウチ君、キミに安原顯大編集者を紹介しようと言い、近くにいたヤスケン氏に声を掛け、私とヤスケン氏は名刺交換した。

まともに言葉を交わしたのは二度目の時だ。その時も山口さんが関係していた。最初の出会いの三年後、つまり一九九二年三月、山口さんの還暦を祝う会が神田一ツ橋の如水会館で開かれた。その二次会、新宿のバーのカウンターで、山口さん、ヤスケン氏、私の順で座り合わせた。私は既に『東京人』をやめてほとんど無職だったのだが、たまたま、その頃、『本の雑誌』の最新号に短いエッセイを発表していた。

山口さんは、ヤスハラ、キミの隣にいる青年はツボウチ君といってねぇ……、と、私のことをまたヤスケン氏に紹介した。するとヤスケン氏は、オマエが坪内祐三か、今月の『本の雑誌』読んだぞ、何が東京堂だよ、新刊本屋は池袋のリブロだよ、リブロ、リブロの方がずっとイイぜ、といきなりジャブをかました（『本の雑誌』のそのエッセイで私は当時から東京堂のことをホメていたのである）。その何年後かには東京堂は素晴らしいと何くわぬ顔して書いてしまうのがヤスケンのヤスケンらしさではあるのだが、それはさておき。酒場でのこの手のジャブに慣れていなかったその頃のウブな私は、ヤスケン氏に、こんな「カウンター」を返してしまった。

「そういうけどヤスハラさん、前に、それこそ『本の雑誌』でヤスハラさん、マルカム・

カウリーとラウリーをごっちゃにしていましたよね」、と。

その何年か前にヤスケン氏は『本の雑誌』で「天才ヤスケンのハッピーシネマランド」というコラムを連載していて、ある時（正確に言えば一九八八年九月号で）、ヤスケン氏は、ジョン・ヒューストンの映画『ザ・デッド』を紹介しながら、同じくヒューストンが監督した『火山のもとで』にふれて、こう書いていた。

そういえば『火山のもとで』も、マルカム・ラウリーの『活火山の下』が原作で（そう、白水社版の「新しい世界の文学」の一冊として翻訳の出ている、あれね。ついでに書いておくと、ラウリーの『フォークナー論』の翻訳が冨山房から出ているなんてつまらぬことを知っている人がいたら、おぬしはかなり病気だから注意するように）。

この一節を目にした時、私は、とても驚いた。その頃の私は、まだ、「本の虫」で文学狂であるはずのヤスケンの多読や博識を素直に信じていたから。

『活火山の下』や「月の狂人」（『現代イギリス幻想小説』（白水社）に収録）のマルカム・ラウリーと、『亡命者帰る』（南雲堂）や『フォークナーと私』（冨山房）のマルカム・カウリー（最近『八十路から眺めれば』（草思社）がちょっと話題になった）の、それぞれの作品を一つでも実際に読んだことのある人間なら、この二人を混同するはずはない。例えば二人は共に、それぞれに、ただしまったく別の形で、スコット・フィッツジェラルドと深い関わり合いを持った作家（批評家）だから、フィッツジェラルドに興味があれば、さらにその違いに敏感になる（もちろん今の私なら、ヤスケンにそこまでの文学通を期待出来ないことを知っている）。

えっ、多読や博識を自慢するヤスケン氏は、平気でこんなデタラメの知ったかぶりを口にしてしまうのか、と私は驚いたのだ。

話を一九九二年三月の新宿の夜に戻す。私の「カウンター」、すなわち切り返しに対して、ヤスケン氏は、「えっ、オレ、ラウリーとカウリー間違えちゃってた。まずいな」と言って、身をすくめた。その正直な姿に私は好感を持った（ただし、のちに単行本――確か『カルチャー・スクラップ』〔水声社〕だと思う――に収録の際にもヤスケン氏はその誤りを訂正していない）。

以後、ヤスケン氏の大げさな語り口の中のデタラメが時どき目につくことがあっても、私は、例えばジャズミュージシャンのホラ話のそれのように、けっこう楽しんだ。つまり、デタラメと芸のバランスが、ぎりぎりの所でとれていた。バランスと言えば、罵倒の芸のバランスも、まだ、とれていた。

ヤスケン氏に会ったのはその二度だけだが、電話で一度、三十分近く話をしたことがある。ヤスケン氏が自伝『ふざけんな人生』（ジャパン・ミックス）を出した頃、私は、その本を面白く読んだから雑誌『サンサーラ』に連載していた書評エッセイ「このオヤジを読め!」で、取り上げた（一九九七年三月号）。雑誌が出て十日ぐらい経ったある日の午後、ヤスケン氏から御礼の電話がかかって来た。

それがヤスケン氏と私の直接的接触のすべてである。以後、活字の上でも、何のやり取りもない。

繰り返すけれど、ヤスケンは、いつから私のことを「大嫌い」になったのだろう。

こういう感想を、私は、「ブックストアbk1」の「ヤスケンの編集長日記第2回」の一文を目にした時に抱いた。

怒りではなく、もっと複雑な感情を。それは哀れみにも似た気持ちだった。つまり怒る気にもなれなかったわけだ。だから、あえて反論はしなかった。無視した。

ところが、七月九日の日付けのあるヤスケンの『古くさいぞ私は』への書評を、遅ればせながら目にした私は、怒った。インターネットは「書き散らし」のメディアだという話を聞いたことがある。もしそれが本当だとしても、この一文を（いや、それを文章と呼ぶことすらけがらわしい気がするのだが）、私は、絶対に、ゆるさない。

デタラメを断定的に語るのは、①バカ（そそっかし屋）、②権力者のどちらかであり、私は今まで、ヤスケンのことを①だと思っていた。

①のタイプを私は嫌いではない。しかしヤスケンは、実は、私の嫌いな②のタイプだっ

たのだ。

ためにする書評はよくない、という私の批判に対し、ヤスケンは、それにまともに答えようとせずに、逆に、自分が編集長をつとめるメールマガジンで、わざわざ半年も前の私の新刊『古くさいぞ私は』を取り上げ、ためにする書評を（しかもほとんどデタラメだらけのそれを）書いた。

例えばその書評で、ヤスケンは、「これは駄本だ。ならばなぜ取り上げるのか。著者は週刊誌、月刊誌の人気者だからだ」と述べたあと、こう言葉を続ける。

なぜ人気者なのか。一見、若いのに（若くはない。今年42歳だ！）、昔の著者や本についてよく知っていると馬鹿な編集者が感心、珍重がられ起用されるからである。しかし、読者よ、騙されてはいけない。この程度の浅薄な知識で「古い本や著者のことをよく知っている」とは言えないからだ。しかも著者本人まで、知ってるつもりになって脂下がっていることにも呆れる。こうしたインチキな若造を甘やかすマスコミ、ミニコミもどうかしている。

まったく、言葉というものは、とても恐ろしい。どんなウソであっても、それが言葉として表現された時、意味が派生して来てしまうから。こうしてペンで、このヤスケンの言葉を書き写しているだけで、私は、その「ウソ意味」に汚されてしまう気がする（それが手書き原稿とワープロ原稿の、あるいは、活字メディアとネットメディアの大きな違いの一つだ）。

「騙されてはいけない」とヤスケンは言う。「この程度の浅薄な知識で」、「知ってるつもりになって脂下がっている」、坪内祐三という「若くはない。今年42歳だ！」の「インチキな若造」に。

マルカム・ラウリーとカウリーを同一人物だと思うほどの「浅薄な知識で」、しかもその知ったか振りに「脂下がっている」ヤスケンが口にする「この程度」とはどの程度のことなのかわからない（私がヤスケンのこの書評原稿の担当編集者だったなら、その部分を少しでも具体的に書かなければ批判が説得力を持たないと注文をつけただろう）。

「この程度」のと言われると、私がその本の中で知識比べをしているみたいだが、私は、例えば「夏の読書」という一文（『ストリートワイズ』〈晶文社〉に収録）でも宣言しているように、単なる知識比べには批判的である。つまり、実の所、ラウリーでもカウリーでも、どちらでもかまわない。だからこそ、逆に、知識比べの、例えばヤスケンのような「オドカシヤ」の物書きに対して、時に、攻撃的になる。ただ知識があるだけでも、それ自体では少しも偉くないのだよと。だから私は、知ったか振りをしない。知らないことは知らないと、そして、興味ないことは興味ないと、はっきり書く。

ヤスケンは、こうも書いている。

また著者は、本の「内容」にはさほど関心がなく、「物」としての本、「古書店」を巡る雰囲気が好きなのだ。ぼくに言わせれば「真の本好き」とは到底言い難い。さらに著者は、本好き、古い本に詳しいのは「偉い」かのような錯覚に陥っている節がある。

別にヤスケンに「真の本好き」だなんて言われたいとは思っていないけれど、なぜヤスケンは、ここまでデタラメな言葉を書き並べるのだろう。実際に『古くさいぞ私は』に目を通したことのある読者なら、ここでヤスケンが口にしている言葉がことごとく間違っていることがわかるはずだ（しかし書評とは、そもそも、その本を未読の人間に対してメッセージをうったえるものなのに。だからこそこういう形でそれを「悪用」してもらいたくないのだ。もちろん、読まずに書評するのはありだ。しかし、そのためにはかなりの芸が必要だ）。ヤスケンは私のことを勝手に、しかも自分に都合良くイメージ化し、そのイメージ上の私を批判する。それは言葉を職業とする人間なら絶対にやってはいけないことだ。言葉というものはいくらでもウソをつむぎ出すことが出来るのだから。

イメージ化した上での批判といえば、ヤスケンは、こうも書いている。

彼は30代の頃から「本に関する雑文」を書き始めたと記憶するが、この腐り切った五流の後進国日本についての批判がまったくないこと、これも気に入らない。少なくともぼくにとっての「読書」とは、引退した爺婆の暇潰しとは違う。世界や社会の仕組みを知り、人間とは何か《ママ》。生きる意味を自問、時には権力の巨悪を教えられ、怒りまくりもする行為だからだ。

『ストリートワイズ』や『靖国』(新潮社)を目にしたことのある人間ならわかるように、私は、同世代の物書きの中でも、けっこう社会的関心の強い一人である。私が「文芸評論家」ではなく「評論家」という肩書きにこだわるのもその事に関連している。「文学を探」し求めることにおいて人後に落ちない私も、「文芸評論家」などと呼ばれると、尻が少しむずがゆくなる。私の唯一の週刊誌連載である『週刊文春』の「文庫本を狙え!」も、それが、書評の形を借りながら、時に社会時評だったりしている点にオリジナリティーがあると私は自己分析している。社会性といっても、私は、例えばヤスケンのように、ただ政治家や役人や大企業をバカだクズだと罵るのが社会批評だとは、全然思っていない。

話を『古くさいぞ私は』のヤスケンの書評に戻せば、もともとヤスケンは、読んだふりの書評を得意としていた。しかし、読んだふりの書評で説得力を持たせるためには、先にも述べたように、カンや芸を必要とする。そのカンも、この書評を読むかぎり、ヤスケンは、もはやまったく失っている。

いや、そんなにまともに、この書評に対して向きあうのはやめにしよう。そもそも、最初にも述べたように、七月九日の日付けのあるこの書評は、ただのためにする書評なのだから。

ためにする書評を批判されたヤスケンは、それに腹を立て、自分のメディアを利用してためにする書評を書いた。何という恥知らずな人間なのだろう。

それより何より、彼は、自分の「権力」の乱用をどこまで自覚しているのだろう。つまり、この半年遅れの書評を、例えば彼が連載を持っている『図書新聞』や『ダカーポ』といった活字媒体ではなく、「ｂｋ１ブックナビゲーター」に載せたことに。「ｂｋ１ブックナビゲーター」というのは、普通の書評誌ではなく、ｂｋ１というオンライン書店の、言わば、一種の商品案内だ（普通の活字書評だったら、ためにする書評を目にしたあとでも、実際に書店に行き、パラパラと立ち読みし、事の正否を確認出来る）。言い換えれば、オンライン書店という本屋に平積みされている本の上に立っているちょっと詳細な「ポップ」である。その「ポップ」になぜわざわざ「駄本」と明記する必要があるのだろう。

先に私は、インターネットは「書き散らし」のメディアだという話を聞いたことがある、と書いた。私自身の狭い見聞でも、インターネットの文体に、ある特有のにおいを感じる。偉そうだったり、単なる自己語り的だったり、要するに「他者」がいないのである。「読者」の視線が不在なのだ。だから言葉が一方的になってしまう。しかしいくらそれがインターネットに特有の文体だといえ、書評という名目でメディアを私物化し、権力を行使する人間を、私の社会意識は、けっしてゆるしはしない。

ここまで書いたところで、「ヤスケンの編集長日記第2回」が掲載された日付けを調べてみたら、七月十六日とあった。つまりヤスケンは、『古くさいぞ私は』の「ためにする書評」を書いたのち、さらに改めて、私の名前を直接あげることなく、あのデタラメな一文を掲載したのだ。その辺の小技にヤスケンのセコさがうかがえる。そして、そういう「小技」が使える所が、つまり執筆や掲載の時間軸や時間層があいまいになってしまう所が、インターネット媒体と活字媒体の最大の違いであり、その点をインターネット媒体の「機動性」の良さと評価する人もいるかもしれないけれど、私は、むしろその点にこそ、メールマガジンに不信感を抱く。活字雑誌は毎号、一個の作品であるのだから。

沢木耕太郎の純文学書下ろし小説『血の味』を読んでみた

ふた月ほど前、つまり八月の終り、新潮社のPR誌『波』の九月号の巻末に載っていた「十月刊行予定の本」の中に、さりげなく、沢木耕太郎の「純文学書下ろし特別作品」『血の味』が並んでいるのを見つけた時、私は、その、沢木耕太郎のはじめての長編小説を、とても読みたいと思った。

誰かの新作小説にそんな期待感を抱いたのは久し振りのことだった。

私は今の沢木耕太郎の熱心な読者ではないというのに。「今の」、ということは、そう、かつて私は沢木耕太郎の愛読者だった。

一九七八年に私は大学に入学した。『テロルの決算』が刊行された年だ。その頃ニュージャーナリズムという言葉がよく話題にされていた。実際、小説言語が輝きや勢いやリアリティを失いはじめ、それに取って代わる新たなノンフィクションの言語が次々、登場していた。児玉隆也、立花隆、柳田邦男らの。中でも一番若く、しかも、いや、だからこそと言うべきか、リアリティを持って私たちに響いたのは沢木耕太郎の文章だった。全共闘世代に属しながら、沢木耕太郎の文章は、観念的な言葉ころがしや、あるいはその裏返しの青くさいロマンティシズムと無縁だった。どこまでも端正だった。そしてその端正さによって、絞りに絞りとられたギリギリの所からかもし出されるセンチメンタリズムが、時代の大きなドライブが過ぎたあと、一九七〇年代後半の若者――自分たちの心情を見つめる言葉を探していた私たち――にとって美しく新鮮だった。その頃私は、『人の砂漠』や『地の漂流者たち』や『若き実力者たち』を、特に『敗れざる者たち』を何度繰り返し読んだことだろう。

だが、若さというものは美しくもあるが恥しくもある。

ある時代から、私は、沢木耕太郎の常に変わらぬその端正な文章に対して急速に冷淡になっていった。一九八四年に出たエッセイ集『バーボン・ストリート』は愛読したから、たぶんその少しあと、一九八〇年代後半、私が三十代に入る頃だろう。文学に対する眼がそれなりに肥えて来た私は、沢木耕太郎の端正な文章の奥にある作為性やナルシシズムそして悪しき意味での文学性が鼻につくようになって来た。何だこの人も、しょせん全共闘世代（つまりいつまでも若作りでいる、あるいはその逆に、いきなり大人ぶる）のノンフィクション作家の一人にすぎないのかと思った。それでも、雑誌に掲載される文章は、懐しさもあって目を通し続けているが、単行本は、もうここ十年近く御無沙汰している。なのになぜ、私は、『血の味』に期待していたのだろう。

それは未練と言って良いかもしれない。ノンフィクション作家として輝きを失ってしまった沢木耕太郎も、小説家としてなら新たな可能性を持っているのではないか。沢木耕太郎は自らの作品の方法や文体、主語設定に対してきわめて意識的な作家であるから。例えば一九八一年に、「ゴールに蹴り込む」という一文で、こう書いた沢木耕太郎は。

かつて、ライターの先輩である本田靖春氏が、ノンフィクションとフィクションとの違いを、サッカーとラグビーにたとえて語っていたことがあった。確かに、ノンフィクションはサッカーのようだと私も思う。人間の本性に従うなら、ボールが飛んでくればラグビーのように手を使うのが当然だろう。だが、その無意識に動いてしまう手をしばることによって、つまり使ってはならぬというルールを作ることによって、サッカーのゲームはラグビーとまったく異なる種類の緊張をはらむことになる。ノンフィクションもまた、サッカーにおける手のように、想像力を駆使して事実から飛翔することだけは許されていないのだ。

これは、「サッカーのルール」を守り続けながら生み出されたノンフィクション小説『一瞬の夏』を書き上げたあとで語られた言葉であり、この一文はこう結ばれている。

正直にいえば、これをいったい何人のひとが読み通してくれたか不安だが、少なくとも私には、これを書き通すことで見えてきたものがある。それはフィクションとノンフィクションとの間にある薄い皮膜の存在だ。なにを書くかではなく、いかに書くかということで内と外に分離していく、その境界にある薄い皮膜。私は決してそれを破りはしなかったが、確かにそれが手に触れる瞬間はあった。

そう語る沢木耕太郎の小説を、ぜひ読みたいではないか。「それが手に触れる瞬間」を、さらには「それを破」る時を目にしたいではないか。

同様のことを沢木耕太郎は、やはり『一瞬の夏』を書き上げた直後の一九八一年の「可能性としてのノンフィクション」という談話で、こう語っていた。

ではこうしてでき上がったノンフィクションは、小説とどう違うのかと聞かれると、ちょっと返す言葉がなくなるんだけれど、ひとつあるとすれば、やはり何に殉じるかの違いになると思う。とりあえずいま、ここで私がノンフィクションを書いてきたといえるのは、その物語の展開にとって、ある箇所はこう書き変えた方がいいとわかっていても、事実は曲げられない、その事実には殉じようという意識だけは持ちつづけてきたからです。

だからといってフィクションが抽象で、つまりリアリティを欠いたものであって、よいものだとは沢木耕太郎は思わない。フィクションもまた、いやフィクションこそ、具体性が必要だと沢木耕太郎は考える。

フィクションの書き手にとっては、書こうとするものが自分の外のどこかに確固としてあるということは稀である。少なくとも《在る》ことが自明の前提になりはしない。まず、彼は《在る》ことを読み手に信じてもらわなければならない。なぜなら、彼自身が在るかどうか確信を持っていないからだ。ひとつの日付、ひとつの場所、ひとりの人物、ひとつの関係。彼は書くことでそれらを《在らしめる》のだ。《在らしめる》ために全力を注ぐ。つまり、フィクションの書き手は、対象が存在することを自明のこととして出発するノンフィクションの書き手より、一歩手前から闘いをはじめなくてはならないのだ。

一九八二年に書かれた「事実という仮説」という一文中に見られる言葉だが、私もまったく同感である。私は常に、「ひとつの日付、ひとつの場所、ひとりの人物、ひとつの関係」がリアリティを持って描かれる小説を探し求めている。だからこそ、私は、今どきのたいていの小説に不満なのだ。そういう文学観を、私は若き日、沢木耕太郎から植え込まれたのかもしれない。ここに引いた幾つかの文章は、すべて、『路上の視野』に収録されているのだが、私は、一九八二年刊のそのぶ厚い一冊を刊行と同時に購入し愛読したのだから。

私が沢木耕太郎の書下ろし小説『血の味』に期待していた理由はもう一つある。

今年の一月から私は雑誌『諸君!』で一九七二年に関する連載を始めた。一九七二年について語る時にあの連合赤軍事件をはずすことは出来ない。だから私は、連合赤軍事件関係の資料を幾つか集めた。集めている内に思い出した。かつて沢木耕太郎が連合赤軍事件についてのノンフィクションを計画中で、彼はその「進行具合」を確か雑誌『スウィッチ』に連載の「日記」で語っていたことを。

調べるとそれは同誌の一九八六年四月号から始まった連載「２４６」だ。

連合赤軍物の資料として、私は、久し振りで「２４６」を再読した。読み進めて行く内に、私は、こういう記述に出会った。一九八六年二月二日の日付けだ。その日沢木耕太郎は、久し振りで、少年時代を過した蒲田駅周辺を散歩する。そして、数日前に、友人を病院に見舞ったあとで、やはり蒲田駅近くで目撃したある光景を思い出している。

構内に入ろうとして、その出入口のすぐ脇に立っているサンドイッチマンの姿に眼を奪われた。男が女装して、プラカードを持っている。驚いたのは、女装をしていることではなかった。そのサンドイッチマンが、二十年前にもまったく同じ格好で立っていた記憶があったからだ。間違いなく、彼はここで女物の洋服を着てプラカードを持って立っていたはずだ。サンドイッチマンが二十年間も同じ場所に立ちつづけている。それも、現代という時代に……。

たったひとつ以前と違っていたとすれば、それは彼の顔に老眼らしい眼鏡があったことだ。

私は彼の横を通り過ぎる時、胸が少し高鳴った。そして、もしかしたら、これを使えば書けるかもしれないな、と思った。

一年ほど前から、私は十五歳の少年を主人公にした小説を書こうとしている。彼は、私であって私でない。書こうとすると、「私」と「彼」とがせめぎあう。そのため、どうしても文章のスタイルが決まらない。細部はいちいち明瞭なのに、原稿用紙に向かっても文字がペン先から流れ出してこない。それは、結局、細部を照らす眼の位置が決まらないからなのだ。そして、それは、つまるところ、私に何も見えていないということなのだろう。

だが、そのサンドイッチマンの姿を見て、ひとつの切っ掛けが摑めたような気がしてきたのだ。そして、日をあらためて、蒲田の町を歩いてみようと思った。歩けば、何かが見えてくるかもしれない……。

さらにその十日後、二月十二日の日記に、こうある。

午後から神楽坂の新潮クラブに行く。いわゆるカンヅメになりにいくためだ。いよいよ、というのは大袈裟だが、とにかく、長く暖めていた十五歳の少年を主人公にした小説、その少年と奇妙な「オカマ」の男とのねじれた友情の物語を描いた小説、仮のタイトルを「血の味」とする小説、に取りかかる決心がついたのだ。

そう、「246」と題する沢木耕太郎の一九八六年の日記は、また、『血の味』の創作ノートでもあったのだ。

一九八六年のある日、三十代終わりの沢木耕太郎は、蒲田駅近くで女装のサンドイッチマンを見かける。彼だ、あの彼だ、二十何年前、自分が十代の少年の時に、やはり同じ場所でよく見かけた、あの彼だ。その瞬間、沢木耕太郎の中の、「ある薄い皮膜」が破れた。

一九六〇年代初めから八〇年代半ばに至る、つまり少年だった沢木耕太郎が中年になろうとする、その二十年を、前半と後半に分けてみよう。前半の十年、日本は凄い勢いで変化していった。政治、風俗、文化、人情、すべての面で。ところが、後半の十年、その変化はゆるやかになり、さらには停滞しようとしている。変化が完成しようとした一九七〇年代半ば、若きノンフィクション作家沢木耕太郎は見事その瞬間を文章化した。

蒲田駅の女装のサンドイッチマンは、一見、二十年前とまったく同じ格好で立っていた。しかし、顔に老眼らしい眼鏡をかけていた。変わらないようでいて、いや変わらないように見えるからこそ、二十年の時は確実に動いているのだ。一九八六年の蒲田は、いかに「記憶通りのなつかしい」ものであっても、沢木耕太郎が少年時代を過した六〇年代初めの蒲田とは別の空間なのだ。十五歳の少年を主人公とした『血の味』という小説で沢木耕太郎は、「ひとつの日付、ひとつの場所、ひとりの人物」を、いかにリアリティを持って描き込んでいるのだろう。

それは大変な文学的エネルギーを必要とする。

実際、大変だったはずだ。「２４６」を通読して行くと、結局、『血の味』は未完に終わってしまったようだ。

久し振りで「246」を再読し、まぼろしに終わった長編小説『血の味』のことを思い出した数カ月後、私はその『血の味』の近刊予告を目にしたのだから。

そして私は、待望の『血の味』を読みはじめた。最近の沢木耕太郎に対する不満をはじめとするあらゆる先入観を捨てて、その作品世界だけに集中した。

読み進めて行く内に、私の頭は混乱して来た。

これは一体、いつの時代の話なのだろう。つまりこの小説の舞台の「日付」はいつなのだろうかと。

主人公の少年は、高校入試を間近に控えながら、受験勉強よりも、貸本屋で借りた推理小説の読書に精を出す。彼が貸本屋でそういう大人向けの本に手を出すようになったのは、父との会話がきっかけだった。

私は貸本屋に入っていった。店の中央には高い棚があり、それが店を二つに分けている。右側の棚や平台には子供用の雑誌やマンガが並べられ、左側には大人用の雑誌や小説が置いてある。六年生になるまで、私はその左側のところにほとんど入ったことがなかった。たまにそこを通ると、棚の下の平台に並べられている、寝そべって髪に手を当てた裸の女の写真や、縛られて天井に吊るされた女の絵が載っている雑誌が眼に飛び込んできて、急いで眼をそらせたものだった。店の左側には、子供の自分が足を踏み入れてはいけないようなまがまがしい気配があった。私は毎日のようにマンガを借りたり返したりするためにその店に行ったが、めったに左側を通ることはなかった。

それが、六年生になってすぐのことだったが映画を見る機会があった。その二本立てのうちの一本が殺人犯を執念ぶかく追跡する刑事の物語で、最後の最後まで息苦しいほどの緊迫感があった。家に帰って父に話をすると、その映画には小説の原作があるのだと教えてくれた。マンガを借りにいったついでに大人の本棚を探すと、父が教えてくれたとおりの題名の本があった。私は迷いながら、恐る恐るその本に手を伸ばした。生まれて初めて、マンガ以外に自分から読もうとする本だった。読んでみると、映画よりはるかに面白かった。

一九五八年生まれの私が少年時代、一九七〇年代初め、私の住む東京のごく普通の町に貸本屋は何軒か残っていたけれど、ここに描写されているような淫靡《いんび》な空間ではすでになかった。するとこれは一九六〇年代の話なのだろうか。実際、沢木耕太郎の自伝的エッセイ「映画の力、活字の力」（『路上の視野』に収録）に今引用したものとほぼ同様の描写が登場する。

そして一九六二〜三年頃の話として読み進めて行った私は、あるエピソードに出会って、また混乱する。

ある日少年は、銭湯で、女装のサンドイッチマンに見そめられる。最初は警戒していた少年も、話してみると彼が好人物であることを感じ、さらに彼が元プロボクサーだったと知って、心を開く。少年は高校での活躍も期待された走り幅跳び選手だったのだが、ある時、永遠すなわち絶対が見えそうになった瞬間、それに恐怖を感じて、跳べなくなってしまっていたのだ。少年の父も、以前に、永遠を見ようとしたらしい。しかし父（どうも西洋人のようだ）はそのことをけっして語ろうとしない（その、何故？　が『血の味』をつらぬく大きなテーマである）。

さて私が混乱したエピソードとは。

女装のサンドイッチマンが、ある晩、顔をはらして銭湯にやって来た。どうしたのと少年が尋ねても、彼は答えようとしてくれない。ようやく彼が重い口を開けたのは、並んで銭湯から帰る道すじでだった。彼は昔、「無冠の帝王」と呼ばれた南米の強豪マヌエル・サンチェスと闘って簡単に敗れたことがある。簡単に敗れたとはいえ、あのサンチェスと闘ったことがあるというのは、彼の誇りだった。そのサンチェスが十数年振りで来日し、「醜くたるんだ」体で日本人選手の「嚙ませ犬」としてリングにあがった。そして「予定どおり」というようにあっさりと負けた。「あたしたち、あの人に負けたことのあるボクサーすべての誇りも奪ったんだわ」と憤った彼は、試合後の控え室に行き、思わず、「右手が瞬間的に動いてしまった」。だが、その前に、マヌエル・サンチェスの左のカウンターが入った。つまり、「マヌエルの左のカウンターは、あたしにだけは昔のままだったというわけ」。

この言葉に少年は感動し、物語の一つのクライマックス（というかエピファニー的）シーンを迎えるのだが、このシーンに至った時、私の頭は大混乱してしまった（いやより正確に言えばシラけてしまった）。

沢木耕太郎の読者なら、このマヌエル・サンチェスのモデルがあのジョー・メデルであることがわかる。一九六三年に来日し、その十一年後の一九七四年に「噛ませ犬」として再来日した「無冠の帝王」ジョー・メデルのことを沢木耕太郎は、例えば「視ることの魔」（『紙のライオン』に収録）をはじめとして何度も文章化している。そもそも『一瞬の夏』を執筆するきっかけがジョー・メデルとの因縁だった。ジョー・メデルが来日した一九六三年と再来日した一九七四年は沢木耕太郎の中で特別の「日付」を持っていたはずだ。

するとこの小説の時制は一九七四年。主人公の少年は一九五八年生まれの私の同世代だ。とてもそうは思えないけれど。

いや、そんな風に真剣に混乱するのはやめにする。さらに読み進めて行けば、この小説が、いつ、どこで、誰がという「ひとつの日付、ひとつの場所、ひとりの人物」などを持たないただのファンタジー、しかも思わせぶりな、であることがわかる（思わせぶりとは、例えば、神を見ようとした父親と少年の関係を指す。沢木耕太郎は大学の卒論でカミュを扱ったはずだが、カミュが描き闘った神との関係は、こんな思わせぶりのものではなかったはずだ）。

要するに沢木耕太郎は、この小説で、十五歳の少年に仮託して、ナルシスティックに自己を語りたかっただけなのだろう。ノンフィクションではゆるされず、小説だけにゆるされる筋立ての偶然（例えば図書館、少年と秘かな連帯関係にある英語の奇人教師、「いつかわたしたちの手の届かない遠くに行ってしまう」少年に恋心を抱く同級生の少女の「偶然的」なからませかた）を利用しながら。だから時代と場所はいつだってかまわないのだ。十五歳の少年の殺人という「現代的」なテーマへの興味でこの小説に近づいた読者（もっとも、そんな興味で小説を手にしようという人たちの方が間違っているのだが）は失望するだろう。

時代設定の混乱については、実は、沢木耕太郎自身、自覚していた。「２４６」の三月十八日の項で彼はこう書いていた。

時代の設定がしだいに曖昧になってきてしまったのだ。どうしても、六十年代と八十年代との間で揺れてしまう。つまり、『血の味』の時代は、かつて私が少年であった時代と現代とのどちらの時代なのかということなのだ。そして、そのどちらを選んでも、一長一短があるのだ。どうしたものか……。

こう書いた時からさらに十四年の時が経った。同じ「246」の二月二十四日の項で、沢木耕太郎は、当時五十二歳だったノンフィクション作家の先輩本田靖春から、「あなたはいくつになったんだっけ」と訊ねられ、「三十八になりました」と答えた時、本田靖春が、「いいねえ、まだ三十八か……」と深い溜め息をついてつぶやいたことをとらえ、「私には、まだ、ではなく、もう、という感じがする」と書いていた。

沢木耕太郎は、今、その本田靖春の年齢になった。だが彼の自意識はその時からずっと変わっていない。いや、その前から。

先に少し触れたように、一九八〇年以降の、私たちを取り巻く時代の（歴史の）空気は奇妙に停滞している。ここ二十年、一見、時は止まってみえる。しかし確実に、時は以前と同じように刻まれているはずだ。最前線の表現者はそういう抽象を具象化、すなわち文章化しようと格闘している。つまり、いつまでも若き日の「一瞬の夏」をロマンティックに味わっている余裕はない。『一瞬の夏』のモデルで先日逮捕されたカシアス内藤を例に出すまでもなく、人生はそのあとの秋、冬の時代の方が長いのだから。

青年のロマンティシズムに早く見切りをつけた者こそいつまでも若いと語ったのは、確か、福田恆存だった。

消費される言葉と批評される言葉

とてもつかれている。

肉体的にではない。

精神的にでもない。

では、何に?

言葉につかれているのである。

この場合の「つかれている」を漢字で書くと、文字通り、「疲れている」と「憑かれている」の両方の意味になる。

きのうまで、ある雑誌——などともったいつけた言い方をするのは気取っている、しかし実名を出すとそこでまた別の文脈的な意味が派生する、何でそんな細かな言葉使いに私はいつも以上に気をかけてしまうのだろう。要するに『文藝春秋』――の、ちょっと長めの原稿を書いていた。長めといっても五十枚だ。その五十枚に、わりと速筆である私が、四日もついやしてしまった。ふだん私は夜八時以降、仕事はしない。そんな私が、昼間はもちろん、深夜まで、この四日間、コツコツとその仕事に没頭した。二十世紀の百年間の名言（迷言）や流行語を一年ごとに毎年紹介し、幾つかの時代層に分けて論述して行く、その仕事に。

名言や流行語といっても、私は、単なる名言や流行語だけを拾いたくはなかった。強いリアリティを持った言葉だけを選びたかった。だから、普通その種の特集や本で扱われることのあまりない「名言」も進んで取り上げた。例えば文学者の。面白くもあったが、この仕事は、とてもつかれた。いや、面白かった分それだけつかれた。

例えば二十世紀の始まった、つまり一九〇一（明治三十四）年の言葉に、私は、高山樗牛の「美的生活」を選んだ。樗牛は雑誌『太陽』同年八月五日号の「文芸時評」欄に「美的生活を論ず」という評論を発表した。私は、仕事のためもあって、樗牛の読みにくい漢文脈の美文で書かれたその評論を読み通した。重要と思われる所は何度か読み返した。そして結びの、こういう一文の、同時代的リアリティを、どうにか体感することが出来た。

悲しむべきは貧しき人に非ずして、富貴の外に価値を解せざる人のみ。吾人は恋愛を解せずして死する人の生命に多くの価値あるを信ずる能はざる也。傷むべきは生命を思はずして糧を思ひ、身体を憂へずして衣を憂ふる人のみ。彼れは生れて其の為すべきことを知らざる也。今や世事日に匆劇を加へて人は沈思に遑無し、然れども貧しき者よ憂ふる勿れ。望を失へるものよ、悲む勿れ。王国は常に爾の胸に在り、而して爾をして是の福音を解せしむるものは、美的生活是也。

この一文の同時代的リアリティを「どうにか体感することが出来た」からこそ、その三年後の一九〇四（明治三十七）年、『太陽』二月一日号の同じく「文芸時評」欄に田山花袋が書いた「露骨なる描写」の同時代的リアリティをさらに強く体感することが出来た。例えばこういう一節を。

今の技巧論者は想に伴はざる文章を作り、心にもあらざる虚偽を紙上に聯ねて、以てこれ大文章なり、美文なりと言はうとして居るやうである。今更言はんでも解つたこと、文章は意達而已で、自分の思つたことさへ書き得れば、それで満足である。拙なからうが、旨からうが、自分の思つたことを書き得たと信じ得られさへすれば、それで文章の能事は立派に終るのである。

まるで荒川洋治の名エッセイ集『本を読む前に』（新書館　一九九九年）の中に登場してきたような一節であるが、こういう意味をふまえた上で、花袋は、あえて、「何事も露骨でなければならん、何事も真相でなければならん、何事も自然でなければならん」という当時にあってはJ文学的なフレーズを口にしたのである。樗牛はこの二年前の（いや一年前の）明治三十五年十二月に三十一歳で亡くなっていた（花袋と樗牛は年が一つしか違わないのに文学的ジェネレーションは全然離れている感じがする）。

驚くのは樗牛の文章と花袋の文章との間に、たった三年の時しか流れていないことだ。しかし樗牛の言葉には確かに一九〇一年という時の刻印が押されているし、同様に、花袋の言葉には一九〇四年という時の刻印が押されている。言葉と時代がリアルに関係を結んでいる。

しかも、これは、文学者の言葉だけに限らない。政治家の失言や流行歌の歌詞の中にだって、きちんと、その時代の刻印が押されている。そういう強い意味を持った言葉を、一年ごとに、百年分、眺め、いや単に眺めるのではなく、言葉のリアリティに体を寄せながら、つまり、読んでいったので、私は、言葉につかれてしまったのである。一九一一年の言葉を「読んだ」ら、その数分後には、明治から大正へと時代をまたいで、一九一三年の言葉を「読んで」いる。そうやって私は、四日間で、近代日本百年分の言葉を「読んで」、そのそれぞれの言葉が同時代的に持っていたリアリティを再現させていったのである。二〇〇〇年十一月二十日から二十三日までの四日間で。

百年分、と今私は書いた。しかし実は、正確に言えば、七十年分である。一九〇一年から一年ごとに言葉を「読んで」行くと、ある時から、言葉が、だんだん薄くなって行く。リアリティを失って行く。と言うか、ある実質を表現するために言葉があるのではなく、例えば流行語において顕著なのだが、実質を無視して言葉が先走って行く。尖端的というのではない。もっと、ものほしげなのである。言葉が贋金作り的なものになってしまう危機感は、すでにフローベールの時代から持たれていたことを、私は、文学史的に知っている（言葉と実質が乖離《かいり》して行くギリギリの所で生み出されたフローベールの奇書『紋切型辞典』が最近、岩波文庫に入った）。しかし私が、ここで問題にしている言葉の「先走り」つまり「上滑り《うわすべ》」は、そんな高尚なものではない。もっと寒々としたものなのだ。通年で言葉のリアリティを追ってきて、言葉につかれていた私は、その寒さにぞっとした。

いつ頃から寒くなったのか。それは、たぶん一九七〇年代のある時からだが、私は、その仕事で、いちおう、一九七〇年で線を引いた。一九七〇年の三島由紀夫の言葉で。

三島由紀夫の小説言語は装飾性が強くて私は好きになれないが、その批評やエッセイや座談の言葉は好きだ。リアルで。

『文藝春秋』で私は三島由紀夫の最後の言葉を採った。一九七〇年十一月二十五日、自衛隊市ケ谷駐屯地のバルコニーから自衛隊の隊員たちに向って呼びかけた、「檄」文中の「……われわれは四年待つた。最後の一年は熱烈に待つた。もう待てぬ。……」という言葉を。

その言葉を原稿用紙に書き写す前に、私は、三島由紀夫のあるエッセイを再読していた。それは亡くなる前年の十一月三日に「朝日新聞」に発表された「『国を守る』とは何か」である。そのエッセイの中で、三島由紀夫は、六〇年安保当時に抱いた一つの「決心」について語っている。

こんな私の決心は一九六〇年の安保闘争を見物した時からかもしれない。あの議事堂前のプラカードの氾濫に、私は「民主主義」という言葉一つをとっても、言葉とその概念内容の乖離、言葉の多義性のほしいままな濫用、ある観念のために言葉が自在に瀆され犠牲に供される状況を見たのである。文士として当然のことながら、私は日本語を守らねばならぬと感じた。私は不遜にも、自分の文学作品のなかに閉じ込めた日本語しか信用しないことにした。牧畜業者が自分の牧場の中の牛しか信用しないように。

「それで終れば文士は太平無事である。ところが」、と三島は言葉を続ける。

言葉というものは自家中毒を起す。私は次第に言葉を以て言葉を守るという方法上の矛盾に気づきはじめ、戦前の文士が最初に陥った陥穽はこれではないかと感じたのである。そのころ私はすでに剣道に親しみだしていた。そして剣とは何かということを、折りふし考えるようになった。もし私が日本語のもっとも壊れやすい微妙な美を守ろうとしているのなら、それを守るものは自ら執る剣であるべきであり、またそのお返しに、剣のもっとも見捨てられた本質を開顕すべく、言葉を使ったらよかろうと思ったのである。

そうやって意識過剰なまで鍛えあげたはずの「言葉」を、一九七〇年十一月二十五日、三島由紀夫は、市ケ谷の自衛隊のバルコニーから、隊員たちに投げかけ、誰からも受け止めてもらえることが出来ず、「剣」で自らを、すなわち自らの「言葉」を殺してしまった。

三島由紀夫が自裁した三日前、一九七〇年十一月二十二日、もう一人の言葉の名人が、こちらは自然死していた。言葉の名人というより造語の名人といった方が正確かもしれないが。

その造語名人、大宅壮一について、小林信彦が『現代〈死語〉ノート』（岩波新書　一九九七年）の中で、興味深いエピソードを紹介していた。小林氏が司会をつとめていたNHK教育テレビのトーク番組の打ち合わせの時、大宅壮一は、小林氏に向って、「（私が）テーマを肯定する役か否定する役か決めてください。そうすれば、どんな質問をぶつけられても、そちらの都合の良いように答えますから」と、言ったという。

大宅壮一は、言葉が贋金作りでありうることに自覚的だった。だからこそ、一つのテーマに対して、肯否定のどちらでも、それ相応の言説を巧みに操作することができた（彼よりさらにふた世代前の文芸評論家正宗白鳥も、そのような言葉が巧みだったと聞いている）。ただし、ここで重要なのは、彼がそれ（贋金作り）に自覚的だったことである。その点において彼の言葉にはリアリティがあったのだ。だからこそ彼の言葉は、けっして「寒く」はない。「一億総白痴化」という言葉を一九五七年に大宅壮一は造った。「なんでもやりまショー」という、のちの「どっきりカメラ」の走りとなる番組の「低俗」を大宅は批判したのである。つまり大宅はテレビの視聴者を驚かせる「どっきり」の本気を信じたからこそ、その造語を口にしたのだ。しかし一九八〇年代に入ると、その「どっきり」の半ばが、「本気」ではなく「ヤラセ」であることを私たちは知る。もはや「白痴以下」になってしまったのだ。そういう現実の前に、言葉は、意味を失って行く。

一九七〇年以降の言葉の寒さやリアリティの薄さは、贋金作りという自意識を持たずに贋金をせっせと作り出している点にある。いや、時にはその贋金を、本物の金だと思い込んでいる人びともいる。

言葉につかれた私は、一九七〇年以降の言葉の寒さがよけい身にこたえた。

そして私は、今日、二〇〇〇年十一月二十四日をむかえた。『文學界』に連載のこの「文学を探せ」の最終回を執筆する予定の十一月二十四日を。

私は最終回にふさわしいテーマを事前に考えていた。

しかしこの四日間というもの『文藝春秋』の仕事に集中し、言葉に「つかれて」しまっていたので、そのテーマの方に上手く頭を切り換えることができない。

家でじっとしていても仕方がない、と考えた私は、頭を切り換えることができないまま、昼過ぎ、まず、渋谷に向った。一時間ぐらい渋谷の街を回遊した。J文学の発祥の地であるこのフォニーな街（だけど私はこの街が今でも嫌いではない）をグルグルグルグル歩きまわれば、私の言葉に取りついた、意味の重い「言葉」がはなれて行くのではないかと思いながら。

だがダメだった。

不意に私は思いついた。五反田に行こう、と。といっても、私は、五反田から電車を乗り継ぎ、三島由紀夫の旧宅をチェックしようと思ったわけではない。キッチュで知られるその家を。

ふた月に一度ぐらいのペースで五反田の古書会館で古書展が開かれる。以前は、毎回、土曜と日曜開催だったのだが、四カ月前から金曜と土曜の開催になった。今日は金曜だ。忙しくて、ここ数カ月ご無沙汰しているけれど、久し振りで、五反田の古書会館を覗いてみよう。あそこに行けば、私の、今月の「文学を探せ」のテーマのヒントが見つかるかもしれない。今私の体に取りついている「言葉」たちを降ろすことができないにしても。

私は、今月のこの連載で、文芸誌とは何かについて書こうと思っていた。つまり文芸誌と「文学」との関係について。

「文学を探せ」という私のこの連載は、最初、ほんの軽い気持ちで始めた。七年前に私はある雑誌で「芸文時評」という文章を一年間連載した。私は力を込めて、毎回、言葉を書きつづっていったのだが、無反応だった。その数少ない愛読者が、現『文學界』編集長のHさんだった。『文學界』の編集に異動した時、Hさんは私に、ツボウチさん「芸文時評」みたいな連載やりませんか、と言った。

そして私は、ほんの軽い気持ちで引き受けたのだ。

ただし、「芸文時評」は七枚で、この「文学を探せ」は二十枚だから、三倍のボリュームがある。それなりの工夫をしなければならない。つまり、論を展開しなければならない。

私は、それなりの工夫をして連載を始めた。すると思ってもいなかったことが起きた。『週刊文春』をはじめとして、私は、『文學界』よりもっとずっと発行部数の多い雑誌に幾つもの連載を行なって来た。しかし、批判や私信を含めて、これほどの反響の多い連載は今までなかった。ほんの軽い気持ちで引き受けたはずのこの連載に、私は、緊張していった。

文芸誌の力だと私は思った。もちろん、文芸誌が偉いとかそんな単純なことではない。私自身、最近の文芸誌に対して批判的な小馬鹿にした気持ちは常づね抱いてきた（今でもある）。あそこには、今や、「文学」なんて見つからないだろう、という小馬鹿にした気持ちが。

その一方で、私は、矛盾した言い方だが、文芸誌には、いつも、最尖端の「言葉」が載っていると思う。今という時代の、そのリアルな空気は、週刊誌にでもなく、総合誌にでもなく、ましてやテレビやCDにでもなく、実は、文芸誌にこそ反映されていると。

学生時代の私は、文学好きだったけれど、いわゆる純文学青年ではなかった。そんな私でも、毎月、月初めの文芸誌各誌の新聞広告は楽しみにし、その広告によって、幾つかの短篇や評論やエッセイを本屋で立ち読みした。当時、文芸誌は六誌か七誌出ていて、ふた月に一度ぐらいは、その内の一誌を購入した。文芸誌を買うと、何だかとても豊かで贅沢な気持ちがした。そこに、単なる情報や分析や紹介とは異なる、最尖端の何かが入っている感じがして。そんなことを思いながら、結局、その四分の一も読まなかったりするのが毎度のことなのに。

文芸誌に載っている優れた作品の、その言葉の並びは、私に、「触覚」的喜びを与えてくれた。この場合の「触覚」という言葉は、ヴァルター・ベンヤミンの名評論「複製技術時代の芸術作品」から拝借したものだ。その評論でベンヤミンは、こう言っている（引用は野村修訳による）。

建築の歴史はほかのどの芸術の歴史よりも長いし、建築の及ぼす作用を考えてみることは、大衆と芸術作品との関係を究明しようとするすべての試みにとって、意味がある。建築物は二重のしかたで、使用することと鑑賞することとによって、受容される。あるいは、触覚的ならびに視覚的に、といったほうがよいだろうか。このような受容の概念は、たとえば旅行者が有名な建築物を前にしたときの通例のような、精神集中の在りかたとは、似ても似つかない。つまり、視覚的な受容の側での静観に似たものが、触覚的な受容の側にはないからだ。

この引用からもわかるように、ベンヤミンは、ここで、建築のことを話題にしている。そして、「触覚」といっても、文字通りの、ただの「手ざわり」のことを意味しているわけではない。もっと、全身的な感覚だ。ある建築物に入った時の、くつろいだ気持ちや、緊張した気持ち、あるいは寒々とした気持ち、そういう気持ちを「体感」するのが、ここでベンヤミンの口にする「触覚」だ。

文章もまた建築物同様である。先に私は、「眺める」という言葉と「読む」という言葉を使いわけた。つまり、「視覚」と「触覚」の違いを。

この「文学を探せ」が、同感や批判を共に含めて、それなりの反響があったとしたら、読者の、文章に対する「触覚」にどこか触れるところがあったからなのではないか。その意味で、私は、文芸誌にはまだ（いや、今こそ）存在の意義があると思う。文芸誌に連載されたからこそ、私の「言葉」は、文字通りの「読者」たちから「読ま」れて、私に緊張をもたらしたのではないか。

今の文芸誌がツマラナイとしても、それは、時代のツマラナサの反映である。例えば最近の文芸誌のツマラナサは最近のテレビのツマラナサとはまったく異なる。最近のテレビは、面白いものを作ろうとするふりをして、しかも、全然ツマラナイ。最近の文芸誌に載っているものは面白いものを作ろうというふりをせず、しかし、ツマラナイ。ふりをしなくて良いということは、つまり、具体的な読者を想定しなくて良いということだ。「具体的な読者」という言葉を「ターゲット」や「マーケット」という言葉に置き換えても良いかもしれない。

文芸誌に書く時、私の気持ちは、とても自由だ（だからこその緊張も、また、あるのだが）。他の雑誌に書く時、職業意識の強い私は、さりげなく、その読者層に合わせたサービスをする。これは妥協とか、そういうのでは全然ない。プロの文筆家としてのプライドだ。けれど、文芸誌に書く時は、何をどう書いても良いという気持ちに、私をさせる。だからこそ私のリアルが表現できる。たとえそのリアルが、読者に共感出来ないものだとしても。

先に私は、文芸誌の場合、「具体的な読者を想定しなくて良い」と書いた。しかしここで注意してもらいたいのは、「具体的な読者」は必要なくとも、「読者」は、すなわち「読者」という対話相手の眼線は絶対に必要なことである。眼線といっても、眺める「眼線」ではなく、読む「眼線」を持った、そういう「読者」を。繰り返しになるが、「眺める」のではなく、「読む」こと。私がインターネットの言葉の「文学」性に対して懐疑的なのはその点に関してだ。パソコンの画面に表示された言葉は、「文字」として「眺める」ことは可能であっても、はたしてそれを「言葉」として「読む」ことが可能であるのか。「触覚」的な読書が可能であるのか。文芸誌に載せた言葉は、先に述べたように、単に消費されることなく、少数かもしれないが確かな「触覚」を持った読者、まさに「読」者に批評される。

五反田の古書会館には、いつも、百円均一コーナーに、文芸誌がたくさん並んでいる。五反田に行って、そういう文芸誌のバックナンバーを何冊も目にし、その内の幾つかを入手すれば、今月の私の「文学」のテーマがうまく絞れるかもしれない。

五反田で私は、まず、中村光夫の評論集『時代の感触』（文藝春秋　一九七〇年）を手にした。しょっちゅう古書展で目にしている、ありふれた本だ。手にした理由は、三百円という値段の安さもさることながら、「時のなかの言葉」という副題、さらに、刊行されたその年にある。つまり、一九七〇年の「時のなかの言葉」なのだから。「一九七〇年春」という日付けの「あとがき」の結びで、その時五十九歳の中村光夫は、こう書いている。

　現代で一番切実に文学を要求するのは、——本文でもふれた通り——人生から一歩退く時期にさしかかった人達と思われるからです。

「本文でふれた」というのは、この本に収録されているエッセイ「文学は老年の事業」を指す。そのエッセイを中村光夫は、

　明治大正文学を主体とした文学全集の刊行は相変らずさかんなようですが、これらの文学が現代の若い読者にどれだけ訴えるものを持つか僕は疑問に思っています。

と書き始めたのち、こう言葉を続けて行く。

　近ごろの青年は、むかしのように真面目に文学を求める気持がなくなったといわれますが、それは青年がそれだけ幸福になり、また健康になったのを意味するので、慶賀す

べきことなのです。

個人の解放、あるいは個性の実現を目指して闘ってきた明治大正文学の役目はここで終ったと或る意味ではいえるのです。

つまり文学はもはや「青年の手をはなれ」、「老年の事業」になりつつある、と中村光夫はいう。だから、今さら明治大正の「青年文学」を振り返る必要はない、と。それから三十年、はたして、その「事業」は、それなりの成熟を見せたのだろうか。明治や大正の「言葉」を読む必要がないと中村光夫から御墨付をもらった当時の「青年」たちが「老年」になろうとする今。

五反田の百円均一で私は『新潮』の一九七一年一月号を買った。尾崎一雄が大切にしていた自分の小さな神さまの喪失を語る私小説の傑作「松風」や上林暁の「朱色の卵」といった私の大好きな短篇と並んで、巻頭に、三島由紀夫の「遺稿」の「天人五衰」の「最終回」が載っている。生れてはじめてこの作品に目を通した私は、その書き出しが「昭和四十九年のクリスマスを、透が……」という近未来であることに驚いた（ちなみに、その年、一九七四年の名言〈迷言〉として私は、『文藝春秋』で、長嶋茂雄の「我が巨人軍は永久に不滅です」という言葉を選んだ）。その最後の一行は、「庭は夏の日ざかりの日を浴びてしんとしてゐる。……」とあって、この一行を書き写しながら、私は、「……」という部分の意味を思っている。

なるほど、私たちは、「……」のように、「言葉」のリアリティを失った「寒い」時代を生きている。しかし、そういう「寒い」時代の中で、「剣」で腹を切って勝手にあの世に行ってしまった三島由紀夫と違って、私たちは、私たちの「言葉」のリアリティを表現しなくてはいけない。「文学」を探し求めて行かなければならない。そのためにこそ、まだ、文芸誌は、存在しなければならない。

夜の八時以降に仕事をしない私が、この原稿を書き始めたのは、二〇〇〇年十一月二十四日の夜八時半からである。そして、書き終えた今は、二〇〇〇年十一月二十五日の午前一時だ。私は「天人五衰」の末尾にある「昭和四十五年十一月二十五日」という日付けを見つめている。

その夜の出来事

待ち合わせは五時に山の上ホテル新館ロビーだった。

まさかそのまま二カ月近くも入院することになるとは思いもしなかった私は、書きかけの原稿用紙をそのままに、急いで身支度を整えると、四時二十分頃、三軒茶屋駅に向って、あわてて部屋を飛び出した。

振り返れば、そのひと月ぐらい(いや、半年以上も前から)、私は、いつも、あわてていた。忙しいという言葉を口にするのは嫌いだった。忙しいですか、という言葉を他人から口にされるのは、それ以上に不快だった。だから、出来るだけ平静をよそおった。実際、私は、忙しくはなかった。忙しいというのは、自分のやりたくない仕事で忙殺されている時に、口をついて出る言葉だ。私は毎週かなりの量の仕事をこなしていたけれど、それはすべて、自分のやるべき仕事だった。

三軒茶屋駅についた私は、いつもと違う改札から構内に入っていった。田園都市線の三軒茶屋駅は出口（入口）は一つだが、そこにたくさんの改札口が並んでいる。いつも私は、向って左側から数えて、奇数番目（例えば一番目だとか三番目だとか五番目だとか）の改札から入って行く。それは、電信柱のかげは左足で踏み越えなければ、といった程度の、私の、軽いジンクスだった。しかし、その日私は、偶数番目の改札を通った。通り抜けたあとで、私は、そのことに気づいた。

まぁ、しょうがないや。とにかく神保町に急ごう。

ホームに着くと、幸運なことに電車はすぐにきた。

車中で私は、ボールペンのことを考えていた。ゲラに赤を入れるボールペンが、そろそろきれかかっていた。私はパイロットの速記用の「太字」を愛用している。ごくありきたりのボールペンだが、普通の文房具屋であまり目にしない。私は神保町に一軒、そのボールペンを扱っている文房具屋を知っていた。赤だけでなく（インクはまだたっぷり残っているけれど）、青もついでに買い足しておこう。

そのボールペンの青は、私にとってラッキー・ペンで、もう十数年以上前から、それを購入した日には、必ず、何か良い事が私の身に起きる。これまたただのジンクスにすぎないのだが。

ボールペンを買えば改札を入り間違えたことを帳消しに出来るかもしれない、と私は考えた。

しかし電車が神保町に着いた時、私は、その考えをすっかり忘れ、山の上ホテルに向って急いだ。

打ち合わせは六時半頃終わり、編集者のAさんと私は、近くにある私のなじみの居酒屋に向った。

その居酒屋をあとにしたのは九時近かっただろう。靖国通りでタクシーをひろい、二人は、新宿ゴールデン街の、これまた私のなじみの居酒屋に向った。

神保町の店でも、この店でも、二人は、仕事の話をした。二人で、幾つかのシリーズや本の計画についての雑談を交わしている内に盛り上り、気がつくと、午前一時をまわっていた。泥酔していたわけではない。二軒合わせて、かなりの量の焼酎を飲んではいたけれど(たぶん二十杯は越えていただろう)、意識は、はっきりしていた。またあとで詳しく述べると思うが、妙なくらいはっきりしていた(しかし実は、こういう、変な酔い方をしている時が一番こわいことを私は、経験的に知ってはいたのだが)。

アレッ、もうこんな時間だ、そろそろ帰りましょうか、と言って、私たちは立ち上った。店を出たあと、いつもなら、左に向い、花園神社の突きあたりを右に折れ、花園交番を通過し、靖国通りを左に向い、明治通りを越えて、もう一、二軒ハシゴ酒というのが私のコースなのだが、この日は年末進行で、翌日も翌々日もかっちり締め切りがつまっていたので、まっすぐ帰ることにした。つまり、店を出て右に向い、遊歩道を通って靖国通りに出てタクシーを拾うことにした。

Aさんも私も、新宿から西側に住んでいるので、靖国通りに出たら、すぐに信号を渡り、少し左に歩き向こう側のタクシー乗り場から帰宅しようと考えていた。

店を出た時は二人で並んで歩いていたはずなのに、遊歩道を通過して靖国通りの信号を渡る頃には、私はAさんに十メートルぐらい遅れをとっていた。

その時、二人組のヤクザ風の男たちの片われが、私に、因縁をつけてきた。がっちりした体格で、年齢は四十五、六、つまり私より数歳上ぐらいの感じの男だ。

何と言って因縁をつけてきたのか、その正確な言葉は、もう覚えていない。たぶん、肩が触れただとか、ガンをつけただとか言った、そういう、ごくありきたりの因縁だったと思う。

その因縁に、私が、ひと言、言い返した瞬間、私の顔面にパンチが飛んで来た。私はまったくノーマークだったから、パンチは見事、クリーンヒットした。

私の喧嘩の上での常識から言えば、普通、暴力は、何らかの言葉のやり取りがあって、そのやり取りではラチがあかなくなったあげくに、爆発する。だから私は、まさか、ひとこと言い返しただけで、ノックアウトパンチをくらうとは考えていなかったのだ。いや、それより何より、そういう連中の因縁の言葉はただの「記号」にすぎないことを、ふだんの私なら知っているのに、その時の私は、その「記号」を意味づけ、まともに言葉を返してしまったのだ。

それからの数分間の出来事は私の記憶にない。

目が覚めると、私のすぐ横で、見知らぬオジさんが、イテテテ、と顔をしかめながら尻もちをついている。私は咄嗟に、このオジさんは、私が男たちから袋叩きされているのを止めに入って自分まで巻き添えをくってしまった親切な第三者だと思い、悪いことをしてしまったなと思いつつ、そのオジさんに、どなたですかと尋ねた。

するとそのオジさんは、一瞬驚いたように、B書房のAですよ、と答えた。

そうだ、ついさっきまでAさんといっしょに飲んでいたのだ！（あとでAさんから聞いた話では、ツボウチさん遅いな、どうしたんだろう、と思ってAさんがうしろを振り返った時、まさに私が殴られようとする瞬間で、続いて、袋叩きにされていた私を、Aさんが止めに入ると、Aさんまで、頭と胸にパンチを受けてしまったという）

私は何事もなかったように立ち上り、それにしてもひどい目に遭いましたね、とにかく今日は早く帰りましょう、と言って、タクシーを止めて、Aさんを先に送り帰した。かなりの傷を負っていたはずなのに、その間、私は、不思議と、少しのいたみも感じていなかった。

タクシーに乗ったAさんを見送ったあと、ジャケットの上から胸に手をあてると、私は札入れがなくなっていることに気づいた。もう一方のポケットに入っていた手帳は無事だった。

私は手帳からテレホンカードを取り出し、公衆電話を探した。そのころになると、私は、顔じゅう血だらけであることに気づいた。左眼の下をさわると骨がぐらぐらした。腹と背中にも鈍痛を感じていた。

電話ボックスを見つけた時、私は、自分が今、新宿のどこにいるのかまったくわからなくなっていた。家に電話して、私は、ヤクザ風の男たちに襲われたことを手短に説明したのち、銀行のカードやクレジットカードの無効の手配を指示し、「いったいどこにいるの」という家人の心配そうな問いかけに、「わからない、全然わからない、とにかく死にそうなんだ、あとは家に帰ってから説明する」と言って電話を切り（その時は、まだ、私は、本当に数時間後に「死にそう」になるとは思ってもいなかった。ただ、そういう言葉を修辞として大げさに使いたかっただけなのだ）、タクシーを探した。しかし次の瞬間、私は、タクシーで家に帰るだけの金を持ち合わせていないことに気づいた。出血と痛みは激しくなってきた。とりあえずタクシーに乗せてもらったのち、乗車賃は部屋に取りに行けばすむはずだが、血だらけの客がそんな不審な行動をとったら、運転手はどう思うだろう。この期におよんでも、私は、ふだんの小心さを捨て切れてはいなかった。

ジャケットの右ポケットをさぐると千円札が一枚出て来た。これで、どこかの交番まで乗せてもらい、警官に事情を説明しよう。

手を上げると、運良く、親切な運転手にぶつかった。運転手は私の話を聞くと、出血で車内が汚れることもいとわずに、そりゃ大変だ、すぐに交番に行かなければ、と言って、新宿の追分派出所に連れていってくれた。

そして追分派出所から、私は、救急車で東京女子医大病院に運ばれた。

東京女子医大病院では、最初、頭と顔を中心に検査を受けた。お酒はどれぐらい飲んでいますか？という質問に、私は、焼酎二、三杯ぐらいとウソをついた。

頭には異常はなかった。顔は二カ所骨折していた。

その間にも、腹と背中の鈍痛は続いていた。口から、とてもイヤなにおいのする吐瀉物が出た。いつの間にか夜は明けていた。鈍痛はひどくなって行ったが、我慢出来ないものではなかった。単なる打撲によるものか、内傷があるのか、まだ判断がつかなかった。レントゲン写真を見ても、その影が、内出血なのか、ただの脂肪肝なのか決定出来なかった。

集中治療室、いわゆるＩＣＵで、しばらく様子を見ることになった。

私の記憶では、あれは、午前十時少し前のことだったと思う。信じられないぐらい、腹が、痛くなってきた。私の生涯で、かつて、あれほどの痛みをおぼえたことはない。

そして緊急手術が始まった。

これが、その夜の出来事のあらましである。

ところで、私は、先に（かなりの量の焼酎を飲んでいながら）、その夜は「妙なくらい」に意識が「はっきりしていた」と書いた。そのことについて少し説明したい。

もう三カ月も前のことだから、正確には思い出せないが、あの時期、私の意識は少し異常（というより異様）だった。

あの頃、私は、言葉にとりつかれていた。それは『文學界』二〇〇一年一月号に載った連載「文学を探せ」の最終回（本書二百九十頁）に目を通していただければ、わかる。

私は言葉のリアリティに対して、過大な期待を持ちすぎていた。私の中に、いいかげんな私と生真面目な私が同居している。時どき、ほっておくと、生真面目な私が野放し状態になってしまう（出来るだけそれを相対化しようと、つまりポリフォニックな、おちゃらかしの視線を向けようと努めているのにもかかわらず）。あの時がそうだった。文学には真剣さも必要だが不真面目さも必要だ。不真面目なだけでは文学は腐ってしまうが、真剣なだけの文学は窮屈だ。重要なのはそのバランスである。

三カ月前の私は、今どきの文学の多くのうすっぺらな感じに腹を立て、言葉に対してあまりにも真剣に向いすぎ、異様なテンションになっていた。

軽い気持ちで（つまり読者の反応などまったく想定することなく）始めた連載「文学を

探せ」は、号を追うごとに、重い手ごたえが感じられるようになった。その手ごたえは私を奮い立たせもしたが、一方で、プレッシャーにもなった。自分の使う言葉のリアリティに対して、私は、今まで以上に責任をおぼえはじめていた。だから、そういう私に対するトンチンカンな批評に腹を立てたし、私の批判に対して、まともに答えようとせず、論旨をたがえて、自分に都合の良い反論を繰り返す人物に怒りを感じた。いや、怒りではない、やるせなさだ。どうして彼らは、言葉を悪用するのだろう。そんなことでは言葉が死んでしまう。

私はますます、文学者のはしくれである自分の言葉の使用法に対して使命感をおぼえていた。少々荒く、つたなくとも、言葉のリアリティだけは守らなければ。

そういう、言葉に対する意識が昂進して行った時、それに重なるように、私は、『文藝春秋』二〇〇一年新年号の「百年、百の名言集」という原稿執筆のため、明治、大正、昭和の言葉の海に飛び込んだ。それはまさに、「少々荒く、つたな」かったりもしたけれど、強いリアリティを持った言葉の海だった。その顚末は、「文学を探せ」の最終回で書いた通りだが、私は、言葉に酔っぱらってしまった（だから、焼酎二十杯ぐらいでは酔わなかったわけである）。それが、事故に遭う直前の私の状態だ。

二十歳ぐらいの時、私は、言葉とリアリティの関係を真剣に考え――つまり言葉と現実（例えば肉体）の二律背反に悩み――ポール・ヴァレリーの小説『テスト氏』を繰り返し読み返した時期がある。『テスト氏』の主人公テスト氏は、すべての現実と言葉が明確な一対一の対応関係を持っていることを夢想している（た）人間だ（例えばホフマンスタールの小説『チャンドス卿の手紙』のチャンドス卿やサルトルの小説『嘔吐』の主人公のロカンタンもテスト氏の同病者たちである）。

私にとって、テスト氏の病は、若い時のほんのいっ時のはしかのようなものだったけれど、文学のことに頭を集中させると、一瞬、病が再発する時がある（だから文学については、あまり生真面目に取り組みたくはないのだ、私は）。

「文学を探せ」の最終回を執筆していた去年の十一月終わりの私は、病が再発していた。

例えば、その末尾を、このように結んだ私は。

なるほど、私たちは、「……」のように、「言葉」のリアリティを失った「寒い」時代を生きている。しかし、そういう「寒い」時代の中で、「剣」で腹を切って勝手にあの世に行ってしまった三島由紀夫と違って、私たちは、私たちの「言葉」のリアリティを表現しなくてはいけない。「文学」を探し求めて行かなければならない。そのためにこそ、まだ、文芸誌は、存在しなければならない。

夜の八時以降に仕事をしない私が、この原稿を書き始めたのは、二〇〇〇年十一月二十四日の夜八時半からである。そして、書き終えた今は、二〇〇〇年十一月二十五日の午前一時だ。私は「天人五衰」の末尾にある「昭和四十五年十一月二十五日」という日付けを見つめている。

こう書いた四日後、十一月二十九日午前一時過ぎ、新宿の靖国通りで、「その夜の出来事」が起きた。「その夜」という部分は、「そのよる」ではなく、「そのよ」と読んでもらいたい。つまり、「この夜（世）」でも、「あの夜（世）」でもない、「その夜（世）」である。夜の辻《クロス・ロード》には神がいるのか悪魔がいるのかわからないけれど、その夜、二〇〇〇年十一月二十九日午前一時半過ぎ、私は、靖国通りの「夜の辻」でヤクザ風の男に襲われ死にそうになった。

テスト氏の病にかかった時、おそろしいのは、言葉のリアリティに対しての過信が研ぎ澄まされるに従って、それを、肉体のリアリティに対抗させたがってしまう点である。対抗させて、しかも挫折すると、おうおうにして、例えば三島由紀夫のように、安易に肉体（剣）のリアリティを鍛えようとする。どちらも、同じ穴のむじなである。

言葉にとりつかれていた、「その夜」の私は、何もこわいものがなかった。文字通り、私には言葉がついている。つまり、「言葉が味方」であると、私は考えていた。それが、「その夜」、「妙なくらい」に意識が「はっきりしていた」理由だ。私はハイテンションだった。比喩的に言えば、「その夜」、私は、ダンプカーが私のもとに向って走ってきても、少しもこわくはなかっただろう。なにしろ、私には、「言葉が味方」なのだから。

そして私はノックアウトパンチを受けた。先を歩いていたAさんが後ろを振り返った時、私はパンチを受ける寸前で、私のジャケットが、風を受けて、ちょうど、マントのようにはためいていたという。言葉のリアリティを過信していた私は、男たちと何ら有効な言葉のコミュニケーションを交わすことなくノックアウトパンチをくらい、「そのよ」へと失神していった。

死がリアリティを帯びて実感出来る瞬間になると、人は案外冷静なものになるのだな、と、集中治療室から手術室に向うベッドの上で私は考えていた。旧館四階の集中治療室から新館二階の手術室までは、途中、連絡のよくないエレベーターを二つ乗り継ぎ、すきま風の吹く廊下を通って、少し時間がかかる。

血圧、上が六十三です、などという若い医師の声を聞きながら、私の頭の中で、様ざまな想念が浮かんでは消えた。私はとても気の弱い男である。例えば、誰かからピストルを突きつけられて、お前を殺すと言われたら、私は、小便をちびってしまうかもしれない。

しかし、この時は、私は、あまり死への恐怖は感じなかった。ピストルを突きつけられた場合は、まだ何らかの脱出へのチャンスをうかがっているのではないか。だからこそ恐怖を感じるのではないか。だが、ベッドの上で身体を横たえている私は、最終的な運命を、医師の技術にゆだねている。私はその技術を信用し、生への意志をつよく持つしかない。それ以外に、その場で私の取るべき選択はない。そう考えると、不思議に、自分に対して客観的になったりする。

ベッドの上に横たわっていた私は、客観的に、こんなことを考えていた。

「どうせ死ぬのなら、あんな名もないチンピラに殺されるのはいやだな。もっと大物に殺されたかったな（バカバカ、何をお前はうぬぼれているんだ）。いや、ああいう名もないチンピラに殺されるほうが、かえって、現代的でかっこいいかもしれないぞ（バカだねお前は、どこまでナルシストなんだよ）」

私の頭の中で、さらに幾つもの想念が、うずをまく。

「いずれにせよ、言葉は無である。しかし、だからといって、剣が言葉を越えるわけではない。確かに自分は今、暴力にやられ、強烈な痛みにおそわれている。だが、その痛みを表現するものも、また、言葉だ。オイオイ、お前は、いったい何を考えているんだ、この期におよんでまで、まだ言葉と肉体の二律背反の問題を考えているのか。それより、こんなことになってしまって、もし死んで、誰かが来週出る『文学を探せ』の最後のあの部分とこの事件を結びつけ、何かわけあり気のことを語ったら、お前は恥かしくないのか」

開腹手術に向うベッドの上で、私は、先に引いた「文学を探せ」の末尾の、こういう一節を思い出していた。

そういう「寒い」時代の中で、「剣」で腹を切って勝手にあの世に行ってしまった三島由紀夫と違って、私たちは、私たちの「言葉」のリアリティを表現しなくてはいけない。「文学」を探し求めて行かなければならない。

その時私は、とても強く、生への執着をおぼえた。絶対に死にたくない、と思った。もしこのまま死んでしまったら、結局、同じ穴のむじなだ。テスト氏の病。言葉と肉体の二律背反のブラックホールにすい込まれて行く。それはだめだ。「この世」でも「あの世」でもない「その世」の、薄れ行く意識の中で、私は、そんなことを考えていた。

「言葉と肉体の二律背反におちいることなくリアリティを持った言語表現を探して行くこと。言葉の現実的効力を過信することなく、しかし、安易に肉体や現実の言葉に対する優位性を強調するのでもない、そういう、ほどほどのバランスのとれた、適当に力のぬけた、たしかな、しかしリアリティを持った、いわば『そのよ』の言葉を、もし体が回復したなら、模索しなければ。でも、そんなこと、オレに可能かな。ホラホラ、また、そうやって真剣に考えちゃって。変に真面目になっちゃうのが、お前の欠点だよ。肩の力を抜いて、肩の力を抜いて。言葉なんかなんぼのものじゃ、肉体なんかなんぼのものじゃ、と力を抜いた瞬間、ミラクルな表現が生まれてくるんだよ……」

そして開腹手術が始まった。

「あとがき」にかえて

当初私は、この『文学を探せ』に「あとがき」は不用だと考えていた。『文学を探せ』は、いつもの私の連載や著作にも増して、実は、きわめて私的な作品である。つまりこれは、一九九九年半ばから二〇〇〇年末までに至る私の「暴走」の記録なのである。その「暴走」のあとを振り返って、それに何か感想を付け加える自己愛は、私に薄い。いや、正確に書けば、私はもっと強い自己愛を持っている。

ただし、ひと言、書き添えておきたいことがある。

連載の十五回目(「『言葉』の『正しさ』と『正確さ』の違いについて」)で触れた、私の父親の「書類送検」は結局、不起訴処分になった。そのことを報道したのは、確か、「日経新聞」と「毎日新聞」だけだった。つまり、これを事件として事実化させた肝心の「読売新聞」は報道しなかった。

新聞やテレビで「書類送検」あるいは「逮捕」と報道されたことと関係あると思いたくはないのだが、その頃から、つまり二〇〇〇年の下半期頃から、私の父親のビジネスは下降線をたどっていった。本文でも記したように、私の父親は、いわゆるフィクサーと呼ばれるタイプの、すなわち、フリーの実業家である。フリーの実業家である彼にとって、ビジネスは、信用第一である。

三度に渡る手術を受け二カ月近い入院生活を終えて、私が退院し、どうにか私の仕事がもとのペースに戻りはじめた頃、二〇〇一年一月末、父親の借金により、私の実家に、裁判所から、競売処分の通告が届いた。父親は、以前、家を抵当に、東京三菱銀行から、ビジネスの資金を借りていたのである（ちなみに、先に触れた第十五章で登場する「ある大手銀行」とは東京三菱銀行のことである）。

東京世田谷の赤堤にあるその家は、途中の建て替えをはさんで、私が三歳だった一九六一年から、ちょうど四十年に渡って、今は、私の両親と姉が住み続けている。私自身は、別にその場所のことを故郷《ふるさと》だとは思っていないから（では、私にとって「ふるさと」とは、いったい、どこだろう）、それほどの執着はない。長男であるけれど、私は、もともと、父親から、遺産だとかその種のものを期待していない。三十歳近くまでぶらぶらさせてくれたことで、父親に対しては、充分感謝している。

実際の入札がはじまったのは、その数カ月後、六月十一日からだった。

私はそれまで弟と頻繁に連絡を取り合った。

最低入札価格は五千五百万円だった。入札に参加するためには二十パーセントの供託金

（正式には「買受申出保証金」）が必要だという。つまり、この場合で言えば千百万円。

弟の話では、父親は、知り合いの資金援助を得て、入札に参加するつもりらしい。本人自身は入札に参加出来ないから、知り合いに肩がわりしてもらう。知り合い、というのは、たぶん、今の父親のビジネスパートナーだろう。

大丈夫だろうか、と私は思った。

私の父親は、楽天的で、きわめて大ざっぱな人間である。その大ざっぱさが、ここまでに至るビジネスの失敗をまねいたともいえる。

私は、父親が、入札に参加出来ない時のことを考えた。

先にも述べたように、私は、私の実家がなくなってしまうことに、それほどの執着はない。

ただひとつ気がかりだったのは、病気で寝ている母親のことだ。去年の夏に倒れた私の母親は、半年経って、ようやく、自力で立ち上れる程度に回復したところだった。母親は今年、七十四歳だ。その母親が、病床で、家を失ってしまったなら、どんな気がするだろう。

六月十一日の入札がはじまっても、父親は（その知り合いは）、まだ入札に参加しなかった。たぶん、千百万円の金が集められないのだろう。入札期間は一週間、つまり六月十八日までだ。

私は、弟に、あることを相談した。

あることというのは、ギリギリまで様子を見て、父親に内緒で、私も、入札に参加しようと考えたのだ。
五、六年前までは、いつも、百万円のあたりを前後していた、私の銀行口座の残高は、いつの間にか、一千万円を越えていた。筆一本でのこの残高を、私は、自分自身で誉めてあげたい。
実業家の父親が実業の失敗によって失った家を、その息子が、筆一本で買い戻せたなら、ちょっと皮肉っぽくて面白いじゃないか、と私は考えた。

弟と相談すると、六千五百万円で入札すれば固いという。私は父親の動きを見て、六千五百八十万円で入札に参加することを秘かに決意した（なぜ六千五百万円に八十万円プラスしたかというと、五八《ゴハチ》というのが、一九五八年五月八日に生まれた私の、ラッキーナンバーなのだ）。弟の話では、父親は七千万円で入札に参加するつもりらしい。六千五百万円で固いなら、七千万円ならガチガチだ、まず入札出来るだろう。だから六月十八日までに父親が七千万円で参加してきたら、私が入札を見送っても、全然OKということになる。

そうして二日、三日、四日が過ぎても、つまり六月十四日木曜日になっても、父親は（その知り合いは）入札に参加してこなかった。

私は弟と連絡を取った。六月十八日までの入札期間ののち、入札結果が明らかになるのは、その一週間後の六月二十五日。そこで当選となった場合、だいたい二カ月（最短の場合は、ひと月）以内に、残りの代金（この場合で言えば五千五百万）を一度に支払わなければならない。だから、もし私が入札に参加し、当選した場合、私は、すぐに五千五百万円の借金をしローンを組む必要がある。

六月十五日金曜日、私と弟は、午前十時に三井住友銀行下高井戸支店を訪れた。なぜ同銀行の同支店かと言えば、単に、そこに私の銀行口座があるからだ。

ノーアポでありながら、応対に出た行員（仮にA氏としておく）は、とても丁寧だった。こちらの事情も良く飲み込んでくれた（ように思えた）。

五千五百万円の借金を、私は、毎月三十万円返済の二十年ローンで、と申し出た（その気になって、しゃにむに仕事をすれば、私は、その半分以下の期間で返済する自信はあったのだが）。文筆業であっても、例えば私が、どこかの大学の専任であれば問題なくローンが組めるのだが、筆一本の私は、ただの自営業である。

こういう時代ですから、自営業の方への高額のローンを組むのはなかなかむずかしくて、とA氏は言った。だけど、僕はここ数年、右肩上りですよ、そのことは僕のこの銀行の口座のお金の動きを見ていただければ良くわかっていただけるはずです、と私は答えた。

いずれにせよ、来週の月曜日に、ここ三年分の確定申告の書類と、自営業者である私の社会的信用を証明する新聞や雑誌の私の紹介記事のコピーを持って、A氏のもとを再訪することになった。

その日、六月十五日金曜日の夕刻が過ぎても父親たちは入札に参加しなかった。

そして六月十八日月曜日、朝。ふたたび三井住友銀行下高井戸支店を訪れた私と弟は、A氏に書類やコピーを提出したあと、その場で、東京地方裁判所出納第一課への一千百万円の供託金の入金を済ませ、その足で東京地方裁判所に向い、予定通り六千五百八十万円で入札に参加した。

予定通りとあえて傍点を振ったのは、実は、私は、その時、大変な事実に直面していたからである（逆に言えば、私と弟は、うかつにも、ついほんの数日前まで、そういう事実に、気がつかないでいたのだ）。

大変な事実というのは……。もし入札で当選し、入金日までに残りの代金を全納出来なかった場合には、供託金が戻って来ないのだ。つまり、この場合で言えば、私が期日までに五千五百万円の借金が出来なければ、私の支払った一千百万円の供託金はパーになってしまう。そんな理不尽な話があって良いのだろうか。

しかし今は、そんな一千百万円のことを惜しんではいられない、とにかく入札に参加しなければ。

結局、六月十八日夕方、入札が終了するまでに、私の父親は、入札出来なかった。それから一週間の私の心理は複雑だった。父が入札に参加出来なかったとなると、実家の運命は、すべて私の肩にかかっている。もし六千五百八十万円で落とせなかったら、どうしよう。

いや、私は、それ以上に、落とせた場合のことを考えていた。

三井住友銀行がノーと言ってきたらどうしよう。一千万円が一瞬にしてなくなってしまう。弟の話では、あさひ銀行が自営業者のローンに少し親切だというから、口座を移し変えて、あさひ銀行に相談してみようか。だけど、いざローンが組めたとして、毎月三十万円ずつ二十年というのは、ちょっとしんどいな。物欲の強い方では全然ないけれど、そのローンのせいで、人間がセコくなってしまったら、いやだからな。

三井住友銀行から弟のもとに連絡があったのは、三日後の六月二十一日木曜日だった。結果は、ノーだった。A氏はA氏なりに努力してくれたらしいのだが、弟の話では、三井住友銀行の保証会社は、父親の競売物件を実の息子が買おうとするのは道義的に問題があると言っている、というのだ。

道義的に問題がある、という言葉を耳にした時、私は、怒りで頭に血がのぼった。父親の事業の失敗で競売となった実家を、息子が筆一本で買い戻そうなんて、今どきこんな、「道義的」な話があるだろうか。だいたい、バブルの時にさんざん、「道義的に問題がある」金の貸し出しを行なったのは、他ならぬ住友銀行（当時）ではなかったのか。こういう虚偽に満ちた言葉でもって、私の借金の申し出を拒絶した三井住友銀行に対して（そういう、いわゆる実業だと思われている虚業者たちに対して）、文学者である私は、すなわち言葉を職業とする私は、私なりの秘かな復讐を誓った。

文学は私にとって一つの実業だから。

附記

六月二十五日月曜日、入札結果が明らかになった。不動産業者を中心とした十組の入札者の内、私は、五十九万三百円の差で、第二番目に終わり、私の実家は人手に渡った。

坪内祐三

二〇〇一年七月七日

解説
「全身読書家」の「新しい言文一致」と「強い怒り」

平山周吉

まかり間違えれば、この『文学を探せ』という本が、坪内祐三の「遺著」となっていた。二〇〇〇年十一月二十九日歿。享年四十二。厄年。二十一世紀に入ってからの十九年の執筆活動はなかった。

そうなっていたら、本書は連載最終回の「消費される言葉と批評される言葉」が「遺稿」となっていた。そのラスト部分を引用してみる。

「その最後の一行は、「庭は夏の日ざかりの日を浴びてしんとしてゐる。……」とあって、この一行を書き写しながら、私は、「……」という部分の意味を思っている。／なるほど、私たちは、「……」のように、「言葉」のリアリティを失った「寒い」時代を生きている。しかし、そういう「寒い」時代の中で、「剣」で腹を切って勝手にあの世に行ってしまった三島由紀夫と違って、私たちは、私たちの「言葉」のリアリティを表現しなくてはいけない。「文学」を探し求めて行かなければならない。そのためにこそ、まだ、文芸誌は、存在しなければならない。／夜の八時以降に仕事をしない私が、この原稿を書き始めたのは、二〇〇〇年十一月二十四日の夜八時半からである。そして、書き終えた今は、二〇〇〇年十一月二十五日の午前一時だ。私は「天人五衰」の末尾にある「昭和四十五年十一月二十五日」という日付けを見つめている」

「遺稿」にふさわしいトーンがある。遺言を聞いているようでもある。坪内祐三という物書きにはさまざまな顔があったが、その一番の素の部分を書いてしまったようなおもむきもある。私がいま引用した部分とほぼ同じ箇所を、生還した坪内は「その夜の出来事」の章で引用している。繰り返し二度引用している部分もある。その部分を想起した時に、「生への執着をおぼえた」とも書いている。瀕死の坪内祐三を救ったのもこの言葉だった。

二〇〇〇年十一月二十九日の午前一時過ぎの事故の経緯は、「その夜の出来事」の章に詳しく書かれている。その後、二ヶ月近く入院し、三度の手術を受け、無事に退院し、執筆活動を再開した。正確にいえば、入院中に再開している。「週刊文春」の連載「文庫本を狙え！」を二回も休載したのを口惜しがり、ベッドで書き始めるのだ。そんな状況ではないだろうに。

「御存じの通り、私は、けっこうミーハーな所がある。／こういう状況で『病牀六尺』を読むというのは、中々得難い経験なのではないか、と私は考えた。これぞ、ただの読書で

坪内祐三（2001年2月9日）

はなくて、もっと全身的な読書が出来るのではないか」（「週刊文春」01・1・18）
正岡子規の薄っぺらい岩波文庫を取り寄せ、激しい痛みに襲われながらも、子規最晩年の文章を味読、いや、体読するのだ。「子規のつらさに比べれば、私のそれなんてまだまだだと思いながら」。死んでもラッパを放さなかったのは木口小平だが、「全身読書家」の坪内祐三は死にそうになっても文庫本を手放さない。本来ならば、書評する本を自分で書店の棚から抜き出すところから、坪内祐三の「書評」は始まるのだが、そうも言ってはいられなかった。
退院後に書かれたのが、「文學界」二〇〇一年四月号に載った、本書の最終章となった「その夜の出来事」である。ここには、もう完全に復調し、さらに危険を恐れない物書きとなった坪内祐三がいるが、「群像」同年同月号の山口昌男との対談「魯庵・バルト・ベンヤミン」（対談日は二月九日）に載っている顔写真は、精気が戻り切ってはいない。表情に力がないのは、顔の中にまだ異物を入れているせいかもしれない。しかし、この後、坪内祐三は奇跡的に回復し、執筆の勢いは衰えることなく、酒量はさらに増し、十九年間を突っ走って、斃れた。
冒頭に引用した部分でわかるように、坪内祐三は文学を、文芸誌を、言葉のリアリティを信頼し、文学に、文芸誌に、言葉のリアリティに賭けていた。それだからこそ、文学と非文学、文学者と非文学者との嗅ぎ分けは徹底して、妥協を許さなかった。それは文学、というより、言葉、といった方がより正確かもしれない。あるいは時代とも、人間とも、世間とも、言い換えが可能かもしれない。目に入るあらゆる事象と人間を即座にインプットし、記憶し、判断し、真か否か、虚飾はないか、嘘はないか、を選り分けた。

「文学を探せ」は、「文學界」の平成十一年（一九九九）八月号から一年半にわたり連載された。原稿を坪内さんに依頼したのは私だった。「文學界」の読書欄を充実させるべく、その巻頭に「［フィールドワーク］文学を探せ」と銘打った連載コラムを設けた。六頁分だから、四百字詰め原稿用紙にして約二十二枚と長めだが、三段組で組んであるので、時評コラムという体裁である。その枠組みの中で、坪内さんの原稿のボルテージは上がっていった。本人も「消費される言葉と批評される言葉」の章で書いているように、文芸誌という舞台のせいもあった。

「批判や私信を含めて、これほどの反響の多い連載は今までなかった。ほんの軽い気持ちで引き受けたはずのこの連載に、私は、緊張していった。／文芸誌の力だと私は思った。（略）けれど、文芸誌に書く時は、何をどう書いても良いという気持ちに、私をさせる。だからこそ私のリアルが表現できる」

「文芸誌」が自称「雑誌小僧」の坪内祐三にとって、スペシャルな媒体だったのは不思議だが、事実だった。『ツボちゃんの話――夫・坪内祐三』に、佐久間文子が書いている。

「筆が早く、「書くことが楽しくてしかたない、これでお金ももらえるんだからいいよね」と口ぐせのように言っていたツボちゃんが、珍しく苦しんで書いたのが、文芸誌に連載した『文学を探せ』と『別れる理由』が気になって』だった。／『文学を探せ』は「文學界」、『『別れる理由』が気になって』は「群像」で、月末の文芸誌の締切が迫ってくると、決まってようすがおかしくなった。／夜、飲みに出る回数がめだって多くなり、酒量も増えて、悪酔いして帰ってくる。家に戻っても、ちょっとしたことで怒り出すので警戒が必要だった」

坪内さんがここまでプレッシャーを感じながら書くとは、私は考えてもいなかった。坪内さんの読書コラム集『シブい本』に収録された「芸文時評」（初出はマガジンハウスの月刊誌「鳩よ！」）をまた読みたいと思っただけだった。「様々な文章の中から、ある種のアクチユアリティ、時代のリアルを探し求める」のが、「芸文時評」の信条だった。「文芸」をさかさまにした「芸文」はどこに、どんな媒体に潜んでいるかわからない。立ち読み的感性で、広くサーチして、「いま」を生きている文章を見つけ出すのが坪内祐三の得意技だった。「フィールドワーク」と付けたのは、坪内さんの「行動力」に期待したからだった。

坪内さんの「文学」とは、作家や作品を論じていればすむ、という性質のものではない。作家の生活や作品の成立の背景にまで目配りを怠らない。坪内さんの「文学」は、時代背景や出版状況も、交友関係や編集者の存在も、すべて視野におさめていた。「文壇」

とはパーティや文壇バーだけではなく、匿名時評だけでもない。過去の出版文化史との連続性をも意識していた。坪内祐三の「文学」はとてつもなく大きかった。

この解説を書くために、ひさしぶりに『文学を探せ』を読み直していて、第八回の「柄にもなく、少し使命感などを覚えていたその時に……」に至って、私はあわてる。ここで大書されている「大きな誤植」「決定的な誤植」を犯したのは、担当編集者であった自分だからだ。ゲラでの赤字校正の引き写しで、間違った箇所に赤字を書き込んでしまったのだ。坪内さんが、怒りのあまり、連載を中止するなり、担当をクビになっても文句が言えない事態だ。この事態がどう収束したのか。私には記憶がない。都合よく、記憶が飛んでいる。もっと後の坪内さんだったら、ここで関係は終わりとなっただろう。

原稿では、「私も編集者の経験があるから、えてしてこういう肝心な所で誤植が生まれがちなことは知っている」と救ってはくれているが、坪内さんの怒りはどれほどだったか。この時、坪内さんを襲ったのは、「怒りより悲しさ、そして脱力感」だった。「誰もが言いたがらない批判を口にする」という「使命感」などを持ったばっかりに。ここから、連載の性質が変わる。坪内祐三がより坪内祐三らしくなる。

「やはり私は自分の身の丈にあったことだけを語ることにしよう」

「今月は、私の好きにさせてもらう」

連載は、この回を機に、ドライブが入った。「役割」意識を捨て、毎月が、「今月は、私の好きにさせてもらう」の方向に進んだ。新聞小説について二回、書評について三回。書評論は特に力が入り、「怒り」が爆発していった。それから、「父親」坪内嘉雄に関する新聞報道に関しての「怒り」。「私」の中の「強い怒り」がむしろ主役になっていく。その「強い怒り」で『文学を探せ』は、時評という枠を越え出て、言葉がリアルをつかまえようとする「作品」になっていったのであろう。破滅型の「私小説」にも近づいていく。その「身の丈にあった」勢いが、二〇〇〇年十一月二十九日の「事故」をも招き寄せたのではないか。

「強い怒り」は、もともと坪内祐三に物を書かせる大きな動機だった。『靖国』を読むと、それがよくわかる。「東京人」の編集部員時代に、近所の靖国神社を散歩中に、強い衝撃を受ける。「私は酷《ひど》いと思った」と書かれているが、これは激しい怒りだったろう。国のために犠牲となった死者たちの魂を招き寄せる場である「招魂斎庭」が、無残にも駐車場になっている。その怒りを持続させて『靖国』が本になるのは十年後だ。

怒りはやがて「強い怒り」になって、坪内祐三の仕事の中で比重を増していく。本を語っても、雑誌を語っても、書店を語っても、町の変容を語っても、怒りが正面に出てくることが増えてゆく。怒りが、もうどうにもとまらなくなっていく。

坪内祐三の中の大きなテーマとして、「言文一致」があった。一九七九年（昭和五十四年）の「言文一致」を大きなテーマとして、『後ろ向きで前へ進む』（晶文社、二〇〇二が書かれた。「一九七九年に文章表現の世界で一つの大きなパラダイム・チェンジが起きた」として、小説の村上春樹、エッセイの椎名誠、批評の蓮實重彥の出現を挙げた。それから二十年がたって、何かが変わろうとしている。それを文章でつかまえなければならない。それが、この当時の坪内祐三の中にはあったのだと思われる。

『文学を探せ』と同時進行で進めていた仕事として、『「近代日本文学」の誕生――百年前の文壇を読む』（PHP新書、二〇〇六）がある。「文學界」の巻末に、「吾八」というペンネーム（一九五八年五月八日生まれなので「吾八」）で、「文學界　百年前の今月今夜」として連載されていた一頁コラムだ。百年前の文壇史を毎月ちびちびと辿るうちに、一九〇六年（明治三十九年）が「近代日本文学」が誕生した年だ、と気づく。通説では、二葉亭四迷や山田美妙の「言文一致」が試みられた明治二十一～二十二年（一八八八～一八八九）に誕生の時期が置かれる。しかし、その試みは挫折し、日露戦争後の明治三十九年に「近代日本文学」は誕生した。島崎藤村の『破戒』、夏目漱石の『坊っちゃん』『草枕』、二葉亭四迷の『其面影』が出た年で、雑誌では、滝田樗陰の「中央公論」、高浜虚子の「ホトトギス」、島村抱月の「早稲田文学」、田山花袋の「文章世界」が勢いを持った年にあたる。

柳美里、福田和也、坪内祐三、リリー・フランキーの四人が「責任編集」となって、「超世代文芸クォリティマガジン」の「エンタクシー」が創刊されるのは二〇〇三年の三月である。二〇一五年に四十六号を出して休刊するまで、福田和也と坪内祐三は、ここで新たな文学シーンを作ろうとしていた。その試みがどこまで成功したか、今は問わない。その時分、「エンタクシー」に一番文学があったことだけは確かだ。「編集小僧」の坪内さんは、そこで「新しい言文一致」を念頭に書き、編集し、「文学を探せ」を実行していた。

年譜

坪内祐三

一九五八年（昭和三三年）

五月八日、父坪内嘉雄、母泰子の長男として、東京都渋谷区幡ヶ谷本町（現・本町）に生まれる。父嘉雄はのちのダイヤモンド社社長。母泰子は、井上通泰（旧名松岡泰蔵。歌人・国文学者、眼科医）の孫。通泰の弟に、民俗学者柳田國男、言語学者松岡静雄、日本画家松岡映丘がいる。

一九六一年（昭和三六年）　三歳

世田谷区赤堤に転居する。この頃、母がカソリックの洗礼を受ける。

一九六五年（昭和四〇年）　七歳

世田谷区立赤堤小学校に入学する。一年下に翻訳家岸本佐知子がいたほか、作家吉田篤弘、翻訳家鴻巣友季子も同じ時期に通学していたことがのちにわかる。

一九七〇年（昭和四五年）　一二歳

この頃、下北沢のカソリック教会の公教要理に通い始め、数か月後、洗礼を受ける。洗礼名はルカ。

一九七一年（昭和四六年）　一三歳

世田谷区立松沢中学校に入学。同級生に翻訳家の松本百合子、パンク歌手の琴桃川凜がいた（二〇〇二年一〇月、「文藝春秋」の「同級生交歓」の欄にこの三人で登場）。一人で映画館に行くようになる。

一九七二年（昭和四七年）一四歳
英語の成績が悪く、柳田國男の長男為正の妻冨美子から、成城の柳田邸で英語の個人授業を受ける。
一九七三年（昭和四八年）一五歳
父嘉雄が、財界の意を受け経営難のダイヤモンド社の社長になる（八三年まで。八三年から九三年まで会長）。
一九七四年（昭和四九年）一六歳
私立早稲田高校に入学。じゃんけんで負けて図書委員になり、本を読むようになる。
一九七七年（昭和五二年）一九歳
大学受験に失敗、お茶の水の駿台予備校に通う。
一九七八年（昭和五三年）二〇歳
四月、早稲田大学第一文学部に入学。
一九七九年（昭和五四年）二一歳
春、ミニコミ誌「マイルストーン」に参加する。人文専修を選択する。一二月、「週刊新潮」一〇月一八日号の「掲示板」に掲載された「事務局員数名の救援を求む」の記事を見て、銀座東急ホテルに福田恆存を訪ねる。
一九八二年（昭和五七年）二四歳
文藝春秋を受験、筆記試験で落ちる。
一九八三年（昭和五八年）二五歳
一年留年して大学卒業。卒業論文は「一九八二年の『福田恆存論』」（『後ろ向きで前へ進む』晶文社所収）。早稲田大学大学院英米文学科に進む。指導教官は松原正。
一九八五年（昭和六〇年）二七歳
三月、リング・ラードナーの古本を買いにニューヨークへ。初めての海外旅行。
一九八六年（昭和六一年）二八歳
三月、早稲田大学大学院修士課程修了。修士論文は「ジョージ・スタイナー論」。家庭教師などしながら自由な時間を過ごす。
一九八七年（昭和六二年）二九歳
九月、父親の紹介で都市出版に入社。創刊まもない「東京人」の編集部に配属されるが、家庭教師として受験生を担当していたため、年度末まで夜はアルバイトを続けた。

一九八九年（昭和六四年・平成元年）　三一歳

実家を出て、父が購入した三軒茶屋の中古マンションでひとり暮らしを始める。

一九九〇年（平成二年）　三二歳

九月、仲の良い後輩が解雇されることになり、粕谷一希編集長に抗議したことがきっかけで、何のあてもないまま都市出版を退社。一二月、伊藤新吉名義で「東京人」に「BOOKS & MAGAZINES FROM ABROAD」を執筆。

一九九一年（平成三年）　三三歳

一月、「角川文庫のアメリカ文学が僕の大学だった」を「本の雑誌」に発表。「読書日記」の連載が始まって以後は、同誌の「スタッフライター」を自任し、多くの原稿を書くようになる。山口昌男の東大駒場キャンパスでの週一回の授業の「贋学生」となったほか、古書展・古書店通いをともにし、「テニス山口組」の一員としても活動。京都の国際日本文化研究センターの共同研究や電通総研の研究会にも山口に誘われ参加する。七月、「未来」で「変死するアメリカ作家」の連載を開始（九三年五月まで断続掲載）。夏、アメリカ旅行。一一月、「鳩よ！」で堀切直人と対談（「開高文学の魅惑を探る」）。

一九九二年（平成四年）　三四歳

フリー編集者として携わった「月刊Ａｓａｈｉ」七月号の「20世紀日本の異能・偉才100人」が評判になり、異例の売れ行きを示す。七月、神藏美子との婚姻届を出す。一一月、山口昌男が福島県昭和村の廃校跡地で始めた取り組みを、「喰丸文化再学習センター開所祭まで顚末記」として「へるめす」に発表。

一九九三年（平成五年）　三五歳

「月刊Asahi」一・二月合併号「日本近代を読む［日記大全］」の編集に携わる。言語学者徳永康元にインタビュー。三月、「へるめす」に、デレク・ウォルコットへのインタビュー「中立的な言葉など一つもない」を翻訳。

四月、「月刊Asahi」で書評連載が始まる。同時に、鮭缶五平次の筆名でコラム「地味な本」の連載も開始（いずれも九四年三月の休刊まで）。目白学園女子短大の非常勤講師となる（二〇〇〇年三月まで）。

九月、「月刊Asahi」九月号の「近代日本の異能・偉才実業家100人」の編集に携わる。

一〇月、「結城禮一郎のこと」を「彷書月刊」に書く。「週刊朝日」の書評執筆者となる（九六年九月まで）。一回目（一〇月一五日号）は、内田春菊『ファザーファッカー』（文藝春秋）。一一月、「気になるヴィーコ『新しい科学』」を「思想の科学」、「カルトを超えたウルトラ・マイナーは偉大なニッポン文学」を「CREA」に書く（筆名スタンレー鈴木）。一二月、「鳩よ！」で「芸文時評」、筆名での「金子一平のTVウォッチング」の連載を同時に開始（九四年一一月号まで）。

一九九四年（平成六年）　三六歳

一、二月、関井光男、山口昌男と「彷書月刊」で鼎談（「奇人の『コスモロジー』」）。二月、「思想の科学」に「12月8日」を書く。「彷書月刊」で「極私的東京案内」の連載を開始（九七年六月まで）。三月、「卒業生御三家に見る校風の研究」をスタンレー鈴木名義で「東京人」に書く。

四月、「外国語でない日本語の耳ざわり」を「思想の科学」に書く。八月、「異能・偉才100人」を見た細井秀雄の依頼で「ノーサイド」の「明治大正昭和　異色の『父と子』

100組。」を編集。

一一月、福田恆存死去（二〇日）。「靖国神社は明治のハイカラ」を「諸君！」に、「STUDIO VOICE」「ぴあ」「別冊ゴング」「宝島」「本の雑誌」を「思想の科学」の特集「現代雑誌名鑑・不完全版1970―1994」に書く。一二月、「小さな社会人大学中公文庫の100冊」を「ノーサイド」に書く。「Ronza」創刊準備号に、「今月のハードな本」のタイトルでドゥルーズ・ガタリ『千のプラトー』（河出書房新社）を書評。

一九九五年（平成七年）三七歳

一月、亀和田武と「鳩よ！」で書評対談（「今月の五冊」）。以後、同誌や「彷書月刊」「本の話」「週刊読書人」「本の雑誌」でも対談、「en-taxi」の連載「倶楽部亀坪」（〇四年から〇九年）まで続く。「一九七九年の福田恆存」を「文學界」二月号に発表。加藤典洋が読売新聞一八日東京夕刊の「文芸季評」で取り上げる。坪内祐三の名前が初めて新聞の活字になる。二月、「私は歴史といつもかみ合わない」を「思想の科学」に書く。三月、「『戦後民主主義』を探す」を「諸君！」に書く。川崎賢子『彼等の昭和―長谷川海太郎・潾次郎・濬・四郎』（白水社）を「文學界」で書評。

四月、「近代日本出版文化史の中の内田魯庵」（スタンレー鈴木名義）を「彷書月刊」に書く。上野昂志、武藤康史と「早稲田文学」で鼎談（「日々のあぶく―日記・ことばのアトリエとして」）。「Ronza」で書評連載「今月のハードな本」開始（九六年一二月まで）。五月、白石公子『ブルー・ブルー・ブルー』（新潮文庫）解説を書く。六月、「『失なわれた世代』のミッチーとハマコー」を「思想の科学」、「エッセイストになるための文庫本100冊」を「小説トリッパー」夏季号に書く。

七月、「オウム世代の『神様』探し」を「諸君!」に書く。山口昌男『「挫折」の昭和史』を「新潮」で書評。八月、「文学者の発する声」を「Ronza」に、九月、「『共古日録』と広瀬千香」を「思想の科学」に書く。

一一月、「『俘虜記』の「そのこと」」を「文學界」に、「極私的ちくま文庫ベスト10」を「ちくま」に書く。「ニッポン・ミニマリズム文学における『飲み屋』という『宇宙』」を「彷書月刊」に(スタンレー鈴木名義)。「思想の科学」イベントで、「歩く学者たち」のパネルディスカッションに参加。一二月、「プロレスにみる日米観の相克」を「Ronza」に発表。『福田恆存語録』を「リテレール」14号で書評する。

一九九六年(平成八年)三八歳

一月、「原辰徳の言った『聖域』」を「諸君!」に、「フール」を「思想の科学」に書く。「『日本のシュールレアリスム』を読んで」(スタンレー鈴木名義)を「彷書月刊」、三月、ジョーン・ディディオン『ベツレヘムに向け、身を屈めて』を「文學界」で書評。「慶応三年生まれ 七人の旋毛曲り」の連載が「鳩よ!」で始まる(九九年一〇月まで)。「編集者大橋乙羽」を「日本研究」に、「古本屋にならぬ法」(スタンレー鈴木名義)を「彷書月刊」に書く。クロード・シモン『アカシア』(白水社)を「リテレール」15号で書評。

四月、「探訪記者松崎天民」の連載が「ちくま」で始まる(〜九七年三月、二〇〇一年三月〜〇二年二月、一〇年四月〜一一年七月)。五月、「庭の離れに住む変わった叔父さん」を「思想の科学」に、「マチの隠れ場から先端サロンへ」を「正論」に、「最期の丼」を「ノーサイド」に発表。「夏の読書」を岩波文庫『読書のすすめ』第四集(非売品）に書く。六月、「当世女子短大生気質」を「文藝春秋」に書く。江藤淳『荷風散策――紅茶のあとさき』（新潮社）を「文學界」、ダイアナ・トリリング『旅のはじめに』（法政大学出版局）を「リテレール」16号で書評。

七月、「戦後論壇の巨人たち」の連載が「諸君！」で始まる（九八年六月まで）。「ある古書目録あるいは『知の技法』批判」を「Ronza」に発表。『「超」整理法』の著者、野口悠紀雄が「週刊読売」六月三〇日号、七月二八日号で抗議したのを受けて、九月、「『読む』とはどういうことか」、一一月、「現象としてのミリオンセラー」を「Ronza」に発表。野口・坪内論争。

八月、「文庫本を狙え！」の連載が「週刊文春」二九日号から始まる。二〇二〇年一月二三日号まで一〇五六回続いた連載の最終回は古井由吉『詩への小路』（講談社文芸文庫）。

九月、『吉野作造選集14』（岩波書店）を「リテレール」17号で書評。一〇月、「坪内祐三ロングインタビュー」が「本の雑誌」に掲載される（聞き手は目黒考二）。まだ著書のない人間に一〇ページを割く異例のインタビューだった。一一月、「いまこそ問う福田恆存か丸山眞男か」を「諸君！」に書く。鶴見俊輔が朝日新聞の論壇年末回顧で「私の5点」に取り上げる。一二月、「『アルジャーノン』が、女子大生に愛される理由」を「uno！」に、「1996年幻のベスト1」を「リテレール」18号に書く。

一一月、妻美子が家を出て末井昭と暮らし始める。

一九九七年（平成九年）三九歳

一月、「メガヒット本の逆説」を毎日新聞一九日朝刊に、「人力車夫の思い出」を「別冊文藝春秋」冬号に書く。二月、松山巖『群衆機械の中の難民』（読売新聞社）を「文學界」で書評。「このオヤジを読め！」の連載が「サンサーラ」で始まるが、同誌は四月号で休刊。三月、「私のとっておき図書館」を「本の話」、「『濹東綺譚』をめぐる二人の校正者」を「ユリイカ」に、四月、「現早稲田大学中央図書館の素晴らしさ」を「早稲田学報」、「伝記の傑作」を「プレジデント」、「父が手渡してくれた『ワンダー植草・甚一ランド』」を「出版ダイジェスト」一日号に書く。四月、初の著書、評論集『ストリートワイズ』（晶文社）を刊行。「本の雑誌」に「坪内祐三の読書日記」掲載。九八年一月から連載になる（二〇二〇年三月まで）。五月、「ランドセルを背負い続けた人」を「文學界」の「特集色川武大と阿佐田哲也」に書く。川本三郎『大正幻影』（ちくま文庫）、小林信彦『回想の江戸川乱歩』（文春文庫）解説を書く。内田魯庵『魯庵の明治』（講談社文芸文庫）を山口昌男と共編、解説を書く。六月、書評集『シブい本』（文藝春秋）刊行。「植草甚一の日記を読むと当然、古本屋に出掛けることになる」を「ユリイカ」に書く。田中康夫『ペログリ日記’94～’95　震災ボランティア篇』（幻冬舎文庫）解説を書く。「ちくま」で山口昌男と対談（「固有名詞の想像力——『明治事物起源』のおもしろさ」）。七月、「『学者編集者』嶋中鵬二会長の死ぐあんばれ『中央公論』」を「諸君！」、「春休みの漱石体験」を「週刊読書人」四日号に書く。桐谷エリザベス『消えゆく日本』（丸善）を「學鐙」で書評。石井研堂『明治事物起原3』、松本健一『われに万古の心あり』（いずれもちくま学芸文庫）の解説を書く。ETV特集「山口昌男が語る　近代日本・もう一つの〝知〟の系譜―好事家たちのネットワーク」に出演する。八月、田中康夫『オン・ハッピネス』（新潮文庫）解説を書く。九月、「ほんのヒント・書物の未来」を朝日新聞七日東京朝刊に寄稿。一〇月、「私を変えた一冊『人間・この劇的なるもの』」を「Voice」に、「わが青春のヒーロー」を朝日新聞二〇日夕刊に書く。NHK教育テレビの「編集者・津野海太郎と考える 電子時代・本は消えるか？ 消えないか？」に出演。一一月、飯塚くに『父 逍遙の背中』（中公文庫）解説を書く。小林信彦『結婚恐怖』（新潮社）を「波」で書評。呉智英と「諸君！」で対談（「福田恆存から断筆・筒井康隆まで 戦後論壇この50人・50冊」）。松山巖と「一冊の本」で対談（「明治の『追悼録』を読む」）。一二月、連載「ブック・リレイション」を「ストア」1号で始めるが、2号で中断。「秦豊吉と丸木砂土」を「日本古書通信」に、「文庫本に夢中だった学生時代」を「本の窓」に、「色川武大が生まれた町」を「東京人」、「ことしソファーベッドで一番熱心に読んだ本」を「リテレール別冊⑩ ことし読む本いち押しガイド98」に書く。『荒木経惟写真全集』（平凡社）を「アサヒカメラ」で書評。西脇順三郎ほか『最終講義』（実業之日本社）解説を書く。

一九九八年（平成一〇年） 四〇歳

一月、「『木佐木日記』のこと」を「中央公論」に、「未来のための『過去』作り」を「夕刊フジ」二三日号、「色川武大の『空白期間』」を「図書新聞」二四日号、「戸叶勝也『グーテンベルク』」を「季刊 本とコンピュータ」三号に書く。「みすず」の読書アンケートの回答者になる（二〇二〇年まで）。二月、「室内」で、「室内室外」を連載（四、六、八、一〇、一二月）。「あの頃読んだ本『グレート・ギャッビー』」を「VERY」に書く。三月、「だるま食堂のちらし寿司」を「群像」、「明治の上京少年たち」を「東京人」に、朝日新聞東京夕刊「私空間」に寄稿（一六日から一九日）。荒木経惟と東京都写真美術館で対談（「東京、その写真と文学」、「太陽」六月号に掲載）。四月、毎日新聞東京夕刊で連載「この人たちの「証言」」が始まる（一三日から九九年八月二日まで）。「アミューズ」で連載「古本情熱世界」が始まる（二二日から〇一年三月二八日まで）。小沼丹『福壽草』（みすず書房）を「文學界」で書評。五月、「一冊の本『精神現象学』」を「一冊の本」に、「年齢七掛け」を「大法輪」に書く。朝日新聞読書面の「新刊私の◎○」欄の執筆者となる（九九年三月まで）。『早稲田』大学で私が学んだもの」を「大学ランキング」99年号に書く。六月、「太宰治の生々しさ」を「ユリイカ」に、「古書マニアの青春日記」を「東京人」、「神保町との付き合い方」を「かんだ」夏号に書く。七月、神藏美子との離婚届を提出。「噂の真相」が和久峻三に名誉棄損で訴えられた裁判で、被告側の証人として証言する。薄田泣菫『茶話』（岩波文庫）解説、「読書する日常」を「本郷」に、「二十代が終わる時に出会えた本」を「本の話」に書く。八月、小林信彦『ムーン・リヴァーの向こう側』（新潮文庫）、九月、田山花袋『東京の三十年』（講談社文芸文庫）解説を書く。「坪内祐三が選ぶ『明治を面白く知るための30冊』」を「小説トリッパー」秋季号に書く。「本の雑誌」の「読書日記」で猪瀬直樹『マガジン青春譜』への違和感を書き、一〇月号で猪瀬が反論、一二月号に「猪瀬氏にお答えする」を発表。坪内・猪瀬論争。一〇月、野村梓、宮崎哲弥、西部邁と「発言者」で座談会（「『団塊』の行き詰まり」）。一一月、「読書する場所」を「諸君！」に、「昭和『食べある記』ブーム考」を「東京人」に書く。毎日新聞「この人・この3冊　山口昌男」を書く（一日東京朝刊）。一二月、「伊藤正雄『忘れ得ぬ国文学者たち』)を「彷書月刊」で書評、「お膳のルール」を「フロント」に、「中川六平の編集した本」を「リテレール別冊⑫ことし読む本いち押しガイド99」に書く。

一〇月、佐久間文子と暮らし始める。一二月、世田谷区太子堂四丁目に転居。

一九九九年(平成一一年)四一歳
一月、『靖国』(新潮社)刊行、「波」でインタビュー掲載(「『ヤスクニ』と『スキヤキ』」)。「明治末のPR雑誌」を「學鐙」に発表。津野海太郎と「本の窓」で対談(「こんな『文庫本』がほしい」)。二月、「インタヴューズ日本版 明治大正昭和三代の活字メディアから拾った時の人、実力者、ヒーローたち50人の言葉の数々」を「文藝春秋」で編む。「古本屋で探すひそかな幸福」、三月、「私の住む町――世田谷区」をいずれも「東京人」に書く。

四月、『大東京繁昌記 山手篇』(平凡社ライブラリー)解説を書く。吉田司と「論座」で対談(「鹿鳴館と共にモダンを象徴した『靖国』空間の知られざる物語」)。「私の散歩道」を「文藝春秋」に書く。五月、色川武大の幻の第一作「小さな部屋」を発掘し、「文學界」に「『小さな部屋』の重要性」を発表。「哀悼ジャイアント馬場」を「諸君!」に書く。

七月、東京国際フォーラムで講演「植草甚一的なるものをめぐって」。八月、「フィールドワーク 文学を探せ」の連載が「文學界」で始まる(~二〇〇一年一月、四月)。同時に、吾八名義のコラム「『文學界』百年前の今月今夜」も連載開始(二〇〇五年一〇月まで)。「私のメソッド」を「中央公論」、「変体的な二十年」を「歴史読本」に書く。

九月、ニューヨークに小旅行(四日から九日)。「マリ・クレール」に「読書日記」掲載。上林暁『禁酒宣言　上林暁・酒場小説集』（ちくま文庫）を編集する。
一〇月、「すばる」五月号掲載の『靖国』書評などをめぐり、「川村湊先生への『立腹』」を「論座」に発表。川村・坪内論争となる。「二人の保守派――江藤淳と福田恆存」を「諸君！」に、「失なわれた『公』意識を探し求めて」を「波」に発表。一二月、鹿島茂、福田和也と「諸君！」で鼎談（「三島由紀夫の『匂い』」）。

二〇〇〇年（平成一二年）　四二歳
一月、「明治文学の愉しみ」を「ちくま」に、「作者の消滅・ベンヤミン」を「文學界」に書く。二月、『古くさいぞ私は』（晶文社）刊行。「1972『はじまりのおわり』と『おわりのはじまり』」が「諸君！」で連載開始（〇二年一二月まで）。目黒考二、常盤新平と「東京人」で鼎談（「今日もまた、古書店街は散歩日和」）。三月、「文壇の成立と崩壊」を青木保ほか編『ハイカルチャー　近代日本文化論3』（岩波書店）に寄稿。
五月、「旅」編集部の依頼で能登半島を旅する（紀行文は「旅」八月号に発表）。「君が代のたんま」を「群像」に、「偉大なる『二流の人』河盛好蔵さん」を「新潮45」に、「エッセイと随筆上の違いをめぐる一つの試論《エセー》」を「現代詩手帖」に書く。草森紳一『あやかり富士』（翔泳社）跋文を書く。西木正明と「Ｎｕｍｂｅｒ」で対談（「この国のスポーツのかたち。」）。静岡県立大学で開かれた「日本記号学会大会」で「石井研堂の『明治事物起源』における歴史事象の蒐め方」を発表。
六月、「東京堂書店の客はシブいぞ」を「文藝春秋」に、「アイツとコイツが同い年。」を「Ｎｕｍｂｅｒ」、「小林清親『東京名所図』」を「古今」夏秋号に書く。八月、編著書『明治文学遊学案内』（筑摩書房）刊行。嵐山光三郎『文人悪食』（新潮文庫）、唐沢俊一『古本マニア雑学ノート』(幻冬舎文庫) 解説を書く。九月、「ジャーロ」で「ミステリは嫌いだが古本は好きだからミステリも読んでみた」連載が始まる(秋号から〇四年冬号まで)。

坪内祐三編集の『明治の文学』(筑摩書房)刊行が始まる。刊行記念で、藤森照信と「ちくま」で対談(「明治は、派手で元気な面白い時代」)。福田和也と新宿・紀伊國屋ホールで対談(「新しいぞ、明治は――明治文学への招待」)。一〇月、第二丸善ビルで講演(「明治文学と日本橋」)。一一月、久世光彦、中野翠と「文藝春秋」で対談(「いま『明治の男』がおもしろい」)。『文庫本を狙え!』(晶文社) 刊行。『白石公子詩集』(現代詩文庫) の解説を書く。一二月、小林信彦『結婚恐怖』(新潮文庫) 解説を書く。「作家の値段」を「図書」に書く。

一一月、新宿で暴漢に襲われ大けが。東京女子医大病院に救急搬送され、三度の手術で二か月近く入院生活を送る。

二〇〇一年(平成一三年) 四三歳
一月、「百年、百の名言集――『男子の本懐』(浜口雄幸) から『造反有理』(毛沢東) まで」を「文藝春秋」に編む。高島俊男『「週刊文春」の怪 お言葉ですが…2』(文春文庫) 解説を書く。大塚英志と「Voice」で対談(「生きた言葉、死んだ言葉」)。
三月、『慶応三年生まれ 七人の旋毛曲り』(マガジンハウス) 刊行。「『金色夜叉』の“種本”の発見について」を「室内」に書く。
四月、お茶の水の山の上ホテルで「出版と快気を祝う会」。早稲田大学教育学部で非常勤講師となる(〇六年三月まで)。山口昌男と「群像」で対談(「魯庵・バルト・ベンヤミン」)。柳田泉『明治文学研究夜話』、内田魯庵『気まぐれ日記』(《リキエスタ》の会) の解説、「小林秀雄への距離をうまくつかめない」を「新潮」臨時増刊「小林秀雄百年のヒント」に書く。

五月、芝山幹郎『映画は待ってくれる』を「ミセス」で書評。

六月、父親の事業失敗で、赤堤の実家が競売に付され、人手に渡る。実家に貯め込んだ本や雑誌、漫画の多くを夏から秋にかけて処分する。山口昌男と「編集会議」で対談（「ジャーナリズムの10冊」）。伊藤正雄『新版 忘れ得ぬ国文学者たち』（右文書院）解説。

七月、「編集者大橋乙羽」を鈴木貞美編『雑誌「太陽」と国民文化の形成』（思文閣出版）に書く。「ベスト1は『文藝倶楽部』石橋思案の『本町誌』だ！」を「本の雑誌」に発表。東京都現代美術館で講演（「向島のモダニズム」）。八月、「私の好きな……ロック」を「波」に発表。九月、メキシコ旅行。旅先で講談社エッセイ賞受賞の知らせを受ける。『文学を探せ』（文藝春秋）刊行。丸谷才一編著『ロンドンで本を読む』（マガジンハウス）を「文學界」で書評。「おとなぴあ」で書評の連載を開始（二〇〇二年一月まで）。

九月、「歪められた8月15日公式参拝」を「文藝春秋」に発表。一〇月、『三茶日記』（本の雑誌社）刊行。「私小説を書く「私」、私小説を読む「私」」を「文學界」に発表。朝日新聞東京夕刊「時のかたち」に寄稿（二三〜二六日）。小沢昭一『ぼくの浅草案内』（ちくま文庫）解説を書く。古本小説大賞の選考委員になる（「彷書月刊」一一号で発表）。一二月、「鳩よ！」で特集「坪内祐三いつも読書中」を掲載。デルモワ・シュワルツ「スクリーノ」を翻訳、荒木経惟撮影による仕事場の写真も公開される。坪内編で、松崎天民『東京カフェー探訪』、水島爾保布『新東京繁昌記（抄）』（ともに《リキエスタ》の会）の解説を書く。

二〇〇二年（平成一四年）　四四歳

一月、世田谷区上馬二丁目に転居。二月、「小説新潮」で「私の体を通り過ぎていった雑誌たち」の連載を開始(〇四年一一月まで)。「風呂敷雑誌『文藝春秋』80年の80本」を「文藝春秋」、「富士正晴」を「文學界」に、「徹底的な不味さが懐かしい」を「デリシャス」に発表。「一九七九年のバニシング・ポイント」を『21世紀文学の創造』8巻(岩波書店)に発表。四月、山口昌男、川本三郎と「新潮」で鼎談(「読書の現場学」)。「文藝春秋」で赤瀬川原平、小池昌代、常盤新平と「寝小便」をテーマに座談会を企画、司会をつとめる(「寝小便あの至福の瞬間」)。神田神保町の美学校で、松山俊太郎と公開対話会。読売新聞七日東京朝刊に「9勝6敗を狙う生き方」を寄稿。五月、「『別れる理由』が気になって」の連載を「群像」で開始(七~一二月、〇三年四月~〇四年三月)。六月、「文學界」で野坂昭如をインタビュー(「文壇酒場と文壇の関係」)。「考える人」で、「考える人」の連載開始(〇二年夏号~〇六年春号)。「突然消えてゆく」を「文藝春秋」に書く。七月、福田和也との対談連載「文壇アウトローズの世相放談「これでいいのだ!」」が「SPA!」で始まる(一六日から二〇一八年四月二四日まで)。中野翠と「文藝春秋」で対談(「贅沢な時間」)。「ぴあ関西版」で連載「まぼろしの大阪」開始(〇七年六月まで)。終了まで三〇回近く大阪に行く。八月、『後ろ向きで前へ進む』(晶文社)刊行。「非国民の見たワールドカップ」が「文學界」、読売新聞東京朝刊の「よむサラダ」に寄稿(四、一一、一八、二五日)。九月、「博文館の『太陽』が沈んでいった頃」を「is」終刊号に、「九段会館」を「東京人」に発表。「編集工房ノア探訪記」を「季刊 本とコンピュータ」秋号に書く。

一〇月、保田與重郎『祖國正論Ⅰ』（保田與重郎文庫）解説を書く。中野翠と「東京人」で対談（「中野さん、古書探しなら私が」）。一一月、大西巨人『神聖喜劇』第五巻（光文社文庫）、一二月、野口冨士男『わが荷風』（講談社文芸文庫）解説を書く。本駒込の三百人劇場で開かれた福田恆存生誕九十年記念會・シンポジウムにパネリストとして参加する。

二〇〇三年（平成一五年）　四五歳

一月、目黒考二『酒と家庭は読書の敵だ』（角川文庫）解説を書く。二月、『雑読系』（晶文社）刊行。「ダカーポ」で「酒日誌」の連載開始（五日から二〇〇六年八月一六日まで）。「戸川秋骨のエッセイについて」を「図書」に書く。

三月、編著『「文藝春秋」八十年傑作選』（文藝春秋）刊行。「柳田國男編『国語』教科書を探して」を「文藝春秋」に発表。浅草キッド『お笑い　男の星座　芸能私闘編』（文春文庫）解説を書く。文芸誌「ｅｎ－ｔａｘｉ」創刊。福田和也、柳美里、リリー・フランキーとともに編集同人となる。評論連載「アメリカ」（01号から08号まで。04号休載）、「文藝綺譚」（20号から24号、26号から32号）ほか、匿名コラムを含めて同誌に多くの原稿を書く。創刊号では追悼記事「The Last Waltz」で故安原顕を批判、波紋を広げる。

四月、『新書百冊』（新潮新書）、『一九七二「はじまりのおわり」と「おわりのはじまり」』（文藝春秋）刊行。「平成ヒトミズム宣言」を「小説新潮」、「二駅先の古本屋まで」を「正論」に発表。『山口昌男著作集』完結記念のトークショー（「これまでの山口昌男、これからの山口昌男」）の司会をする。

五月、新潮新書創刊記念で、嵐山光三郎と「波」で対談（「新書を読もう」）。杉山平一

『戦後関西詩壇回想』を「文學界」で書評。六月、「文藝春秋」でコラム「人声天語」連載開始（二〇二〇年二月まで）。「諸君！」で連載「同時代の宿命」を開始（七、九、一〇、一二月、二〇〇四年二、四、八、一一月）。亀和田武と「本の話」で対談（「『ローリング・ストーンズ』と『あさま山荘』」）。赤田祐一、小西康陽と「クイック・ジャパン」49号で鼎談（「あのころの雑誌たち」）。『古本カタログ』（晶文社）に「精神と肉体の若さを保つために」を書く。九月、田中健五、御厨貴と「文藝春秋」で鼎談（「日本中が沸騰した四〇〇〇日　日本の黄金時代一九六四〜七四」）。一一月、「何も食べない人」を『野坂昭如リターンズ』第四巻の月報に書く。「編集会議」の「これだけは、読め！　名ベストエッセイ20　戦前編」で花田紀凱編集長のインタビューを受ける。「情況」で「あめりかアメリカ」インタビュー掲載（聞き手は河村信）。『小沢昭一——百景　随筆随談選集』全六巻（晶文社）の巻末に小沢との対談が掲載。一二月、『日本近代文学評論選　明治・大正篇』（岩波文庫）を千葉俊二と共編。柳美里『言葉は静かに踊る』（新潮文庫）の解説を書く。

二〇〇四年（平成一六年）　四六歳

一月、「武田百合子——百合子さんのいる食卓」を「東京人」に発表。「クイック・ジャパン」で「東京」連載開始（〇七年六月まで）。二月、東京堂書店ふくろう店で「坪内祐三棚」を任される。「天衣無縫の文章家」を「文芸別冊武田百合子」に発表。四方田犬彦と「新潮」で対談（「1968と1972」）。みうらじゅんと「東京人」で対談（「特集中央線人による文化人類学　中央線の魔力・沿線派vs.アンチ沿線派」）。「記憶の本棚」を「en-taxi」に発表。三月、『戸川秋骨人物肖像集』（みすず書房）を編

集。『日本近代文学評論選　昭和篇』（岩波文庫）を千葉俊二と共編。

四月、「平成ヒトミズム的日常」を「小説新潮　臨時増刊」に発表。小沢昭一『なぜか今宵もああ更けてゆく』（晶文社）の解説を書く。五月、「少年時代に出会ったオリンピックに関する幾つかの思い出」を「現代スポーツ評論」に発表。内田百閒『百鬼園日記帖』（ちくま文庫）の解説を書く。『福田恆存文芸論集』（講談社文芸文庫）を編集。六月、谷沢永一と「新潮」で対談（「徹底討議　文壇と新潮の栄枯盛衰一世紀」）。石田千と「新刊ニュース」で対談（「街歩きの愉しみ」）。「シェイクスピアの十八番」を「正論」に書く。徳永康元『ブダペスト日記』（新宿書房）に「徳永康元さんの思い出」を寄稿。

八月、「1979~81年　ひとびとの跫音――『余談』で構成された傑作」を「別冊太陽」に発表。九月、「小田実『何でも見てやろう』」を「文藝春秋」に発表。ナンシー関『天地無用　テレビ消灯時間6』（文春文庫）の解説を書く。大川豊と「週刊プレイボーイ」で対談（「本当の『靖国神社』はこんなにキッチュ!!」）。講談社エッセイ賞の選考委員になる（二〇一八年の終了まで）。

一〇月、『まぼろしの大阪』（ぴあ）刊行。『村嶋歸之著作選集』第二巻（柏書房）、矢野誠一『文人たちの寄席』（文春文庫）、神谷美恵子『生きがいについて　神谷美恵子コレクション』（みすず書房）の解説を書く。坂崎重盛と「東京人」で対談（「古書通ふたり、神保町そぞろ歩き」）。一一月、「福田章二論」を「新潮」に発表（一二月、二〇〇五年三月）。福田和也との「SPA!」の対談連載をまとめた『暴論　これでいいのだ!』（扶桑社）刊行。小林信彦『袋小路の休日』（講談社文芸文庫）の解説を書く。「週刊ポスト」の書評筆者になる（二〇年一月三・一〇日号まで)。一二月、「彷書月刊」正岡容特集で小沢昭一・加藤武対談の司会をする。『文庫本福袋』(文藝春秋)刊行。

二〇〇五年(平成一七年) 四七歳

一月、毎日新聞で加藤秀俊、山本容子、高橋源一郎と連続対談(「〈モダン〉の100年」。四日、五日、六日東京夕刊)。重松清と「週刊ポスト」一四・二一日号で対談(「古くさいぞ、俺たちは!」)。津野海太郎、高平哲郎と鼎談(『植草さんについて知っていることを話そう』〈晶文社〉のあとがき)。長塚圭史と「クイック・ジャパン」で対談(「阿佐ヶ谷スパイダースの言葉のリアリティ」)。「小説新潮」の四つの筆者代わりコラム「想い出TVジョン」「腹立ち日記」「ああ、恥ずかし」「わが師の恩」を「1人4種目完全制覇」して書く。二月、『私の体を通り過ぎていった雑誌たち』(新潮社)刊行、「神田神保町〝人魚の嘆き〟ストリート」を「東京人」に書く。三月、『『別れる理由』が気になって』(講談社)刊行。車谷長吉『銭金について』(朝日文庫)解説を書く。

四月、毎日新聞東京朝刊で「日記から・50人、50の『その時』」連載開始(四月三日から二〇〇六年三月二六日まで)。小沢昭一・中野翠と「文藝春秋」で鼎談(「消えた『昭和』」)、嵐山光三郎と「新刊ニュース」で対談(「山口瞳その不逞の精神に学ぶ」)。

五月、『古本的』(毎日新聞社)刊行。「『私の体を通り過ぎていった雑誌たち』ができるまで」を「I feel」春号に発表。尾辻克彦『肌ざわり』(河出文庫)の解説を書く。

七月、谷沢永一と「新潮」で対談(「雑書宇宙を探検して」)。「『『別れる理由』が気になって』の「あとがき」にかえて」を「本」に、「PLAYBOYはニュージャーナリズムを作った」を「PLAYBOY」に発表。山口昌男『「敗者」の精神史』(岩波現代文庫）下巻に解説を書く。八月、四方田犬彦と「ユリイカ」で対談（「雑文家渡世」）。一〇月、『極私的東京名所案内』（彷徨舎）刊行。「30年前にストーンズ・ファンだった人はどこにいたのか」を「大人のロック！」に発表。一一月、小林信彦『丘の一族』（講談社文芸文庫）の解説を書く。一二月、「昭和八十年に読む『鏡子の家』」を「ｅｎ－ｔａｘｉ」に、「野坂昭如という文壇」を「ユリイカ」に発表。

二〇〇六年（平成一八年）　四八歳

一月、「私が『東京人』編集室で古本特集を作った頃」を「東京人」に。二月、小島信夫・森敦『対談・文学と人生』（講談社文芸文庫）の解説を書く。三月、「これから新たな関係が始まろうとする予感がしていたのに　追悼久世光彦」を「ｅｎ－ｔａｘｉ」に書く。

四月、「『日記読み』達人が選ぶ三十冊」を「文藝春秋」に発表。久世光彦『百閒先生月を踏む』（朝日文庫）の解説を書く。市島春城『春城師友録』（国書刊行会）の巻末で、山口昌男と解説対談（「春城人物随筆の読み方」）。DVD「泉麻人の昭和のニュース劇場」三、四巻の解説ゲストをつとめる。五月、『同時代も歴史である　一九七九年問題』（文春新書）刊行。池内恵と「本の話」で対談（「いつも本だけがあった」）。石丸元章『FICTION！　フィクション！』（文春文庫）の解説を書く。六月、「文庫本でしか読めない名著ガイド」を「BRUTUS」に発表。七月、『同級生交歓』（文春新書）解説を書く。八月、『考える人』（新潮社）刊行。井上章一と「考える人」夏号で対談（「「考える」ための〝素振り〟」）。沼波瓊音『意匠ひろひ』（国書刊行会）巻末で、山口昌男と解説対談（「沼波瓊音の面白さ」）。

一〇月、『本日記』（本の雑誌社）、『酒日誌』（マガジンハウス）、「『近代日本文学』の誕生百年前の文壇を読む」（PHP新書）刊行。「坪内祐三が選ぶ　鉄道文学ベスト10」を「TITLe」に、「心にのこる一冊　けんはへっちゃら」を「こどもの本」に書く。小林信彦『決壊』（講談社文芸文庫）、一志治夫『魂の森を行け』（新潮文庫）の解説を書く。一二月、井伏鱒二、舟橋聖一、井上靖、水上勉『私の履歴書　中間小説の黄金時代』（日経ビジネス人文庫）の解説を書く。「HB」の「作家の背骨　重松清の部屋」でインタビュー掲載。

二〇〇七年（平成一九年）　四九歳

一月、安岡章太郎、阿川弘之、庄野潤三、遠藤周作『私の履歴書　第三の新人』（日経ビジネス人文庫）、田口久美子『書店風雲録』（ちくま文庫）の解説を書く。二月、「『非凡の人』菊池寛の新しさ」を「文藝春秋」に書く。三月、『変死するアメリカ作家たち』（白水社）刊行。「小説現代」で「酒中日記」の連載開始（一六年九月まで）。「人文書に期待するもの」が「人文会ニュース」100号記念号に掲載。六月、「純文学は滅び行くジャンルなのだろうか」を「en-taxi」に、「ちくま学芸文庫の今昔」を「ちくま」に書く。七月、佐伯一麦『鉄塔家族』（朝日文庫）の解説を書く。九月、台湾を旅行する（二四日から二七日まで）。四方田犬彦と「新潮」で対談（「知的共同体の終わりと始まり」）。『四百字十一枚』（みすず書房）刊行。一〇月、『大阪おもい』（ぴあ）刊行。「描写的でモダニズムなディランの歌詞に魅了されて」を「大人のロック！」に書く。矢作俊彦『マンハッタン・オプI』（ソフトバンク文庫）の解説を書く。一一月、佐藤良明、管啓次郎と「大学の〈知〉、街の〈知〉」について新宿・紀伊國屋ホールで公開鼎談。一二月、『アメリカ　村上春樹と江藤淳の帰還』（扶桑社）刊行。

二〇〇八年（平成二〇年）五〇歳

一月、「文春を救った佐佐木茂索という人」を「文藝春秋」に発表。福田恆存『人間・この劇的なるもの』（新潮文庫）の解説を書く。

三月、福田和也との対談連載『正義はどこにも売ってない　世相放談70選！』（扶桑社）刊行。「日本語力を高める文庫本10冊」を「Grazia」に書く。

四月、「本好きの彼らの日記と共に本屋を歩く」を「小説新潮」に発表。「見事なダンディズム」を毎日新聞二三日東京朝刊に書く。六月、「映画『靖国』が隠していること」を「文藝春秋」に発表。東京堂書店ふくろう店の「坪内祐三棚」が本館二階に移る。

七月、毎日新聞六日朝刊に「この人・この3冊『野坂昭如』」を書く。菊地成孔『サイコロジカル・ボディ・ブルース解凍』（白夜ライブラリー）の解説を書く。八月、『東京』（写真・北島敬三、太田出版）刊行。小林信彦『東京少年』（新潮文庫）の解説を書く。NHK「知るを楽しむ　永井荷風」に出演。

九月、「福田恆存　嫉妬心がない保守思想家」を「文藝春秋」に書く。出久根達郎と「小説現代」で対談（「巨人、大鵬、玉子焼き、そしてテレビ」）。

一一月、落ちた原稿の穴埋めのため「パーティー」を「en-taxi」冬号に発表、そのまま連載「文藝綺譚」となる（〜〇九年冬号、一〇年夏号から一一年冬号まで）。「駒沢そして渋谷」を「現代スポーツ評論」、「上野浅草青春譜」を「うえの」に書く。神田古本まつりに合わせ東京堂書店で講演（「本の読みかたを教えてくれた人たち」）。

二〇〇九年（平成二一年）五一歳

一月初旬、新宿の飲み屋を出たところで転んで頭を打ち、脳挫傷で一〇日間入院する。西村賢太『どうで死ぬ身の一踊り』(講談社文庫)の解説を書く。

二月、「生誕百年　雑誌記者・池島信平の魂」を「文藝春秋」に書く。小沢昭一と「小説現代」で対談(「昭和の芸能あれこれ」)。

三月、『人声天語』(文春新書)刊行。村松友視『幸田文のマッチ箱』(河出文庫)の解説を書く。四日、毎日新聞東京朝刊で橋爪大三郎、平沢剛と鼎談(『1968年に日本と世界で起こったこと』毎日新聞社収載)。

四月、「二十五年かけて一冊の本を通読すること」を「新潮」に書く。田中健五、白石勝と「週刊文春」四月二日号で鼎談(「編集長こぼれ話」)。北沢夏音、佐山一郎、湯山玲子と「STUDIO VOICE」で座談会(「『スタジオ・ボイス』の時代」)。五月、「上野の『レストラン聚楽台』も今年で開店50年だった」を「週刊文春」に書く。

六月、『文庫本玉手箱』(文藝春秋)刊行。福田和也との対談『無礼講』(扶桑社)刊行。「雑誌ジャーナリズムは死なない」を「新潮45」に、「人材不足に陥った保守論壇」を「諸君!」に書く。『柳田泉の文学遺産』(右文書院)第三巻の解説を書く。七月、亀和田武との対談『倶楽部亀坪』(扶桑社)刊行。「私の「平成」論」を「調査情報」七/八月号に書く。中島らも『君はフィクション』(集英社文庫)、宮本徳蔵『力士漂泊』(講談社文芸文庫)の解説を書く。八月、内田魯庵『貘の舌』(ウェッジ文庫)の解説を書く。村松友視と「小説現代」で対談(「文士と銀座、その流儀」)。九月、「今なぜ東京特集なのか」を「en-taxi」に書く。

一〇月、『風景十二』(扶桑社)刊行。シンポジウム「『思想の科学』は、まだ続く」に上野千鶴子、加藤典洋、黒川創、橋爪大三郎、道場親信、安田常雄と参加。一一月、「彷書月刊」で「あんなことこんなこと」の連載開始（二〇一〇年一〇月まで）。小林信彦『うらなり』（文春文庫）の解説を書く。一二月、「私はまた山形に行ってきた」を「en－taxi」に発表。大村彦次郎『文壇栄華物語』（ちくま文庫）の解説を書く。中山康樹『愛と勇気のロック50』（小学館文庫）で中山と対談。明治学院大学横浜校舎で原武史と対談（「街の記憶のつくられ方」。『「知」の現場から』所収）。

二〇一〇年（平成二二年）　五二歳

一月、「本の中の不思議な言葉」を「家庭画報」に連載（一二月まで）。「昭和の速度」を「芸術新潮」に書く。二月、『酒中日記』（講談社）刊行。三月、「勝手口になっていれば良いのだけれど――『酒中日記』刊行に寄せて」を「本」に書く。森村泰昌と「美術手帖」で対談（「『ユレ』と『ブレ』――後ろ向きで前へ進む」）。西加奈子との「はとバス日帰り旅行」が「サライ」に掲載。

四月、『極私的東京名所案内　増補版』（ワニブックス【PLUS】新書）刊行。五月、「正確だけど軽い言葉と神話を再現していく言葉」を「現代スポーツ評論」に書く。「田中角栄と高層ビル、高速道路、そして新幹線」を「調査情報」五／六月号に発表。六月、「東西南北――歴史を刻む言葉」を朝日新聞（一日）に、「私は橋本治の影響を受けていないはずだ」を「ユリイカ」に書く。「松浦武四郎は山中共古の名付け親」を「INAXブックレット」に発表。

七月、「文学シーン一九八四」を「en－taxi」に書く。上野昂志と「キネマ旬報」七月下旬号で対談（「『バード・シット』『ハロルドとモード／少年は虹を渡る』とニューシネマ」）。亀和田武、荒井晴彦との鼎談「ロック以前、ロック以後」が「映画芸術」夏号に掲載。

一〇月、「本はみるものである」を「群像」、

「台北の十五夜」を「うえの」に書く。佐伯一麦と「小説現代」で対談（「作家と酒」）。一一月、「イラン革命、アフガン侵攻、そしてスリーマイル島原発事故」を「調査情報」一一／一二月号に発表。一二月、福田和也との対談連載『革命的飲酒主義宣言　ノンストップ時評50選！』（扶桑社）刊行。「エンタク学校」と題し、一一日、平松洋子と、一一年一月一五日、杉作J太郎と、同二月一二日、岸本佐知子と、同三月五日、大竹聡と、リブロ池袋本店で対談。

二〇一一年（平成二三年）　五三歳

二月、「斎藤佑樹より何倍ももってる男」を「文藝春秋」に書く。三月、小林照幸、佐藤祥子と「Ｎｕｍｂｅｒ」で鼎談（「大相撲・八百長の本質を語ろう」）。「九段坂」を「調査情報」三／四月号に書く。

四月、「それからの日本を思う」を「ｅｎ－ｔａｘ.ｉ」に、「これが私たちの望んだ日本なのか」を「文藝春秋」に書く。五月、『書中日記』（本の雑誌社）を刊行。「谷沢永一さんの思い出、そしてＭさんのこと」を「新潮」に発表。

七月、「小出版社が『あった』、これからもあり続けるだろう」を「ｅｎ－ｔａｘ.ｉ」に書く。「ｅｎ－ｔａｘ.ｉ」に「あんなこと、こんなこと」の連載開始（一六年冬号まで）。

八月、「梅棹忠夫と山口昌男が鰻を食べた一九八八年春」を「考える人」夏号に、「『これは楽しい夢』のような雑誌」を「波」に発表。九月、「今こそ『ぴあ』が必要だ」を「新潮45」に、「震災の前と後で日本の政治は変っていないし、私も変らない」を「調査情報」九／一〇月号に、「Ｂ級グルメの意味するもの」を「ユリイカ」に書く。小林信彦『日本橋バビロン』（文春文庫）の解説を書く。「週刊現代」の「リレー読書日記」の筆者になる（一四日・一〇月一日合併号から一三年一〇月五日号まで）。
一〇月、高見順『如何なる星のもとに』（講談社文芸文庫）、『明治二十九年の大津波　復刻『文藝倶楽部』臨時増刊「海嘯義捐小説」号』（毎日新聞社）を編集、解説を書く。一一月、大阪府茨木市立中央図書館・富士正晴記念館で講演（「富士正晴と織田正信のこと」。英文学者織田正信は父方の祖母の弟にあたる）。映画「明日泣く」（内藤誠監督）に色川武大の父親役で出演する。「新潮45」で「昭和の子供だ君たちも」の連載開始（〜一二年四月、六月〜一三年五月）。翻訳出版を持ち込んだハンス・ウルリッヒ・オブリスト『アイ・ウェイウェイは語る』（尾方邦雄訳・みすず書房）に原稿を書く。「私の『食う』と『寝る』」を「クウネル」に書く。一二月、『探訪記者松崎天民』（筑摩書房）刊行。『蕎麦通　天婦羅通』『銀座通　道頓堀通』（廣済堂文庫）を監修・解説する。

二〇一二年（平成二四年）　五四歳
二月、「『同級生交歓』最多出場　麻布中学高校の人びと」を「文藝春秋」に書く。「日本相撲協会は〝会いマス〟という愚挙を猛省せよ」という投書が「相撲」に採用される。逢坂剛、嵐山光三郎と「Ｗ・ｉ・Ｌ・Ｌ」で鼎談（「神田は日本が誇る世界遺産」）。ＢＳ11でも放映される。
三月、『父系図　近代日本の異色の父子像』（廣済堂出版）刊行。「美術批評　眼は行動する」の連載が「週刊ポスト」で始まる（一六日号から二〇二〇年一月三一日号まで）。「借金をするなという父の教え」を「文藝春秋ＳＰＥＣＩＡＬ」に書く。「週刊新潮」八日号「私の週間食卓日記」に登場。中村勘三郎の「平成中村座」を観た帰りに、父嘉雄死去の知らせを受ける（二七日）。
四月、『文藝綺譚』（扶桑社）刊行。コラム「あの頃のこと」を毎日新聞で連載（二二日から一三年三月一七日まで）。五月、『大相撲新世紀』（ＰＨＰ新書）、『東京タワーならこう言うぜ』（幻戯書房）刊行。「ミニコミと雑誌の黄金時代」を「新潮45」に、「『ＧＯＲＯ』の時代」を「週刊ポスト」四日号に書く。六月、池袋コミュニティ・カレッジで『東京タワーならこう言うぜ』刊行記念トークイベント。六月、庄司薫『ぼくの大好きな青髭』（新潮文庫）の解説を書く。七月、福田和也との対談連載『不謹慎　酒気帯び時評50選』（扶桑社）刊行。八月、「キネマ旬報」上旬号に「知られぬ人　沢彰謙」を書く。九月、川本三郎、椎名誠、出久根達郎の鼎談「われら昭和19年生まれ」を「小説新潮」で企画、司会をつとめる。東京堂書店で川本三郎とトークショー（「東京の記憶を語る」）。鶴見俊輔『思想をつむぐ人たち　鶴見俊輔コレクション①』（河出文庫）の解説を書く。吉田豪『サブカル・スーパースター鬱伝』を「テレビブロス」一日号で書評。「日活映画と『日活映画』」を「キネマ旬報」下旬号に書く。一〇月、北杜夫『私はなぜにしてカンヅメに大失敗したか』（実業之日本社文庫）の解説を書く。「古本者けものみちすごろく　この先十年、町の古本屋は、またどうなって行くのだろうか」を「古本の雑誌」、「天誠書林和久田誠男さんのこと」を「南部支部報」47号に書く。一一月、日比谷文化図書館で講演（「明治・大正・昭和の文豪と日比谷」）。「それは『ウイラード』からはじまった」を「キネマ旬報」下旬号のアーネスト・ボーグナイン追悼特集に書く。

二〇一三年（平成二五年）　五五歳

一月、吉行淳之介編『続・酔っぱらい読本』（講談社文芸文庫）の解説を書く。常盤新平死去（二二日）。二月、「『文藝春秋』新年号に時代を読む」を「文藝春秋」に、「上林暁の詩的散文」を「新潮」に書く。「あまから手帖」で「あまカラ12ヶ月」の連載開始（一四年一月まで）。

三月、山口昌男死去（一〇日）。「『知の速射砲』を浴びせた恩師」を産経新聞一四日に書く。一六日の葬儀で今福龍太と弔辞を読む。

四月、「常盤新平さんありがとうございました」を「四季の味」春号に、「私は安岡章太郎の影響を受けているかもしれない」を「群像」に、「神田神保町『坪内コーナー』の思い出」を「kotoba」春号に書く。「東京駅から銀座、築地を歩く　新旧ランドマーク逍遥」が「ノジュール」に掲載。五月、山の上ホテルで開かれた「常盤新平をしのぶ会」の発起人と司会をつとめる。角田光代と「CREA」で対談し（「文庫には文庫の楽しみ方がある！」）、「私のすすめる文春文庫10選」を書く。六月、毎日新聞九日朝刊に「昨日読んだ文庫」を書く。

七月、語りおろしで『総理大臣になりたい』（聞き手橋本倫史、講談社）刊行。長野県安曇野市で、臼井吉見れんげ忌の記念講演（「『明治文学全集』と臼井吉見」）。ストロング小林、門馬忠雄と「週刊現代」一三日号で鼎談（「幻となった『国際プロレス』を語ろう」）。「『飢餓海峡』は『にっぽん泥棒物語』と合せて論じなければならない」を「キネマ旬報」下旬号に発表。日本近代文学館の「夏の文学教室」で講演（「明治20年」）。

九月、「小林秀雄は死ぬまで現役だった」を「文藝春秋」、「9月場所、稀勢の里の14勝以上の優勝に期待する」を「うえの」に書く。

一〇月、「写真によってよみがえる記憶」を『昭和：写真家が捉えた時代の一瞬』（クレヴィス）に書く。文藝春秋編『天才・菊池寛　逸話でつづる作家の素顔』（文春学藝ライブラリー）の解説を書く。

一一月、「映画芸術」が小沢信男に依頼した

「風立ちぬ」評をボッにしたことに端を発し、「ｅｎ－ｔａｘｉ」で小特集「『風立ちぬ』の時代と戦争」を企画、「何故この小特集を作ったのか」を執筆。八重洲ブックセンターで大村彦次郎と対談（「名編集者は何を考えてきたのか」）。鹿島茂と対談（『昭和怪優伝』刊行記念）。一二月、「『町の普通のそば屋』と秋山駿さん」を「群像」に書く。

二〇一四年（平成二六年）　五六歳

一月、『昭和の子供だ君たちも』（新潮社）刊行。二月、「私にとっての野上龍雄は『鉄砲玉の美学』と『現代やくざ血桜三兄弟』の脚本家である」を「キネマ旬報」下旬号に書く。「あまから手帖」で「あまカラ紳士録」の連載開始（一五年一月まで）。

五月、「大西さんの眼」を「群像」、六月、「安倍総理の『保守』を問う」を「文藝春秋」に、七月、「『第三の新人』としての長谷川四郎」を「三田文学」夏季号に、「日本映画の中で私は鈴木則文監督が一番好きだったかもしれない」を「キネマ旬報」下旬号に書く。「考える人」夏号で角田光代、祖父江慎と鼎談（「小さな本の大きな世界」）。八月、福田和也との対談『羊頭狗肉　のんだくれ時評65選』（扶桑社）刊行。九月、「『見た　揺れた　笑われた』の中の「太った」の持つ意味」を「ｋｏｔｏｂａ」秋号に書く。

一〇月、『続・酒中日記』（講談社）刊行。石橋湛山記念早稲田ジャーナリズム大賞選考委員になる（一七年まで）。一一月、田辺茂一『わが町　新宿』（紀伊國屋書店）の解説を書く。一二月、「文春的なものと朝日的なもの」を「新潮45」に、「高倉健と昭和的なもの」を「週刊文春」に、「いま私が本気で読みたいと思う雑誌たち」を「ＰＥＮ」一日号に書く。杉作J太郎と「ＢＲＵＴＵＳ」で対談（「東映映画で語る。」）。

二〇一五年（平成二七年）　五七歳
一月、「三田評論」で大森和也、尾崎俊介と鼎談（「三人閑談文庫本アラカルト」）。二月、松原岩五郎『最暗黒の東京』（講談社学術文庫）の解説を書く。「なｎＤ」三号に「坪内祐三インタビュー」掲載。三月、原作・主演の映画「酒中日記」公開。「酒中日記」をめぐって内藤誠監督と「小説現代」（「酒場の言葉、その向こうにあるもの」）、「キネマ旬報」四月下旬号（「〝文壇〟というフィクションを撮る」）で対談。四月、小林信彦を「文學界」でインタビュー（「性と映画の『つなわたり』」）。「『薄ひざし』の重要性」を「野口冨士男文庫」17号に書く。色川武大『友は野末に　九つの短篇』（新潮社）を「波」で書評。町田市民文学館で講演（「常盤さんの担当編集者だったころ」）。正宗白鳥『白鳥随筆』（五月）、『白鳥評論』（八月、いずれも講談社文芸文庫）を「坪内祐三選」で刊行。六月、「高原書店からブックオフへ、または「せどり」の変容」を「新潮45」に書く。林真理子と「週刊朝日」一九日号で対談（「マリコのゲストコレクション」）。七月、「田中角栄と高層ビル、高速道路、そして新幹線」を市川哲夫編『70年代と80年代：テレビが輝いていた時代』（毎日新聞出版）に収録。八月、「消えた商店街『玉電松原物語』」を「文藝春秋」に書く。小林信彦『流される』（文春文庫）、吉田篤弘『木挽町月光夜咄』（ちくま文庫）、椎名誠『うれしくて今夜は眠れない』（集英社文庫）の解説を書く。小林信彦『女優で観るか、監督を追うか』（文藝春秋）を「キネマ旬報」下旬号で書評。九月、東京新聞夕刊の匿名コラム「大波小波」の筆者となる（一七年五月まで）。「ビッグコミックオリジナル」五日号で「オリジナリズム」に寄稿（以後、二〇一七年一月五日号、

八月五日号、二〇一八年六月二〇日号、二〇一九年一月二〇日号で執筆)。

一〇月、『人声天語2』(文春新書) 刊行。『戦後八十年』はないだろう」を「新潮45」に、「酒とつまみと小説と」を「文學界」に発表。中野翠『いちまき』(新潮社)を「波」で書評。一一月、「金親も白鵬もいない九月場所が終わった」を「新潮45」に書く。名田屋昭二、内藤誠『編集ばか=REDACTEUR FOU』(彩流社) の対談の司会をする。

二〇一六年(平成二八年) 五八歳

二月、「野坂昭如は倒れた時も凄い現役作家だった」を「熱風」に書く。鹿島茂と「中央公論」で対談(「M&Aとイノベーションに満ちた時代の寵児たち」)。三月、「二〇〇九年を最後に私は山形国際ドキュメンタリー映画祭に通っていない」を『21世紀を生きのびるためのドキュメンタリー映画カタログ』(キネマ旬報社)に寄稿。高崎俊夫と「キネマ旬報」下旬号で対談(「ときには、映画雑誌のことだけを」。一六年八月下旬号、一七年五月下旬号でも)。青山南編訳『パリ・レヴュー・インタヴューⅠⅡ』(岩波書店)を「新潮」で書評。

四月、『昭和にサヨウナラ』(扶桑社) 刊行。十返肇『「文壇」の崩壊』(講談社文芸文庫)を編集、解説を書く。「文学賞のパーティーが「薄く」なった理由」を「新潮45」に発表。五月、野呂邦暢『水瓶座の少女』(文遊社)の解説を書く。

六月、「Hanada」で「坪内祐三の今月この1冊」連載開始(二〇年三月まで)。

八月、『文庫本宝船』(本の雑誌社) 刊行。坪内の著書でもっともぶ厚い七一六ページ。「厄年にサイボーグになってしまった私」を「新潮45」に発表。安藤礼二と「Atプラス」で対談(「怪人・松山俊太郎を読む」)。

九月、「『シン・ゴジラ』と玉音放送の夏」を「サンデー毎日」一一日号に発表。大村彦次郎と「Scripta」で対談（「『風景』と文芸誌の昭和」）。一〇月、「『群像』で辿る〈追悼〉の文学史」を「群像」に発表。一一月、「小説現代」で「新・旧銀座八丁東と西」の予告編（連載は一七年一月から一八年四月まで）。「出版人・広告人」で「マイ・バッド・カンパニー」連載開始（一七年一月まで）。中村稔、楠川徹と「サンデー毎日」二七日号で鼎談（「坪内祐三の「旧制高校研究」」）。一二月、「『第二の玉音放送』の年、『中年御三家』が世を去った」を「新潮45」に発表。編著、野坂昭如『俺の遺言　幻の「週刊文春」世紀末コラム』（文春文庫）刊行。年の初めに「週刊文春」を大量に処分、面白い記事の切り抜きをつくるなかで野坂昭如の連載「もういくつねると」の最後の三年半ぶんが単行本化されていないことに気づき企画した。

二〇一七年（平成二九年）五九歳

一月、「木佐木日記の『完本』と『原本』を読み比べる」を「中央公論」に、「池波正太郎『散歩のとき何か食べたくなって』」を「群像」に寄稿。二月、中山康樹『超入門ボブ・ディラン』（光文社知恵の森文庫）の解説を書く。五月、東京新聞で「私の東京物語」全一〇話の連載開始（二三日から六月五日まで）。「小林一三と宮武外骨」を「別冊太陽」に発表。六月、「熊楠、外骨、そして柳田國男」を劇団民藝「熊楠の家」公演パンフレットに書く。七月、「本は売れないのではなく買えないのだ」を「新潮45」に発表。八月、日本近代文学館の夏の文学教室で講演（「滝田樗陰のいた時代」）。九月、「『小説新潮』が「国民雑誌」となって行くまで」を「小説新潮」に、

「歌舞伎座にはもう足を運ばないだろう」を「悲劇喜劇」に発表。

一一月、シネマヴェーラ渋谷での渚まゆみトークショーの聞き手となる。森鷗外記念館で講演（「森鷗外と三人の慶応3年生まれの男たち――露伴・緑雨・紅葉」）。

一二月、「『壁の中』はすばらしいキャンパスノベルだ」を後藤明生『壁の中』（つかだま書房）に寄稿。「『ブレードランナー2049』は『ブレードランナー』をしのいだか」を「サンデー毎日」三日号に発表。

二〇一八年（平成三〇年）六〇歳
一月、『右であれ左であれ、思想はネットでは伝わらない。』（幻戯書房）刊行。二月、梅宮辰夫インタビューが「新潮45」に掲載。五月、還暦祝いを人形町「グリルツカサ」で開催。八月、「平成三十年に私は還暦を迎えた」を「新潮45」に発表。

一〇月、『昼夜日記』（本の雑誌社）、『新・旧銀座八丁東と西』（講談社）刊行。「本棚を創る」を「ＫＡＪＩＭＡ」に書く。一一月、『テレビもあるでよ』（河出書房新社）刊行。

一二月、「今こそ『新潮60』の創刊を」を「Ｈａｎａｄａ」に発表。泉麻人、亀和田武と「サンデー毎日」一六日号で鼎談（「泉麻人の昭和サブカルチャー50年史・プロレス戦国時代」）。

二〇一九年（平成三一年・令和元年）六一歳
一月、小西康陽と「キネマ旬報」上旬号で対談（「好きな大映映画のことだけを」）。

四月、「ありがとう、オッカレさま稀勢の里」を「Ｈａｎａｄａ」に発表。五月、「小説新潮」で「玉電松原物語」の連載開始（二〇年二月まで掲載）。六月、「昭和最後の日、あなたは何をしていましたか?」を「文學界」に寄稿。一〇月、「東京三軒茶屋物語」を「サンデー毎日」六日号、一二月、「荷風の浅草、私の浅草」を「サンデー毎日」一五日号に書く。
二〇二〇年（令和二年）
一月一三日未明、死去。死因は高血圧性心疾患による急性循環不全。享年六一。
二月、「『かぶりつき人生』」が「群像」に掲載される。六月、『本の雑誌の坪内祐三』（本の雑誌社）、『みんなみんな逝ってしまった、けれど文学は死なない。』（幻戯書房）、一〇月、『玉電松原物語』（新潮社）刊行。一一月、『文庫本千秋楽』（本の雑誌社）刊行。
二〇二一年（令和三年）
一月、『最後の人声天語』（文春新書）刊行。
三月、鹿島茂との対談「M&Aとイノベーションに満ちた時代の寵児たち」が収録された『渋沢栄一　道徳的であることが最も経済的である』（文春ムック）刊行。五月、山口昌男、長谷川郁夫との鼎談「魯庵から通じるいくつもの道」が「Editorship 6」に収録（初出『彷書月刊』一九九五年四月号、弘隆社）。九月、「こういう時だからこそ出来るだけ街で飲み歩かなければ」が『作家と酒』（平凡社）に収録される。
二〇二二年（令和四年）
四月、内藤誠『映画の不良性感度』（小学館新書）に内藤との対談が収録される。
二〇二三年（令和五年）
一一月、「三十五年、いや半世紀　神保町逍遥」「神保町ナイトクルーズ二十年」が『神保町本の雑誌』（本の雑誌社）に収録。
二〇二四年（令和六年）
六月、毎日新聞に連載したコラムが『日記から　50人、50の「その時」』として本の雑誌社から刊行。

（佐久間文子 編）

著書目録

坪内祐三

【単行本】

ストリートワイズ　平9・4　晶文社
シブい本　平9・6　文藝春秋
靖国　平11・1　新潮社
古くさいぞ私は　平12・2　晶文社
文庫本を狙え！　平12・11　晶文社
慶応三年生まれ　七人の旋毛曲り　漱石・外骨・熊楠・露伴・子規・紅葉・緑雨とその時代　平13・3　マガジンハウス
文学を探せ　平13・9　文藝春秋
三茶日記　平13・10　本の雑誌社
後ろ向きで前へ進む　平14・8　晶文社
雑読系　平15・2　晶文社
一九七二「はじまりのおわり」と「おわりのはじまり」　平15・4　文藝春秋
まぼろしの大阪　平16・10　ぴあ
文庫本福袋　平16・12　文藝春秋
私の体を通り過ぎていった雑誌たち　平17・2　新潮社
『別れる理由』が気になって　平17・3　講談社
古本的　平17・5　毎日新聞社
極私的東京名所案内　平17・10　彷徨舎
考える人　平18・8　新潮社

酒日誌　平18・10 マガジンハウス
本日記　平18・10 本の雑誌社
変死するアメリカ作家たち　平19・3 白水社
四百字十一枚　平19・9 みすず書房
大阪おもい　平19・10 ぴあ
アメリカ　村上春樹と江藤淳の帰還　平19・12 扶桑社
東京　平20・8 太田出版
文庫本玉手箱　平21・6 文藝春秋
風景十二　平21・10 扶桑社
酒中日記　平22・2 講談社
書中日記　平23・5 本の雑誌社
探訪記者松崎天民　平23・12 筑摩書房
父系図　近代日本の異色の父子像　平24・3 廣済堂出版
文藝綺譚　平24・4 扶桑社
東京タワーならこう言うぜ　平24・5 幻戯書房
総理大臣になりたい　平25・7 講談社
昭和の子供だ君たちも　平26・1 新潮社
続・酒中日記　平26・10 講談社
昭和にサヨウナラ　平28・4 扶桑社
文庫本宝船　平28・8 本の雑誌社
右であれ左であれ、思想はネットでは伝わらない。　平30・1 幻戯書房
昼夜日記　平30・10 本の雑誌社
新・旧銀座八丁東と西　平30・10 講談社
テレビもあるでよ　平30・11 河出書房新社
本の雑誌の坪内祐三　令2・6 本の雑誌社
みんなみんな逝ってしまった、けれど文学は死なない。　令2・6 幻戯書房
玉電松原物語　令2・10 新潮社
文庫本千秋楽　令2・11 本の雑誌社
日記から　50人、50の　令6・6 本の雑誌社

「その時」
てない　世相放談
【編著】
明治文学遊学案内　平12・8　筑摩書房
明治の文学　全25巻　平12・9　筑摩書房
〜15・4
「文藝春秋」八十年　平15・3　文藝春秋
傑作選
戸川秋骨人物肖像集　平16・3　みすず書房
明治二十九年の大津　平23・10　毎日新聞社
波　復刻『文藝倶楽
部』臨時増刊「海嘯
義捐小説」号

【共著】
暴論　これでいいのだ！　平16・11　扶桑社
（福田和也と）
正義はどこにも売っ　平20・3　扶桑社70選！（福田和也と）　平21・6　扶桑社
無礼講　酒気帯び時評
55選（福田和也と）　平21・7　扶桑社
倶楽部亀坪（亀和田
武と）　平22・12　扶桑社
革命的飲酒主義宣言
ノンストップ時評50
選！（福田和也と）　平24・7　扶桑社
不謹慎　酒気帯び時評
50選（福田和也と）　平26・8　扶桑社
羊頭狗肉　SHEEP'S
HEAD-DOG MEAT
のんだくれ時評65選
（福田和也と）

【新書】
新書百冊　平15・4　新潮新書
同時代も歴史である　平18・5　文春新書

一九七九年問題
「近代日本文学」の誕生　百年前の文壇を読む　平18・10　PHP新書
人声天語　平21・3　文春新書
極私的東京名所案内　増補版　平22・4　ワニブックス【PLUS】新書
大相撲新世紀　2005―2011　平24・5　PHP新書
人声天語2　オンリー・イエスタデイ2009―2015　平27・10　文春新書
最後の人声天語　令3・1　文春新書

【文庫】

靖国（解＝野坂昭如）　平13・8　新潮文庫
一九七二「はじまりのおわり」と「おわりのはじまり」（解＝泉麻人）　平18・4　文春文庫
文庫本福袋（解＝中野翠）　平19・12　文春文庫
私の体を通り過ぎていった雑誌たち（解＝群ようこ）　平20・6　新潮文庫
考える人（解＝南伸坊）　平21・2　新潮文庫
ストリートワイズ　平21・4　講談社文庫
慶応三年生まれ七人の旋毛曲り　漱石・外骨・熊楠・露伴・子規・紅葉・緑雨とその時代（解＝北上次郎）　平23・7　新潮文庫
文庫本を狙え！（解＝平尾隆弘）　平28・8　ちくま文庫
一九七二「はじまりのおわり」と「おわりのはじまり」（再刊　令2・12　文春学藝ライブラリー

解=泉麻人）
慶応三年生まれ　七人の旋毛曲り　漱石・外骨・熊楠・露伴・子規・紅葉・緑雨とその時代（解＝森山裕之）　令3・1　文芸文庫
靖国（解=平山周吉）　令4・8　文春学藝ライブラリー
『別れる理由』が気になって（随=小島信夫）　令6・7　文芸文庫

【文庫編著】
禁酒宣言　上林暁・酒場小説集　平11・9　ちくま文庫
日本近代文学評論選【明治・大正篇】（千葉俊二と共編）　平15・12　岩波文庫
日本近代文学評論選【昭和篇】（千葉俊二と共編）　平16・3　岩波文庫
福田恆存文芸論集　平16・5　文芸文庫
白鳥随筆（正宗白鳥著、坪内選）　平27・5　文芸文庫
白鳥評論（正宗白鳥著、坪内選）　平27・8　文芸文庫
「文壇」の崩壊（十返肇著）　平28・4　文芸文庫
俺の遺言　幻の「週刊文春」世紀末コラム（野坂昭如著）　平28・12　文春文庫

【文庫】の（　）内の略号は解=解説、随=随筆を示す。

（作成・佐久間文子）

本書は『文学を探せ』（二〇〇一年九月、文藝春秋刊）を底本といたしました。本文中明らかな誤記や誤植と思われる箇所は正しましたが、それ以外は底本に従いました。

初出　「文學界」一九九九年八月号～二〇〇一年一月号、四月号

Kodansha Bungei bunko

文学《ぶんがく》を探《さが》せ
坪内祐三《つぼうちゆうぞう》

2025年5月9日第1刷発行

発行者……………篠木和久
発行所……………株式会社 講談社
〒112-8001 東京都文京区音羽2・12・21
電話 編集（03）5395・3513
販売（03）5395・5817
業務（03）5395・3615

デザイン……………水戸部 功
印刷……………株式会社ＫＰＳプロダクツ
製本……………株式会社国宝社
本文データ制作……講談社デジタル製作

ISBN978-4-06-539480-9

講談社文芸文庫

坪内祐三
文学を探せ
空虚な隆盛を感じさせる文学状況に対し、手間暇を存分にかけて得た感触で独自の見解を記した時評——やがて著者のリアルを表現する「作品」へと深まってゆく。
解説＝平山周吉　年譜＝佐久間文子
つL3
978-4-06-539480-9

秋山　駿
簡単な生活者の意見
敗戦の夏、学校を抜け出し街を歩き回った少年は、やがて妻と住む団地から社会を注視する。虚偽に満ちた世相を奥底まで穿ち「生」の根柢とはなにかを問う言葉。
解説＝佐藤洋二郎　年譜＝著者他
あD5
978-4-06-539137-2